# Geliebte Feindin

Copyright © 2018 by Ramona Onwuka

Ich möchte mich bei Brigitte für ihre unendliche Geduld als Lektorin und bei Davina Hoff als Titelbild bedanken.

**Amerika, 18.Jh.**

Das Waisenkind Chantal Events reift zu einer jungen bildschönen Frau heran, die durch einen skrupellosen Plan nach Amerika gelockt wird.

Auf hoher See lernt sie den gefühlskalten Piraten Trey kennen, der sie nicht nur entführt, sondern auch ihr Herz stiehlt.

Nach langen Kämpfen um Gerechtigkeit siegt am Ende die Liebe.

Die einst entführte schönste Frau der Meere wird nun zum Retter der verletzten Piratenseele.

# Kalifornien 1876

Ich schaue aus meinem Fenster und atme die frische Luft ein. Bewundere das Morgenrot, warme Luft strömt durch mein Zimmer, die den süßen Frühling mit sich bringt. Das Haus, in dem ich lebe, wirkte mit seiner unglaublichen Größe und der weißen Fassade fehl am Platz, inmitten der Wildnis.

Es grenzt direkt an die Plantagen meines Vaters, die sich soweit das Auge reicht, über das flache Land erstrecken. Der Fluss und der dichte Wald ringsherum bieten mir den idealen Spielplatz.

Um meinem Vater auf den Plantagen helfen zu können, suche ich mir alte schlichte Kleidung heraus. Ein Leinenhemd, die schwarze Lederhose und meine Stiefel, das sollte reichen. So ein schöner Morgen, ich fühle mich einfach wunderbar und hungrig.

Wie immer nehme ich drei Stufen auf einmal die Treppe hinunter, um in die Küche meiner Mutter zu gelangen. Mitten auf der Treppe vernehme ich jedoch dumpfe Stimmen, die von unten zu kommen scheinen. Als ich stehen bleibe, höre ich deutlich laute unbekannte Stimmen, die sehr aggressiv klingen und die mir fremd sind.

Statt in die Küche zu hasten, gehe ich ganz leise und schaue durch den Türspalt, konzentriere mich voll und ganz auf das Gespräch.

Da ist eine eisige Stimme, die mich erschaudern lässt.
Mein Vater, der auch in der Küche ist, sagt etwas sehr Unverständliches.

Etwas weiter links sehe ich ihn dann auch, Panik lässt mich erstarren. Mein Vater kniet auf dem Küchenboden, er ist auf dem Rücken gefesselt und ein alter Lappen steckt in seinem Mund. Meine Mutter kniet daneben und ich bemerke erst jetzt, dass sie unentwegt schluchzt.

Ich bin wie gelähmt, meine Brust hebt und senkt sich heftig unter meinem hämmernden Herz. Panische Angst durchströmt meinen Körper.

Ein Mann tritt vor meine Eltern, er ist groß und von imposanter Erscheinung.

Er trägt einen dunkelblauen Anzug und weiße Schuhe. Dazu hat er einen passenden weißen Handstock und es sieht so aus, als hätte dieser Mann eine Beinprothese. Ich sehe sein Gesicht nur von der Seite und das wirkt ziemlich finster. Sein leicht graumeliertes Haar und diese grauen Augen jagen mir einen kalten Schauer über den Rücken. Was will er hier? Was will er von meinen Eltern?

Ruckartig werde ich aus meinen Gedanken gerissen, als ich eine schnelle Bewegung wahrnehme. Etwas fällt zu Boden und meine Mutter kreischt.

Es ist mein Vater, er liegt auf dem Boden, unter seinem Körper erstreckt sich eine große Blutlache.

Stocksteif stehe ich da, mir stockt der Atem, ich will nicht glauben, was ich da gerade sehe.

Meine Mutter wird am Haar gepackt, jemand wickelte es sich um die Hand und biegt ihren Kopf nach hinten.

Das Entsetzen spricht Bände in ihren Augen, ihren wundervollen vertrauten Augen, die ich so sehr an ihr liebe.

Ein Augenblick lang sieht sie mich an, dann schreit sie auf und ihr Gesicht erstarrt. Ihr Hals ist bis zur Hälfte durchtrennt, das Blut schießt über den Boden und auch aus ihrem Mund.

Der Mann grinst dabei, als würde dieser Anblick ihm große Freude bereiten.

Es vergehen nur Sekunden, in denen mein Herz stirbt. Aber es erscheint mir wie eine Ewigkeit, als meine Mutter wie in Zeitlupe zu Boden fällt, um neben ihrem Mann Platz zu nehmen.

Durch den Aufschlag ihres Körpers dröhnt es in meinem Kopf, meine Gedanken überschlagen sich, mein Herz rast.

Ich reiße die Küchentür ganz auf und schreie so laut ich kann:

"Nein!!!!!" aus Leibeskräften.

Zwei Männer, die ich vorher noch gar nicht bemerkt habe, schauen mich entsetzt an.

Der Mann mit dem Messer in der Hand lächelt mich an und sagt:

"Fangt den Jungen".

Die zwei Männer zögern nur kurz und ich begreife.
Panische Angst treibt mich dazu, blitzschnell um mein Leben zu laufen.
Ich renne durch den langen Korridor, dann durch das Wohnzimmer, dicht gefolgt von den beiden, die mich zum Mörder meiner Eltern bringen wollen. Dann stürze ich durch die Seitentür hinaus in die Freiheit. Die Männer sind immer noch hinter mir her, mein Herz schlägt mir bis zum Hals. Ich laufe blindlings über die Plantage, Blätter und feine Zweige peitschen mir durchs Gesicht. Mein Körper brennt, doch die schiere Angst treibt mich weiter und weiter. Nach ungefähr einer Stunde Laufen, als wäre der Leibhaftige hinter mir her, kann ich einfach nicht mehr. Völlig erschöpft sinke ich auf einen Felsen, dessen kalter Stein mein Gesicht kühlt.
Ich lausche ob mich noch jemand verfolgt, doch das einzige, was ich höre ist mein eigener Pulsschlag und mein heftiges Atmen. Mein kleines Herz schlägt mir bis zum Hals, mein Gesicht verzieht sich schmerzhaft.
Der kleine Bach neben mir plätschert vor sich hin, Vögel zwitschern lustig umher.
Ich schaue hinauf in die Baumkronen, die den Tag verdunkeln. Die Sonne trifft den Boden nur an wenigen Stellen, sodass der Wald auf einmal ganz unheimlich wirkt. Mein Gehirn schaltet sich so langsam wieder ein, das Grauen der letzten Stunde erscheint mir in Fetzen, wie in einer Endlosschleife. Ich kann

meine Gedanken kaum sortieren, kaum glauben was geschehen sein soll. Mein Vater und meine über alle geliebte Mutter tot?

Das ganze Blut und das Entsetzen in den blauen Augen meiner Mutter. Ich sehe ihre weiße vornehme Haut, die übersät ist mit rotem Blut. Der Geruch des metallisch riechenden Blutes steigt mir in die Nase und ich fange an zu weinen.

Wieso hat dieser Mann meine Eltern so grausam getötet?

Ich schlage mich selbst, schlage mir immer wieder auf die Brust, um den Schmerz den ich empfinde zu bändigen. Krampfhaft denke ich nach, mein Gesicht verzerrt sich vor lauter Kummer. Ich schreie und weine, bin kaum noch dazu im Stande Luft zu holen.

Ich bewunderte meinen Vater so sehr, er war ein starker gutmütiger Mann.

Er liebte meine Mutter mehr als alles andere auf dieser Welt. Sie glich einem Engel mit dem goldblonden Haar. Ihrem lieblichen Lächeln, dass sie ihm immer wieder schenkte. Meine Herzschmerzen werden unerträglich, ich muss würgen. Laut schreie ich in den Wald hinein, ich bin doch noch klein und brauche meine Eltern. Ich fühle mich völlig hilflos, habe panische Angst, was soll ich jetzt tun?

Plötzlich überkommt mich das Gefühl verfolgt zu werden und ich renne los in die Wildnis.

Der Wille zu Leben treibt mich an, gibt mir die Kraft zu laufen. Meine Traurigkeit wandelt sich so langsam in Wut um und meine Tränen versiegen. Dieses Gesicht mit dem teuflischen Grinsen werde ich niemals vergessen, in meinem Herz macht sich Hass breit, so wie ich ihn nie zuvor gespürt habe.

Ich weiß genau, dass ich eines Tages zurückkommen werde um diesen Mann zu töten.

Doch dafür muss ich jetzt leben, darf mich nicht erwischen lassen.

In diesem Zustand laufe ich bis zur Stadtgrenze und hoffe, dass ich dort eine Lösung finden werde. Ich spüre, dass ich hier wegmuss, denn sie werden mich suchen. Der grausame Mann wird auch mich töten wollen, weil ich als Zeuge unmöglich weiterleben kann.

Ich durchquere die Stadt und stehe nun am Anfang des Hafens. Ich bin dreizehn Jahre alt, ärmlich gekleidet, habe kein Geld in der Tasche und bin auf der Flucht. Die Lage in der ich mich befinde scheint aussichtslos, ich muss hier aber unbedingt schnell weg. Aber wohin soll ich zu Fuß gehen, ohne dass man mich bald finden wird?

Es ist ein großer Hafen, in dem buntes Treiben herrscht. Die Spelunken sind auch tagsüber voller betrunkener Matrosen, die nur darauf warten, auf einem der Schiffe anzuheuern. Überall stehen Pferdewagen, Karren und andere Transportmittel bereit, um die Verladung von Land zu Schiff zu beschleunigen. Der Markt, der direkt am Pier liegt, wird von Händlern beherrscht. Hier werden die unterschiedlichsten Dinge aus den verschiedensten Ländern angeboten. Es ist ein Umschlagplatz für jedermann, somit laut, hektisch und gefährlich. Denn hier leben Menschen aus allen Himmelsrichtungen, die egal auf welche Art und Weise das schnelle Geld machen wollen.

Eine riesige Karre rattert über das schöne Kopfsteinpflaster und reißt mich aus meinen Gedanken. Ich sehe mich um, bemerke vor einem der vielen Anlegestellen einen alten Mann, der an einem riesigen Schreibtisch sitzt. Dort stehen einige Männer in einer Reihe und ich frage mich was da los ist. Der Mann, der am Tisch sitzt, ist sehr klein und rundlich, sieht mit seinem weißen Haar und der etwas zu großen Nase sehr freundlich aus. An seinem Tisch staut sich eine lange Reihe von Matrosen. Die anheuern wollen, um ihren monatlichen Lohn zu verdienen. Junge Bauern, die einfach nur dem Ländlichen entfliehen wollen und Abenteuerliche, die es in die weite Welt zieht. Ich bemerke, dass der kleine Mann am Tisch viele Männer am Tisch weiterschickt und mit dem Kopf schüttelt. Einige bleiben am Tisch stehen und füllen etwas aus. Für diejenigen, die nicht schreiben können, schreibt der kleine Mann. Ich weiß nicht wie mich so viel Mut packt, aber ich weiß genau, dass dieser Weg der einzige ist, um den Mördern meiner Eltern zu entkommen. Schnell gehe ich hinüber und stelle mich hinten in der Reihe an. Die Sonne steht hoch, es ist sehr heiß und das warten in der glühenden Hitze benebelt meine Gedanken zusätzlich.

Nervös trete ich von einem Bein auf das andere, schaue mich ständig um, habe Angst von diesen Mördern erwischt zu werden.

Vor einigen Stunden verlor ich meine Eltern, ich zwinge mich, nicht darüber nach zu denken. Mein Wunsch zu leben wächst fast bis ins Unermessliche, denn ich will nur noch eines und das ist Rache.

Die ganze Zeit denke ich darüber nach, was ich denn gleich sagen soll. Meinen vollen Namen werde ich auf keinen Fall nennen, damit ich meine Fährte verwischen und mich niemand verfolgen kann. Als ich mich wieder daran erinnere, was so eben geschehen ist, schnürt es mir den Hals zu, ich drohe zu weinen. Doch ich reiß mich zusammen, ich will mir vor all diesen Menschen keine Blöße geben. Außerdem muss ich auf dieses Schiff, ermahne mich, den Tränen nicht nachzugeben.

Lord Harris von Hampshire, so ist mein Name.

Als ich vor dem kleinen Mann stehe, sage ich einfach nur „Trey", so wie mein Vater mich immer liebevoll nannte.

Der kleine dicke Mann schaut mich misstrauisch an und fragt: „Na? Wie alt bist du denn wohl?" „Sechzehn Jahre", lüge ich.

„Na, ja etwas schmächtig bist du noch, aber wir brauchen noch unbedingt einen Schiffsjungen. Heute ist dein Glückstag, aber sag mal, du reißt ja wohl nicht gerade von deinen

Eltern aus, oder was treibt dich hierher?"
Das tut weh, mein ganzer Körper spannt sich an und ich platze einfach mit der Sprache heraus.

„Nein ich laufe nicht davon, meine Eltern sind tot und nun, weil ich hier niemanden mehr habe, will ich auf dieses verdammte Schiff und hier weg."

Das Leid spricht wohl Bände aus meinen Augen, der kleine dicke Mann reicht mir ein Blatt Papier und eine Feder.

„Schreibe hier dein Alter auf, deine Schiffskenntnisse und den Ort, an dem du dir vorgenommen hast von Bord zu gehen, falls du schreiben kannst."

Ich zögere nicht eine Sekunde, ergreife die Feder und schreibe alles auf. Der alte Mann beobachtet mich dabei aufmerksam und denkt sich, dass ich wohl viel durchgemacht haben muss. Als Namen nenne ich nur Trey, Schiffserfahrungen habe ich so einige, denn ich fuhr viele Male mit meinem Vater zur See. Ich kann lesen, schreiben, bin gebildet, kann Reparaturen am Schiff durchführen und überhaupt bin ich schon jetzt hervorragend im Fechten. Ich blicke auf und gebe das beschriebene Blatt ab.

"Was soll ich jetzt tun?"

Der alte Mann schaut mir tief in die Augen.

Noch nie zuvor hat er in dem Gesicht eines jungen Mannes so viel Leid gesehen.

„Geh an Bord und melde dich bei einem kleinen dunkelhäutigen Mexikaner. Er heißt Diego, du wirst dir mit ihm eine Kajüte teilen. Ihr seid beide für die Reinigung und das Helfen in der Küche zuständig".

Wehmütig drehe ich mich um und schaue ein letztes Mal zurück.

Dort, weit hinter den Plantagen liegen meine Eltern, tot, im eigenen Blut schwimmend.

Ich möchte am liebsten zurück, sie retten, meine Mutter vom Boden heben. Sie in die Arme nehmen, ihr zuflüstern, dass alles wieder gut werden wird.

Doch ich kann nicht, jetzt musste ich gehen.

Ohne zu wissen was mit meinen Eltern geschehen wird. Wann man sie finden wird und ob sie ein anständiges Begräbnis bekommen werden.

Eines weiß ich jedoch gewiss, ich werde zurückkehren, um den Mann zu finden, der mein Leben zerstört hat.

Meine Eltern rächen, um mit mir selber Frieden schließen zu können.

Als ich an Bord gehe, weiß ich nicht, dass diese die längste Reise meines Lebens werden wird.

London 1889

Es war ein düsterer Sonntagmorgen, als ich in der Kirche auf meinen Knien hockte und der Andacht lauschte. Mir flossen keine Tränen mehr über die Wangen, zu viele hatte ich bereits vergossen. Ich versank in Gedanken und erinnerte sich an meine Mutter, wie streng sie war und doch so gerecht. Ihre feste Hand verwies mich immer wieder in meine Schranken, wenn ich einmal von ihren wichtigen Anstandsregeln abwich. Sie war immer bemüht aus mir eine echte Dame zu machen, die ich ja auch schließlich geworden bin. Wobei mir nur gelegentlich die nötige Disziplin fehlte. Ständig zappelte ich herum, wenn es angebracht war still zu sitzen, und immer wieder wurde ich von meiner Mutter beim Tratschen mit anderen Mädchen in meinem Alter erwischt.
Seit einem halben Jahr nun trug ich ein Korsett und Kleider, die hochgeschlossen waren, das ist hier ab einem gewissen Alter so üblich.
Mein Vater hingegen war viel gelassener, er sagte der Kleiderordnung, den Umgangsformen usw. zwar zu, aber er sah die kleinen Fehler, die ich machte, nicht. Er ließ mir jede nur erdenkliche Freiheit, die im Rahmen der Gesellschaft zugelassen war. Er machte Ausflüge mit mir und überhaupt verbrachte er viel Zeit damit, mich zu bilden. Wir spielten unter anderem oft Schach, ritten aus und sogar das Fechten brachte

er mir bei. Meine Mutter hielt davon wenig, dass eine Dame mit einem Degen auf jemand anderes einschlug. Also blieben die meisten Fechtstunden geheim und meine Mutter wurde von meiner abenteuerlichen Wildheit verschont.

Mein geliebter Vater, den ich über alles liebte.

Ich erinnere mich noch genau daran wie alles anfing, es war Ende Oktober und die Regentage in London nahmen zusehend zu. Es wurde immer kälter, was ja eigentlich auch ganz normal war. Das Problem war allerdings in diesem Winter, dass zu viele neue Menschen in die Stadt gekommen waren, es zu wenig Arbeit und Unterkünfte gab. Die Kanalisation, die sowieso völlig veraltet und marode erschien, war nicht umfangreich genug. Es regnete unentwegt, die Wassermassen waren einfach zu viel und die Abflüsse schwappten an einigen Stellen über. In den Straßenrinnen schwammen Fäkalien und Parasiten verbreiteten sich in Windeseile. Es dauerte nicht lange und die ersten Krankheiten streiften umher, am schlimmsten war der Typhus. Er breitete sich aus wie ein riesiger Waldbrand. Die obdachlosen Menschen fielen in den Straßen zu Boden und starben.

Es waren zu viele, der Boden war gefroren und es fiel den Menschen schwer, die Leichen zu begraben.

Die nicht erkrankt und nicht zu schwach waren, wollten nicht helfen, aus Angst sich anzustecken. Es war grauenhaft, die

Krankenhäuser waren überfüllt und das Personal völlig erschöpft. Jeder versuchte, sich fern von den anderen zu halten, um sich nicht anzustecken. Die Menschen blieben aus Angst zu Hause und es schlich sich eine gewisse Anonymität ein.

Man versuchte die Situation zu retten, verbrannte Leichen und räucherte Wohnungen aus. Überall lag der Geruch von Verwesung und verbranntem Fleisch in der Luft.

Auch meine Eltern wurden krank, ich pflegte sie die ganze Zeit, Tag und Nacht. Alles tat ich um meinen Eltern zu helfen, ich ging ins Krankenhaus und bettelte um Medikamente. Ich wusste, dass die Zustände dort katastrophal waren, die Überlebenschance sehr gering, also pflegte ich meine Eltern zu Hause. Hier hatten sie eine vertraute und saubere Umgebung, es pflegte sie jemand, der sie liebte.

Doch all meine Bemühungen halfen nichts, sie starben. Zuerst starb meine Mutter, sie war so abgemagert und quälte sich so herum, dass ihr Tod eine Erlösung waren. Ich glaubte, dass mein Vater den Virus überlebt hätte, er war ein sehr starker Mann. Doch die Tatsache, dass er seine Frau so hat leiden und sterben sehen, riss ihn einfach mit in den Tod. Er konnte unmöglich ohne seine Frau weiterleben. Ich freute mich zwar über die große Liebe, die meine Eltern miteinander verband. Jedoch zerriss es mich auch zu sehen, dass mein Vater lieber der Frau in den Tod folgte, als bei mir im Leben zu bleiben.

Ruckartig erwach ich aus meinen Gedanken, als alle um mich herum aufstehen, um das „Vater unser" zu beten. Ich stehe auch auf, bete aber nicht, ich kann einfach nicht. Dass ich auf die Leichen meiner Eltern starren muss, schnürt mir einfach die Kehle zu. In meinem Kopf hämmern Schmerzen, die ich wohl den vergangenen Nächten zu verdanken habe, in denen ich ständig weinte und im Selbstmitleid versank. Ich habe mich schon vor dem Gottesdienst in einer ruhigen Minute von meinen Eltern verabschiedet. Und sehe somit tatenlos zu, wie acht Diener in die Kirche kommen um die zwei Särge zu schließen. Sie werden zu ihrer letzten Ruhestätte getragen und ich folge ihnen über den Friedhof mit letzter Kraft.

Nur Jannice, meine beste Freundin, ist da um mich zu trösten, die mir zur Seite steht und mich fest im Arm hält. Als wir da sind, schau ich mir die Särge noch einmal an, sie sind einfach und schlicht aus Buchenholz geschnitzt.

Unter normalen Umständen hätte ich mir schönere Särge für meine Eltern gewünscht, aber im Moment werden so viele Särge benötigt, dass es unmöglich ist irgendwelche Wünsche zu äußern. Dafür ist es aber eine wunderschöne Gruft, in die sie gebettet werden. Es ist die Familiengruft, in der auch meine Großeltern liegen.

Der Stein der Gruft ist elfenbeinweiß und sieht aus wie ein griechischer Tempel, in der eine kleine Mutter Gottes kniet. Die beiden Särge werden in die Gruft hineingetragen und der

Pfarrer hält noch eine letzte kleine Rede. Ich habe eine ältere Dame engagiert, die das Ave Maria für die beiden spielt, meine Stimmung sinkt dabei auf den absoluten Nullpunkt.

Nun weiß ich, dass ich niemanden mehr auf der Welt habe, ich bin jetzt ganz allein. Der Pfarrer und auch die letzten Trauergäste sind bereits gegangen. Auch Jannice habe ich weg geschickt mit der Bitte, ein bisschen alleine sein zu können. Ich setze mich auf eine kleine Bank, die unter der Trauerweide direkt neben der Gruft steht.

Der Baum sieht so aus als würde er Wache halten. Ein zügiger Wind streift die Trauerweide, die langen Zweige wiegen sich hin und her. Die Gruft wird verschlossen, ich werde meine Eltern nie wiedersehen.

Mein Herz verkrampft sich vor Traurigkeit, ich lasse meinen Tränen freien Lauf. Was soll ich nun tun? Ich habe niemanden mehr, ich bin nun ganz allein. Angst macht sich in meinem Körper breit, ich fang an zu zittern. Ich muss fürchterlich Weinen, mein Hals schmerzt von den tagelangen Anstrengungen.

Dann erinnere ich mich an die letzten Worte meines Vaters: „Sei stark und gib dich niemals auf, egal was passiert oder man dir antut."

Ich steh auf und schaue in den Himmel, der Wind peitscht mir durch mein Gesicht und ich schwöre mir beim Tod meiner Eltern stark zu sein. Ich werde mich nicht zurückziehen, meinen Vater nicht enttäuschen und im Selbstmitleid versinken. Nein, ich will mit viel Stärke und Selbstbewusstsein durch mein Leben gehen.

# London 1891

„Sie ist eine schöne Frau geworden" denkt sich Emma, als sie Chantal über den Marktplatz schlendern sieht.

„Guten Morgen Chantal."

Ich blicke auf und lächele, ich sehe zwar noch nicht, wer mich da gerade anspricht, aber diese Stimme kenne sie sehr gut.

„Guten Morgen Emma, wie geht es dir denn so?"

Die kleine dicke Bauersfrau ist stets um mich bemüht und guter Laune, ich mochte Emma schon immer sehr gerne.

"Ach ganz gut, da der Frühling jetzt da ist, fühlen sich meine alten Knochen viel besser an. Und du, wie geht es dir?" „Ich bin zufrieden, mein Haus ist jetzt endlich fertig renoviert. Zurzeit lerne ich sehr viel, bald habe ich auch meine Stunden in Fremdsprachen abgeschlossen."

„Aber Chantal, was soll denn das alles eigentlich?"

„Wie meinst du das?"

„Also, du bist doch noch so jung und hübsch dazu. Wieso vergräbst du dich eigentlich so sehr in deine Arbeit? Es gibt doch noch andere Dinge im Leben die Spaß machen." Sofort muss ich lachen, denn ich weiß, dass mir nun wieder einmal eine Standpauke droht.

„Etwas Wichtigeres im Leben als zu lernen? Wichtiger als sein Leben in die Hand zu nehmen und etwas zu werden? Sich einen Platz in der Gesellschaft zu erarbeiten?"

„Oh Gott, Chantal! Ja, aber natürlich, sieh dich doch an. Ich kenne dich nun wirklich schon seitdem du ein kleines Mädchen warst. Du warst immer sehr fröhlich und aufgeweckt und jetzt bist du zu fast jedermann verschlossen. Du gehst ja nur noch am Samstag aus deinem Haus, um hier auf dem Markt deine Einkäufe zu erledigen."

„Das ist nicht wahr Emma, ich besuche die Schule." Ich werde abrupt unterbrochen.

„Ja das ist ja was ich meine, du kennst nichts außer zu lernen. Du gehst zu keinerlei gesellschaftlichen Ereignissen. Und sieh dir dein Kleid an, bekommst du eigentlich noch Luft unter diesem engen Korsett und dem steifen Stehkragen?" jetzt werde ich puterrot im Gesicht und schnappe hektisch nach Luft. Ich gelange immer wieder in Verlegenheit, wenn Emma eine solche plumpe und direkte Aussage macht. Obwohl ich die Bäuerliche Umgangssprache von Emma ja schon längst gewohnt sein müsste, ärgere ich mich immer wieder so sehr, dass mein Blut bis in den Kopf steigt. Zumal dieser Umstand Emma immer wieder zu amüsieren scheint.

„Also, Emma, ich möchte doch wirklich bitten. Die Kleider, die ich trage, sind äußerst respektabel, so ist eine junge Dame nun mal gekleidet."

Emma lacht von ganzem Herzen, sie schmeißt ihren Kopf dabei nach hinten und reißt ihren Mund weit auf. Ihr

Doppelkinn verteilt sich dabei rund um ihren Hals, ihre Brüste wippen ebenfalls amüsiert hoch und runter. Irgendwie erinnert Emma mich an ein Spanferkel. Aber das würde ich ihr niemals sagen, denn nach dem Tod meiner Eltern hat Emma sich liebevoll um mich gekümmert. Ich fühlte mich geliebt und nicht so allein auf dieser Welt:

„Also, Kindchen, diese Zeiten sind nun wirklich vorbei. Alle Damen in deinem Alter tragen andere Kleider. Aus Frankreich kommen die herrlichsten Kleider in den schönsten Farben und Schnitten. Sogar deine Freundin Jannice ist besser gekleidet als du.

Sie ist außerdem so aufgeweckt und frech, du solltest dir ruhig eine Scheibe von ihr abschneiden. Du in deinem ewig fröhlichen Grau, ich bitte dich Chantal. Versteck dich nicht hinter der Tatsache, dass du keine Familie mehr hast. Das Leben geht weiter, auch für dich. Außerdem hast du ja auch noch mich. Und außerdem brauchst du ja auch noch einen Mann, der..." Jetzt bin ich sauer, wie kann sie es wagen? „Jetzt reicht es mir aber, Emma, ich bin selbstständig, unabhängig und einen Mann brauch ich ganz bestimmt nicht. Ich kann durchaus für mich selbst sorgen!"

Erstaunt über meinen Wutausbruch entschuldige ich mich.

„Es tut mir leid, aber seit dem Tod meiner Eltern habe ich viel mitgemacht. Man wollte mir mein Haus nehmen, mir den Mund verbieten, nur, weil ich eine Frau bin. Und wenn der

Bäckersohn Clark mir nicht zur Hilfe gekommen wäre, dann würde ich bestimmt schon lange verrottet in der Themse liegen."

Emma hört mir mit gesenktem Kopf zu und weiß genau, dass ich Recht habe.

"Ich wollte dir bestimmt nichts Böses, ich weiß ganz genau was du schon alles mitgemacht hast. Aber ich kannte deine Mutter schon von klein auf an, seitdem sie tot ist, fühle ich mich dir sehr verpflichtet. Ich selbst habe keine Kinder und du weißt genau, dass du das größte Glück in meinem Leben bist. Bitte vergeude deine Jugend nicht zu sehr und öffne dich auch anderen Menschen, auch dein Vater hätte das so gewollt."

Chantal nickte stumm und die beiden nahmen sich eine kurze innige Zeit in die Arme. Sie hatte einfach keine Lust, über Kleidung oder Männer nachzudenken.

„Danke Emma, ich weiß das zu schätzen, es ist nur alles so verwirrend, bitte sei mir nicht böse."

Dann gab sie Emma noch einen Kuss auf die Wange und verabschiedete sich von ihr. Ohne Emma die Chance zu geben noch etwas zu sagen, drehte sie sich um und bewegte sich heimwärts.

Sie musste quer über den Markt und drängte sich durch Menschenmassen. Es war ein sehr bunter freundlicher Markt, der von Bauern beherrscht wurde. Hier gab es immer etwas Neues zu sehen und nach all den Jahren gab es auch keine

Hinweise mehr auf den schrecklichen Winter, in dem ihre Eltern starben. In Gedanken versunken bewegte sie sich weiter und hörte den ganzen Lärm auf dem Markt nur noch wie durch eine Seifenblase.

Als sie den Marktplatz verließ, sich durch die zahlreichen engen Gassen bewegte, sprang ganz plötzlich eine junge Dame vor sie und lachte sich kaputt.

„Oh Jannice, bist du von allen guten Geistern verlassen? Du hast mich fast zu Tode erschreckt!" Bei diesem Satz gab Chantal ihrer Freundin einen leichten Klaps auf den Arm.

„Chantal, Hallo wie geht's? Mir geht es fantastisch. Wo warst du eigentlich? Und sag mal, wo willst du eigentlich so eilig hin? Ach, du ahnst ja nicht, was mir so eben passiert ist. Soll ich es dir erzählen? Weißt du wer der..."

„Jannice! Welche Frage soll ich denn zuerst beantworten? Holst du denn nie Luft zwischen den Fragen, mit denen du gerade jemanden bombardierst? Du bist unmöglich." Die beiden schauten sich einen kurzen Augenblick an und dann redete Jannice wie immer ununterbrochen einfach weiter.

„Ja, ja Chantal, jetzt hör mir doch mal endlich zu!" „Wie bitte?" Chantal war sichtlich angespannt.

„Chantal, dies ist der wichtigste Tag in meinem Leben, jetzt hör auf mir auf die Nerven zu gehen und hör endlich zu."

„Also gut, was ist denn so wichtiges passiert?" fragte Chantal resignierend.

„Du wirst es mir nicht glauben, aber Roy Huksley hat mich heute beim Tanzunterricht gefragt, ob ich ihn zum Ball begleiten werde." „Wer ist Roy Huksley?"
„Du kennst ihn nicht? Jedes Mädchen der Stadt schwärmt von ihm. Und du kennst ihn nicht?"
„Na ja vielleicht, aber was für einen Ball meinst du eigentlich?"
„Oh, Chantal Events. Willst du mir jetzt wirklich weiß machen, das du nicht weißt, von welchem Ball ich gerade spreche?" Chantal sah Jannice belustigt an, während diese einfach weiter schimpfte, ohne zu bemerken, dass Chantal sich köstlich amüsierte. Jannice war ein sehr attraktives Mädchen und sie sah so wunderbar gefährlich aus, wenn man sie aus der Fassung brachte. Mit ihrem offen getragenen Haar und ihren grünen Augen sah sie aus wie eine Wildkatze. Auch ihr unbändiges Temperament, das dann und wann mit ihr durchging, sprach für sie. Diese Frau brachte es fertig, Chantal den ganzen Weg nach Hause zu begleiten und dabei ohne Pause auf sie einzureden. Jannice bemerkte manchmal gar nicht, dass Chantal ihr gar nicht richtig zuhörte.

„Jannice wir sind da."

„Wo?"

„Bei mir zu Hause oder hast du in deinem eifrigen Getratsche überhaupt nicht mitbekommen, dass wir zu mir gegangen sind?"

„Eh? Ja! Natürlich habe ich das bemerkt." Chantal schenkte ihr ein hämisches Lächeln.

„Was soll dieses verfluchte Grinsen? Du weißt ganz genau, wie sehr ich es hasse, wenn du mich so bemutternd ansiehst."

„Du sollst nicht ständig so fluchen, das gehört sich nicht für eine Dame!"

„Ist mir egal, gehen wir nun herein oder soll ich auf deiner Veranda Wurzeln schlagen?"

„Jannice du bist einfach unverbesserlich." Chantal hatte ein wunderschönes Haus. Als ihre Eltern starben, verkaufte sie die große Villa, um sich von all den alten Erinnerungen zu trennen und ließ sich dafür ein süßes kleines Spitzdachhaus bauen. Es war von außen wie ein Fachwerkhaus verarbeitet mit roten Ziegelsteinen und weiß lackiertem Holz. Das Haus war klein aber sehr chic, wobei die mit Blumen besetzte Veranda sehr an ein Märchenhaus erinnerte.

„Möchtest du Tee?", fragte Chantal und bot ihrer Freundin Platz zu nehmen.

„Ja gerne, hast du vielleicht auch etwas Gebäck?" Chantal hörte die Frage nicht mehr, weil sie schon in der Küche verschwunden war. Nun setzte Jannice sich auf die Couch und bewunderte wie immer das Inventar. Chantal hatte damals beim Verkauf des Hauses einige Möbelstücke und Porzellan sowie alle persönlichen Dinge behalten. Die Couch, auf der Jannice gerade saß, war eine mit rosa Samtstoff bezogene

Chippendale Garnitur. Sie bestand aus Mahagoni, sowie der dazu passende Tisch und die Schränke auch.

Die Intarsien, die den Schrank zierten, waren elfenbeinweiß und wunderschön. Chantal hatte ihr Wohnzimmer wirklich stilvoll eingerichtet. Das Deckenlicht war eine kostbare Porzellanlampe, Chantals Eltern mussten ein Vermögen dafür ausgegeben haben. Rechts neben der Couch stand ein Sekretär, der voll beladen mit Büchern, Papierstücken, Tinte und Federn war. Jannice liebte dieses Zimmer, es strahlte mit dem Kamin in der Mitte Gemütlichkeit und Ruhe aus. Chantal kam mit Gebäck und Tee herein.

„Oh lecker." Jannice sprang auf und nahm sich ein Stück Gebäck.

„Sag mal, kannst du eigentlich nicht warten? Wenigstens bis ich mit dem Tablett am Tisch angekommen bin?" Jannice ging überhaupt nicht auf die Frage ein.

„Sag mal kennst du Roy wirklich nicht?"
Chantal schnaubte leise vor sich hin.

„Doch ich kenne ihn und so schön ist er nun wirklich nicht. Außerdem ist er ein kleiner Rüpel. Er stammt zwar aus gutem Hause, ist aber ständig in Raufereien verwickelt." „Das ist es ja, er wirkt auf mich so gefährlich und seine kalten blauen Augen machen mich noch wahnsinnig. Immer wenn er mir über den Weg läuft, habe ich so ein erdrückendes Gefühl im ganzen Körper und bin ziemlich nervös. Bei einer Begegnung mit ihm auf dem Markt habe ich sogar meinen Einkaufskorb fallen lassen."

„Das ist doch nicht dein Ernst?"

„Doch, ich glaube sogar, dass ich ihn liebe." Chantals Wangen röteten sich langsam aber sicher.

„Jannice, es ist unsittlich in deinem Alter von so etwas zu sprechen."

„Ich bin achtzehn Jahre alt und in drei Jahren gelte ich als Erwachsen, außerdem brechen neue Zeiten an. Und ich habe es ja auch nur dir erzählt und nicht Roy persönlich. Ich habe auch nicht vor ihn nächste Woche zu heiraten."

„Wie kannst du eigentlich behaupten, dass du ihn liebst? Du hast dich doch gerade erst mit ihm unterhalten."

„Na und! Bitte versteh mich doch, wenn ich ihn sehe, durchflutet mich so ein Gefühl von Angst und Freude. Mein Magen krampft sich zusammen und mein Herz schlägt mir bis zum Hals."

"Ich verstehe dich nicht, wie kannst du deinen Gefühlen überhaupt so freien Lauf lassen? Beängstigt dich das nicht?"

„Nein, und du solltest mal so langsam damit anfangen auch andere Menschen in dein Leben zu lassen. Sei doch nicht immer so schrecklich steif und konsequent." Chantal überlegte kurz.

„Vielleicht hast du ja Recht, aber für die Liebe bist du auf jeden Fall noch zu jung." Gerade wollte Jannice protestieren, da klopfte es unerwartet an ihrer Haustür.

„Chantal, wer ist das?" fragte Jannice.

„Ich weiß es nicht." und schritt zur Tür.

Als sie diese öffnete, stand ein Bote davor und fragte:

„Sind sie Mrs. Chantal Evants?" Chantal nickte und nahm einen Brief entgegen. Der Bote drehte sich um und wünschte noch einen angenehmen Tag. Als Chantal die Tür ins Schloss fallen ließ schaute sie dabei ungläubig auf den Umschlag.

„Was ist? Von wem ist der Brief? Ist es ein Verehrer? Nun mach es nicht so spannend", sagte Jannice zu ihr und gebot ihr dabei mit einer Handbewegung sich zu ihr auf die Couch zu setzen.

„Von Phillip Anthony Evants" antwortete sie und starrte weiter auf dem Briefcouvert.

„Wer zum Teufel ist das? Und wieso trägt er den gleichen Familiennamen wie du?" Chantal achtete nicht auf die Ausdrucksweise ihrer Freundin und antwortete schlicht.

„Mein Onkel. Der Bruder meines Vaters."

„Was? Wieso? Was für ein Onkel? Du hast doch gar keine Verwandtschaft! Das ist ein Hochstapler, was will er denn von dir?"

„Oh Gott Jannice, jetzt hör doch mal für eine Minute auf zu reden, du machst mich noch ganz verrückt."

Nach einer kurzen Stille im Raum sagte Chantal: „Doch ich habe einen Onkel, ich wage mich daran zu erinnern, dass mein Vater einmal von ihm gesprochen hat."

„Und wieso kennst du ihn nicht? Oder warum hast du nie von ihm erzählt?"

„Weil ich ihn noch nie in meinem Leben gesehen habe und weil ich völlig vergessen habe, dass dieser Mann überhaupt existiert. Ich meine, dass mein Vater einmal ganz kurz mit meiner Mutter über ihn gesprochen hat. Aber als ich den Raum betrat schwieg mein Vater sofort, ich sollte rausgehen. Aus irgendeinem Grund sollte ich wohl nichts von der Existenz meines Onkels wissen."

„Nun mach schon den Brief auf," drängte Jannice. Und Chantal tat nach kurzem, was ihre Freundin ihr Befahl. Sie überblickte den Brief, er war kurz und bündig.

„Was steht denn im Brief Chantal?" Chantal war völlig verstört und kam kaum mit der Sprache heraus.

„Da steht, dass er mein Onkel ist."

„Toll, so weit war ich auch schon. Was will er denn von dir?"

„Es tut ihm leid, dass er sich noch nie bei mir vorgestellt hat. Er schreibt auch, dass sein Bruder es nicht für so wichtig empfand mich ihm vorzustellen." Chantal runzelte die Stirn, schüttelte den Kopf und schaute ihre Freundin fragend an.

„Das kann doch nicht sein. Wieso sollte mein Vater es nicht für nötig halten, mich seinem eigenen Bruder vorzustellen?"
„Vielleicht mochten dein Vater und sein Bruder sich nicht besonders gut und haben deshalb den Kontakt zueinander abgebrochen."
„Das glaube ich einfach nicht, mein Vater konnte mir doch nicht einfach verbergen, dass er einen Bruder hatte. Da stimmt doch etwas nicht, irgendetwas Schreckliches muss passiert sein."
„Allem Anschein ist es so Chantal! Lies doch endlich weiter."
„Mein Gott Jannice, er hat mir geschrieben, weil er vom Tod meiner Eltern gehört hat."
„Wieso schreibt er dann erst jetzt? Nach über zwei Jahren?"
„Sei nicht so taktlos, vielleicht war der Brief ja so lange unterwegs."
„Ja klar! Was denkst du denn, wo der Brief wohl herkommt?"
„Sieh nur, er kommt aus Amerika, Kalifornien. Wie konnte mein Onkel das überhaupt erfahren?" Chantal war total nervös, sie zitterte so sehr, dass ihr der Brief aus den Händen fiel. Jannice bückte sich sofort, um den Brief wieder aufzuheben. Mit einem liebevollen zur Seite schieben bat sie ihre Freundin, sich wieder zu setzen.
„Also, jetzt sei bitte nicht so nervös, du bekommst sonst gleich noch einen Herzinfarkt. Ich lese jetzt erst mal für dich weiter."

Jannice überflog das Papier und schaute Chantal an, die immer noch völlig verwirrt aus der Wäsche schaute.

„Chantal hörst du mir überhaupt zu? Er möchte dich kennen lernen. Er lädt dich zu sich nach Hause ein und möchte dich seiner Ehefrau und seinem Sohn vorstellen." Jannice machte eine kurze Pause.

"Er hofft, dass du eines Tages zu ihm ziehst."

„Was? Das ist doch wohl nicht sein Ernst. Ich kann doch unmöglich nach Kalifornien auswandern. In ein Land, das ich gar nicht kenne, zu einem Mann, den ich noch nie in meinem Leben gesehen habe. Dieser Mann muss völlig verrückt sein."

„Aber er ist immerhin dein Onkel!"

„Na und? Willst du mir damit etwa sagen, dass ich dieser Einladung folgen soll?" Chantal erboste, sie wurde richtig aufbrausend und schrie Jannice an.

„Wieso hat dieser vorsorgliche Onkel sich dann vorher nie bei mir gemeldet? Sich um mich gekümmert, als ich ihn brauchte? Nach dem Tod meiner Eltern?"

„Du siehst doch anhand des Briefes, wie spät er von dem Tod deiner Eltern gehört hat. Selbst wenn er sofort aufgebrochen wäre, dann wäre er auch erst heute hier eingetroffen." Chantal beruhigte sich wieder und bereute den Wutausbruch ihrer Freundin gegenüber.

„Es tut mir leid, aber ich kann doch nicht einfach von England weggehen. Nein, dafür liebe ich meine Heimat viel zu sehr." Ich habe ja auch nicht gesagt, dass du hier für immer weggehen sollst. Ich glaube aber, dass dir eine Reise sehr gut tun würde. Außerdem ist es ja wohl deine verdammte Pflicht, deinen einzigen Verwandten zu besuchen, wenn der dich einlädt. Ich weiß überhaupt nicht, was dich davon abhält? Du hast genug Geld, um es dir leisten zu können und um dein Haus würde ich mich schon kümmern." Jannice nahm Chantals Hand und schaute sie freundschaftlich an.

„Siehe mich bitte nicht so bemitleidend an."

„Das mache ich ja auch gar nicht, aber ich finde, du solltest die einzige Chance nutzen, um deinen Onkel kennen zu lernen. Du kannst ja wieder zurückkommen. Ich habe ja nicht gesagt, dass du da mit deiner Stehlampe einziehen sollst." Chantal lachte über Jannice Ausdrucksweise.

„Und meine Schule? Was ist mit meinen ganzen Prüfungen? Ich bin noch lange nicht fertig, außerdem..."

„Chantal! Jetzt denk doch mal an etwas Anderes und nicht immer nur an deine blöde Schule. Deine blöden Prüfungen kannst du auch später machen. Und außerdem weißt du wie lang so eine Schiffsreise werden kann? Du hast dort alle
Zeit der Welt zum Lernen."
„Also jetzt unterlass es bitte, ständig auf mich einzureden, so etwas kann man doch nicht einfach von der einen zur anderen

Minute entscheiden. Und überhaupt könntest du mal endlich mit deinen blöden Ausdrücken aufhören, die brauche ich ganz bestimmt nicht."

Jannice ging wie immer überhaupt nicht auf ihre Ermahnungen ein.

„Wieso kann man so etwas denn nicht einfach so entscheiden? Es ist doch dein Onkel?"

„Na weil man sich so was genau überlegen muss."

„Und warum?"

„Weil, Jannice! Jetzt stell nicht so ungezogene Fragen! Du könntest das auch nicht einfach so entscheiden."

„Doch, wenn ich keine Familie hätte und die Zeit so wie du. Dann würde ich selbstverständlich eine wunderschöne Reise machen um meinen Onkel zu besuchen. Das ist doch gar keine Frage, du musst da einfach hinfahren, wenn dein Onkel dich einlädt. Was hast du denn vor? Willst du ihm etwa mitteilen, dass du weder Zeit noch Lust oder Angst hast ihn kennen zu lernen?" Jannice trat Chantal mit einem herausfordernden Blick entgegen und stemmte die Hände in die Hüften.

Chantal lächelte ihre Freundin liebevoll an. Das waren die Eigenschaften, die ihr so gut an ihr gefielen. Sie war so was von aufbrausend und bestimmend so wie Chantal es noch bei keiner anderen Frau gesehen hat.

„Wieso grinst du mich jetzt wieder so an."

„Du hast wahrscheinlich Recht, ich habe keine andere Wahl. Ich werde wohl fahren müssen, doch ich habe ganz schön Angst vor dieser Reise."

„Du wirst es wohl überleben und du kommst ja auch bald wieder zurück nach Hause."

„Ja, ja ich weiß, ich werde auch nicht gleich in Tränen ausbrechen. Irgendwie freue ich mich ja auch auf die Reise. Und schließlich habe ich ja dann auch jemanden, mit dem ich eine Familie bilde."

Chantal und Jannice blieben noch den ganzen Abend zusammen. Sie aßen Gebäck und tranken den guten alten englischen Tee, den sie beide so sehr schätzten. Bis spät in den Abend sprachen sie nur über das eine Thema. Wie der Onkel wohl sein mochte, wie lang die Fahrt dorthin wohl wäre und was es alles zu organisieren, einkaufen und zu packen gab. Der Gesprächsstoff der beiden war unerschöpflich.

Als Chantal abends endlich allein war und in ihrem Bett lag, träumte sie von dem sonnigen Kalifornien und der wunderbaren Landschaft, die sie aus Büchern kannte.

Eine Woche war nun vergangen, seitdem Chantal den Brief bekommen hatte. Nachdem sie den Entschluss gefasst hatte, diese unglaubliche Reise anzutreten, war ihr nicht bewusst, wie viel Arbeit damit verbunden war. Sie ging zum Hafen und reservierte sich einen Platz auf einem Schiff, das angemessen für eine Dame war. Chantal freute sich von Tag zu Tag mehr, sie war richtig aufgeregt. Sie packte ihre komplette Garderobe in riesige aus Mahagoniholz geschnitzte Holztruhen. Eine weitere Truhe diente den Lebensmitteln, die sie mit auf die Reise nehmen wollte, da die Versorgung auf solchen Schiffen im Allgemeinen sehr schlecht war. Also packte sie reichlich gepökelte Fleischstreifen, Zwieback und den feinen englischen Tee ein, den sie nirgendwo vermissen wollte. Zusätzlich packte sie jede Menge getrockneter Weintrauben, Apfelscheiben und Pflaumen sowie Honig, Mehl, Zucker und ja sogar Medikamente durften nicht fehlen. Nun ging es darum, sich bei all ihren Bekannten und Freunden zu verabschieden. Es hatte sich schon längst herumgesprochen und jedermann wusste, wohin Chantal reisen wollte und zu wem. Sie verabschiedete sich von ihrer lieben Freundin Emma, die sich wie immer Sorgen um Chantal machte und ihr mindestens einhundert Ratschläge für die bevorstehende Reise gab. Auch in der Schule verabschiedete sie sich von ihren Studienkameraden und Lehrern. Und natürlich von ihren Nachbarn und all den bekannten Gesichtern auf dem Markt.

Der Tag war da, auf den sie die letzten Wochen hingearbeitet hatte.

Fertig mit allen Dingen saß sie nun in ihrem Garten auf einer kleinen Bank und wartete auf ihre Freundin Jannice, die wirklich zu jedem Anlass zu spät kam. Wartend, in Gedanken versunken genoss sie die ersten Sonnenstrahlen, die wohl den Sommer ankündigten. Ihr gingen viele Dinge durch den Kopf, wie ihr Onkel wohl wäre und wie es dort wohl sein würde? Sie stellte sich alles bildlich vor, wie sie am Hafen ankommen würde und wie ihr Onkel sie in Empfang nahm. Es war für sie immer noch kaum vorstellbar, dass sie einen Onkel haben sollte. Aber sie freute sich so riesig, das sie kaum einen Gedanken zu Ende bringen konnte.

„Chantal!" rief Jannice völlig außer Atem, weil sie das letzte Stück von der Kutsche bis zu ihrem Haus gelaufen war. „Komm schon, sitz da nicht so langweilig herum, sonst verpasst du noch dein Schiff." Mit diesen Worten nahm sie Chantals Handgepäck von der Bank hoch.

Chantal funkelte Jannice wütend an.

 Wie bitte? Du wagst es mich langweilig zu nennen? Nachdem du zehn Stunden zu spät bist?"

„Eh Stunden? Jetzt übertreibst du aber ein bisschen."

„Na dann eben eine Stunde. Aber wegen dir verpasse ich noch mein Schiff! Und wieso kommst du eigentlich immer, aber auch immer zu spät?"

„Mein Gott, dass du aber auch immer so maßlos kleinlich sein musst, jetzt steh lieber auf und setz dich in Bewegung. Wir haben es eilig." Chantal war von Jannice Art und Weise immer wieder überrumpelt worden und tat dann einfach was sie ihr sagte. Sie hatte ja schließlich Recht, jetzt war wirklich nicht der richtige Zeitpunkt zum Streiten. Somit gingen die beiden jungen Mädchen zur Kutsche, wo der Fahrer ihnen zur Hilfe kam, um die schweren Koffer auf das Dach zu packen. Sie baten den Kutscher so schnell wie möglich zu fahren, um die verloren gegangene Stunde noch einzuholen. Die Kutsche polterte grässlich hart über die unebene Straße an der Küste entlang, die beiden mussten sich gut festhalten um nicht durch den Wagen geschleudert zu werden. Als es über die etwas sanfteren Sandwege und die letzten Hügel ging machte Chantal ihrer Freundin Vorwürfe. Es sei nur ihre Schuld, wenn sie morgen mit blauen Flecken übersät wäre. Jannice lachte leise und schaute aus dem Fenster. „Weißt du dass ich dein Gejammer ganz schön vermissen werde?"

„Wie bitte?"

„Na dich, ich werde dich ganz schön vermissen. Dein Gezeter wird mir ganz schön im Leben fehlen."

„Im Leben fehlen? Du benimmst dich ja geradezu, als ob ich nie wiederkommen würde. Oder wünschst du dir das vielleicht sogar, damit du dann mein Haus und all meine Sachen behalten darfst."

Chantal grinste dabei bis über beide Ohren, weil sie genau wusste, wie Jannice jetzt reagieren würde. Zur Abwechslung wollte Chantal den Spieß mal umdrehen. Jannice wurde feuerrot und war so aufgebracht, dass sie kaum wusste, was sie zu so einer Unverfrorenheit wohl sagen sollte. „Du musst wohl völlig den Verstand verloren haben auf deinen überflüssigen Schulen mit deinen völlig bescheuerten Professoren!" Jannice wurde lauter.

„Wie kannst du es wagen? Sag mal, weißt du eigentlich was du da gerade gesagt hast?"

Chantal grinste immer noch.

„Jetzt hör auf zu grinsen wie ein altes Honigkuchenpferd, sonst steige ich auf der Stelle aus dieser grässlichen Kutsche aus. Dann kannst du dir am Hafen jemanden suchen, dem du deinen Haustürschlüssel anvertraust, der sich in deiner Abwesenheit um dein Haus kümmert."

Chantals Grinsen verwandelte sich in ein gutmütiges Lächeln und sie nahm Jannice Hände in die ihre.

„Jannice, ich habe nur gescherzt, ich wollte dich wegen deiner Verspätung eben am Haus auch mal ärgern. Natürlich weiß ich wie sehr du mich vermissen wirst, mir wird es auch nicht anders gehen." Chantal holte tief Luft und wurde sehr ernst.

„Man weiß nie, was auf so einer Schiffsreise alles so passieren kann. Vielleicht komme ich wirklich wie geplant in drei Monaten wieder zurück, vielleicht aber auch erst in zehn

Jahren oder überhaupt nicht. Jedenfalls möchte ich, dass du bis ich wiederkomme meine ganzen Angelegenheiten regelst, Herrin über mein Hab und Gut bist." Chantal blickte auf den Boden und sprach leise vor sich hin.

„Es könnte mir ein Unglück passieren und dann soll alles was ich besitze dir gehören."

Jannice Augen brannten und sie konnte ihre Tränen kaum zurückhalten.

„Chantal, sag so was doch nicht."

Zum ersten Mal in ihrem Leben sah Chantal ihre Freundin sprachlos und unsicher.

„Ich habe ein Testament gemacht, es bei Mr. Sherman dem Rechtsanwalt neben der Post hinterlegt. Alles geht seinen richtigen Weg und du bist dann offiziell." Chantal wurde grob unterbrochen.

„Weißt du eigentlich, was du da sagst? Du tust ja so, als ob du in die Hölle fährst. Also bitte was soll das? Ich werde gar nichts von dir erben. Und du wirst wiederkommen und dann werde ich dir deinen verdammten Schlüssel wiedergeben." Jannice brach in Tränen aus und wurde zornig.

„Wieso denkst du überhaupt, dass ich deine ganzen Sachen haben möchte. Du, blöde Kuh." Jetzt warf Jannice sich in Chantals Arme, umklammerte sie und fing an zu schluchzen. Sie wusste ganz genau, was sie da angerichtet hatte und nahm Jannice ebenfalls fest in die Arme.

„Bitte hör auf zu weinen", streichelte das völlig verzottelte Haar ihrer Freundin.

"Du weißt doch, wie sehr ich dich liebe. Dass, was ich sagte, habe ich doch auch nur aus Angst und Sorge gesagt. Ich möchte dich nicht verlieren, mit dir habe ich den größten Teil meines Lebens verbracht und ich habe Angst nicht zurückkommen zu können."

„Wieso denn, du blöder Angsthase?" schnaufte Jannice in Chantals Kleid und schaute danach zu ihr hinauf. Chantal brach in Gelächter aus, die Tränen quollen ihr gleichzeitig aus den Augen.

„Weil du so bist wie du bist und mir das Liebste bist, was ich kenne." Gerade als die beiden sich in die Arme nahmen hielt die Kutsche mit einem gewaltigen Rums an, die beiden flogen auf die gegenüber liegende Bank. Der Kutscher öffnete die Tür und starrte auf die beiden irgendwie zerwühlten und verweinten Damen. Wobei diese, bei seinem blöden Gesichtsausdruck direkt in schallendes Gelächter ausbrachen und Anstalten machten sich zu erheben.

Nachdem der Kutscher den beiden Damen zur Tür hinaus geholfen hatte, machte er sich direkt auf den Weg die für Chantal zuständigen Schiffsjungen zu suchen um das Gepäck zu verladen. Chantal und Jannice standen allein am Pier, niemand sonst war da um sich von Chantal zu verabschieden.

„Siehst du Jannice. Du bist die einzige in der Stadt, die sich für mich interessiert."

„Das ist nicht wahr, Chantal, du hast mehr Bekannte und Freunde als ich in der Stadt." Und nahm sie fest in die Arme. Das Schiff, auf das Chantal wollte, war schon längst beladen. Am Durcheinanderlaufen der Matrosen konnte man gut erkennen, dass das Schiff so gut wie Aufbruch bereit war.

Es blieben den beiden jungen Mädchen nur noch wenige Minuten. Chantal holte tief Luft und griff Jannice Hände.

„Also, ich möchte es kurz und schmerzlos machen. Ich werde ja bald wiederkommen und darum brauchen wir beide auch nicht traurig sein. Außerdem lerne ich meinen Onkel kennen, was mich sehr glücklich stimmt. Und außerdem bringe ich dir auch eine tolle Überraschung mit." Die letzten Worte brachte Chantal mit zugeschnürter Kehle heraus, versuchte ein Schluchzen zu unterdrücken. Dann nahmen die beiden sich stillschweigend in die Arme und drückten sich ein letztes Mal.

„Mach es gut." Jannice drehte sich um und rannte zur Kutsche zurück. Traurig schaute Chantal ihr hinterher, bis sie in der Kutsche verschwand. Sie machte sich auf den Weg zum Schiff und versuchte sich jetzt damit abzulenken, positiv in die Zukunft zu schauen.

„Mrs. Events nehme ich an?" vernahm sie im Getümmel der Matrosen auf dem Schiff.

„Ja, das bin ich." antwortete Chantal und drehte sich herum. Sie sah einen äußerst sympathischen älteren Mann mit bereits weißem Haar.

„Darf ich mich vorstellen? Kapitän Philip Swanson, sie werden während dieser lange Reise unter meiner persönlichen Obhut stehen. Ich stehe ihnen jederzeit zur Verfügung und wünsche ihnen schon jetzt eine angenehme Überfahrt." Mit dem Ende dieses Satzes hielt er einen vorbeilaufenden Matrosen an und bat ihn, Chantals Gepäck so schnell wie möglich in ihre Kajüte zu befördern.

„Endschuldigen sie bitte Mrs. Events, es geht hier im Moment ein bisschen hektisch zu, ich muss mich auch schon wieder verabschieden. Meine Pflichten als Kapitän, sie verstehen sicherlich. Ich würde sie sehr gerne um sechs Uhr pünktlich zum Abendessen abholen, wenn sie gestatten?" Chantal nickte etwas beschämt, freute sich aber über den herzlichen Empfang, der ihr hier entgegengebracht wurde.

„Ach noch etwas Mrs. Events, als ich hörte, dass eine Dame uns auf unserer Reise begleiten würde, habe ich eine Kajüte für sie herrichten lassen. Ein feiner Salon ist sie allerdings nicht, in solchen Dingen kenne ich mich nicht gut aus. Ich hoffe zutiefst, dass sie mit meinen Bemühungen zufrieden sind und dass sie es sich den Umständen entsprechend etwas gemütlich machen können."

Bevor Chantal überhaupt etwas darauf antworten konnte, war der Kapitän auch schon mit einem freundlichen Abwinken in der Masse der Matrosen verschwunden.

Im gleichen Augenblick erschien ein junger Matrose an ihrer Seite und bat sie ihm zu folgen. Er führte sie zum Heck des Schiffes, wo sich eine große Holztür befand, die ins Innere des Schiffes führte. Sie gingen ins Untergeschoss und folgten einem langen Flur, in dem sich rechts und links Türen befanden. Als der Flur um die Ecke ging standen sie vor zwei Türen. Auf der rechten Tür stand der Name Swanson und die linke Tür wurde ihr von dem Jungen, der ihr die ganze Zeit vorausging, rasch aufgeschlossen. Er brachte das Handgepäck ins Zimmer, stellte es auf eine von Chantals riesigen Holztruhen, die ordentlich nebeneinander an der Wand standen.

„Bitte schön Mrs. Events, dies ist ihr Kajüten Schlüssel und wenn sie irgendetwas brauchen dann pfeifen sie einfach nach mir. Ich bin Tom und schlafe eine Tür weiter." Tom drückte ihr den Schlüssel in die Hand und verließ den Raum. Abrupt ohne irgendwelche Anstalten zu machen sich von ihr zu verabschieden, verschwand er zur Tür.

Chantal konnte ihren Mund kaum schließen über die Art und Weise wie dieser Junge mit ihr sprach. Chantal sprach laut vor sich hin.

„Nach ihm pfeifen? Das kann doch wohl nicht wahr sein! Und Tom? Wie kommt er denn darauf, dass ich ihn duzen wollte? Pfeifen? Ich kann überhaupt nicht pfeifen!"

Wütend schmetterte sie den riesigen Schlüssel auf die Kommode und setzte sich aufs Bett. Sie fand diesen Tom sehr merkwürdig und ungezogen. Es erschien ihr sehr ungewöhnlich, dass er hier auf diesem Schiff arbeitete.

Als sie einmal tief durchatmete, sich wieder beruhigte und sich umsah bemerkte sie, dass ihr Zimmer wirklich hübsch eingerichtet war. Sie hatte sogar ein großes Fenster, dass aus vielen kleinen bunten Scheiben bestand.

Flux sprang sie auf und öffnete es, um frische Luft in ihr neues Zimmer zu lassen. Sie musste schmunzeln, der Kapitän hatte es noch nicht einmal versäumt, ihr einen frischen Blumenstrauß ins Zimmer stellen zu lassen. Chantal erschreckte, weil sie ganz plötzlich ein lautes Hupen von draußen hörte, sie eilte schnell zum offenem Fenster.

Sie legten bereits ab, Chantal konnte ihren Augen nicht trauen, das ging ihr viel zu schnell. Zuerst wollte sie hinauf aufs Deck laufen und rufen, dass der Kapitän noch etwas warten musste. Aber dann riss sie sich zusammen und lehnte sich ein Stückchen zum Fenster hinaus.

„Wozu warten, hier erscheint sowieso niemand um sich von mir zu verabschieden." Sie blieb am Fenster stehen und beobachtete die Matrosen an Land, die geschäftig umherliefen. Sie sah auch einige junge Damen die sich wohl von ihren Verlobten verabschiedeten, der Hafen entfernte sich langsam aber sicher immer mehr. Das, was sie ihr Heim nannte, wurde immer kleiner und kleiner, sie blieb regungslos stehen und sah zu, wie sich ihre Heimat in nichts auflöste. So weit weg von zu Hause war sie noch nie gewesen. Sie begann damit ihre Koffer, Truhen und Taschen auszupacken. Sie sortierte alle ihre Sachen peinlich genau in die verschiedensten Möbelstücke. Ihren Waschtisch, der sich hinter einer geblümten Trennwand verbarg, stattete sie mit ihren kostbaren Kosmetikartikeln aus.

Völlig erschöpft von dem ganzen Tag legte sie sich einen Augenblick in ihr neues Bett und schlummerte ein. Als sie aufwachte und auf ihre Nachttischuhr schaute, erschrak sie. Sie musste wohl richtig eingeschlafen sein und das passte gar nicht zu ihrem Zeitplan. Rasch stand sie auf, suchte ein passendes Abendkleid heraus, um es gegen ihre Reisegarderobe zu tauschen, die sie immer noch anhatte. Sie machte sich schnell noch ein bisschen frisch und bürstete und steckte ihr Harr züchtig zusammen. Als sie gerade eine Überwurfjacke aus dem Schrank nehmen wollte, klopfte es auch pünktlich an ihrer Tür.

„Ja, bitte?"

"Darf ich eintreten?"

„Ja gern." Kapitän Swanson öffnete die Tür.

„Guten Abend Mrs. Events ich wollte fragen, ob Sie bereit sind mich zum Abendbrot zu begleiten." Chantal machte einen höflichen Knicks, lächelte und ergriff den Arm, der ihr zum Gehen angeboten wurde.

„Guten Abend Kapitän Swanson."

„Oh Mrs. Events, nennen Sie mich doch bitte einfach Mr. Swanson, ich sehe das nicht so kritisch."

„Sehr gerne Mr. Swanson", sie lächelte dabei schüchtern. Mr. Swanson führte sie den langen Flur entlang bis hoch auf das Deck, wo ein riesiger Tisch bereitstand. Der Tisch, an dem die komplette Mannschaft saß und Chantal anstarrte, war reichlich gedeckt.

„Na, na," rief Mr. Swanson seinen Matrosen entgegen. "Was schaut ihr denn so? Habt ihr denn noch nie eine Dame bei Tisch gesehen? Darf ich vorstellen, Mrs. Chantal Events. Diese junge Dame wird uns, wie ihr euch ja alle bestimmt denken könnt, auf unserer langen Reise begleiten und ich erwarte von euch hundertprozentiges Benehmen. Oder ich bringe euch vor das Kriegsgericht."

Der Kapitän lachte laut, begleitete Chantal zu ihrem Platz direkt neben dem seinem. Immer noch starrten die jungen

Matrosen sie an. Sie stellte mit Erschrecken fest, dass sie die einzige Dame auf diesem Schiff war. Einer der Matrosen hob seinen Bierkrug und rief aus Leibeskräften:

„Auf Mrs. Events", wobei die anderen ihm mit Beifall zustimmten.

„Bitte Mrs. Events, setzen Sie sich doch und versuchen Sie, dass nicht so eng zu sehen. Die See ist nun einmal rau, aber meine Matrosen sind gute Jungs und sehr friedfertig. Sie brauchen sich nicht zu ängstigen, sie sind hier in den besten Händen." Chantal setzte sich, obwohl sie zuerst ein wenig erschrocken war, so hatte sie zumindest jetzt keine Angst mehr. Sie fühlte sich komischerweise total wohl in ihrer neuen Umgebung. Nach dem deftigen Abendbrot machte sie noch einen Spaziergang über das Schiff, das in den nächsten Monaten ihr Zuhause sein sollte. Am Heck blieb sie stehen und atmete die frische Meeresluft tief ein und wunderte sich über ihr Wohlgefühl. Sie hatte kein Heimweh, sie freute sich jetzt riesig auf diese Reise.

Sie schaute in den wolkenlosen klaren Sternenhimmel und bewunderte dessen Glanz, er kam ihr unsagbar nah vor, viel schöner als sonst. Als könnte sie die Sterne berühren. Eine Sternenschnuppe huschte vorbei, sie fragte sich, ob wohl ihre Eltern da oben sein würden. Vielleicht waren sie ja sogar Sterne? Vielleicht waren alle Seelen, die in den Himmel kamen, Sterne und vielleicht konnten ihre Eltern sie sogar sehen.

„Könnt ihr mich sehen? Tue ich das Richtige, Vater?" Chantal schwieg, lächelte über sich selbst, weil sie mit den Sternen sprach. Dennoch konnte sie ein „Ich liebe euch" in den Himmel sagen nicht unterdrücken.

Als Chantal am nächsten Morgen erwachte war die Sonne bereits aufgegangen. Warmes strahlen spiegelten bunte Lichter durch ihr fantasievoll gestaltetes Fenster.

Die erste Nacht in ihrem neuen Bett hatte sie gut verbracht, viel zu gut. Denn sie vernahm so ein Getümmel auf dem Deck, dass sie glaubte, das Frühstück verschlafen zu haben. Rasch wusch sie sich, frisierte sich und zog ein schlichtes Kleid an, das man auf einem Schiff gut tragen konnte. Als sie auf dem Deck ankam, sah sie direkt auf das offene Meer. Irgendwie schien es sie zu beängstigen, das weit und breit kein Land zu sehen war. Denn allein auf dieses Schiff angewiesen zu sein bereitete ihr Unbehagen. Da hörte sie plötzlich, wie jemand laut ihren Namen rief. Sie drehte sich herum und schaute hinauf zur Schiffsbrücke, wo der Kapitän stand und ihr zuwinkte. Als Chantal die Stufen hinauf ging begrüßten sie sich.

„Guten Morgen Mrs. Events, ich hoffe, dass Sie die erste Nacht auf dem Schiff gut verbracht haben."

„Oh ja, ich habe wundervoll geschlafen und ich möchte mich noch einmal bei Ihnen für das wundervolle Zimmer bedanken, das sie mir gegeben haben. Das Fenster in dem Zimmer, eine so schöne Glasarbeit, in so prächtigen Farben. So etwas habe ich ja noch nie gesehen, Mr. Swanson, es ist wirklich ein Kunstwerk."

„Ja, das ist wahr! Interessiert es Sie, wie ich dazu gekommen bin?" fragte er, während er das riesige Rad drehte, um den genauen Kurs beizubehalten. Der sanfte Seewind streifte sein graues Haar und lie? es unter seiner Kapitänsmütze umherflattern.

Chantal nickte und schaute ihn erwartungsvoll an.

„Es ist das Geschenk eines arabischen Scheichs, für den ich einmal eine lange Schifffahrt auf mich nahm. Um ihm die feinsten Stoffe, Parfum, Weihrauch und Gewürze aus Indien zu bringen. Der Scheich war so begeistert, dass er mir zum Dank, neben meinem Verdienst, dieses Fenster einbauen ließ."

„Also bedeutet das, dass es Ihr Zimmer ist, in dem ich wohne?"

„Nein, nein, machen Sie sich da mal keine Sorgen. Das Glas war für zwei nebeneinander hängende Fenster gedacht. Da habe ich eben in mein und ins Gästezimmer eins einbauen lassen."

„Wirklich interessant, erzählen Sie mir doch mehr von Ihren Reisen und Ihren Erlebnissen auf See. Ich weiß ich bin sehr neugierig und hoffe, dass ich sie jetzt nicht bedränge." „Hach Nein", sagte der Kapitän belustigt.

"Ich freue mich ihnen alles erzählen zu dürfen, jemanden zu haben, der mir mal aufmerksam zuhört."

Somit fing der Kapitän der „Maria Magdalena", so wie er sein Schiff liebevoll getauft hatte, an zu erzählen. Er erzählte ihr den ganzen Tag von seinen Abenteuern, ja sogar bei Tisch hatten die beiden kaum mehr ein anderes Gesprächsthema. Die Tage vergingen, Chantal unterhielt sich am liebsten mit Mr. Swanson. Wenn der keine Zeit für sie aufbringen konnte, erforschte sie immer das Schiff, auf dem sie lebte. Sie schaute den Matrosen bei der Arbeit zu, hatte ständig fragen, die ihr die Männer mit viel Mühe beantworteten. Chantal lernte auf verschiedenste Arten Knoten zu binden. Da sie sehr gut nähen konnte, flickte und stopfte sie die Kleidung der Besatzung so gut es ging. Ja, sie fühlte sich wohl, bei der Arbeit, die sie täglich freiwillig verrichtete. Es gefiel ihr wenn der Wind ihr durchs Haar wehte und sie ihre salzigen Lippen schmeckte. Die vornehme Blässe, die sie zu Anfang der Reise versuchte zu erhalten, verschwand von Tag zu Tag.

Es war mittlerweile sehr heiß geworden, es ließ sich nicht vermeiden, dass sie völlig braun wurde. Zuerst störte sie das sehr, doch nach einer Weile empfand sie dieses Goldbraun auf ihrer Haut sogar sehr schön. Sie hoffte nur, dass ihr Onkel es nicht als unschicklich empfand. Aber das war ihr auch irgendwie egal, denn es war etwas albern, auf so einem Schiff den ganzen Tag mit einem Sonnenschirm herumzulaufen. Ihre eleganten hochgesteckten Frisuren waren auch ständig vom Wind verweht, aber wer sollte hier schon auf dem Schiff darauf achten. Wenn sie im neuen Land wäre, würde das ja alles ein Ende nehmen.

Sie war nur froh, dass ihre Mutter sie so nicht sehen konnte. Chantal schaute in die Ferne und die Neugier wuchs in ihr von Tag zu Tag. An diesem Morgen saß sie auf dem Deck und versuchte ein Fischernetz zu flicken, was sie sich leichter vorgestellt hatte als es wirklich war. Das machte aber nichts, denn die Sonne schien und der Seewind war heute sehr mild. Chantal trug ein weißes Sommerkleid mit einem dazu passenden Hut, die beide mit feinster Spitze verziert waren. Sie hatte sich auch eine Tasse von ihrem feinen Englischen Tee aufgebrüht und ließ es sich richtig gut gehen an diesem Nachmittag. Alles in allem war es wie gewohnt ein sehr ruhiger Tag.

Langsam bemerkte Chantal eine gewisse Unruhe, denn einige Matrosen liefen zum Backbord des Schiffes und blickten in die Ferne. Chantal hörte mit der Näharbeit auf, reckte ihren Hals ein wenig, um in die gleiche Richtung sehen zu können, doch das Einzige, was sie sah, war Wasser. Nun kamen noch mehr Matrosen dazu, sie zeigten alle in die gleiche Richtung und sprachen Lauthals durcheinander. Als Chantal sich richtig anstrengte und konzentriert in die Ferne schaute, sah sie es auch.

Es war ein Schiff, ja sie konnte es ganz deutlich erkennen. Chantal sah wie der Kapitän mit einem sehr großen Fernrohr auf Deck kam und schnellen Schrittes auf die Brücke ging. Er stellte es auf und schaute hindurch, dann sprach er mit den

Matrosen und sah wieder durch das Fernrohr. Irgendwie wirkte die ganze Besatzung völlig nervös und Chantal verstand nicht weshalb. Sie legte das Netz und Garn zur Seite, hob ihre Hand an die Stirn, weil die Sonne sie blendete. Das Schiff, das sie sah, war sehr groß, aber das war doch ihrer
Meinung nach kein Grund zur Besorgnis. Sie bemerkte eine krächzende Möwe, die auf einen der großen Masten saß. Dann hörte sie Schritte, blickte die Treppe hinunter, die der Kapitän mit eiligem Tempo heraufkam.
„Guten Tag Mrs. Events."
„Guten Tag Mr. Swanson, was um Himmels Willen ist denn hier eigentlich los?"
„Na ja, wie Sie sicher bemerkt haben, kommt ein Schiff auf uns zu."
„Das ist doch erfreulich, vielleicht haben sie frische Lebensmittel, die sie mit uns tauschen oder vielleicht haben sie etwas Neues zu erzählen."
Mr. Swanson schaute Chantal völlig entgeistert über ihre Naivität an.
„Mrs. Events, ich möchte Sie natürlich nicht beunruhigen, das Schiff, das sich uns nähert, ist uns mit Sicherheit feindlich gesinnt."
„Feindlich? Was meinen sie denn damit?"
„Na ja, das andere Schiff ist sehr groß und somit viel schneller als das unsere. Selbst wenn wir wollten könnten wir dem

Schiff nicht ausweichen."

„Aber wieso das denn, was wäre denn so schlimm an einer Begegnung mit dem anderen Schiff?" Mr. Swanson verlor etwas die Geduld, holte tief Luft.

„Mrs. Events, wir können leider nicht ausschließen, dass sich auf dem anderen Schiff Piraten befinden. Deshalb müssen wir zu unserer eigenen Sicherheit Vorsichtsmaßnahmen treffen. Wir werden unsere Kanonen aufrüsten und in Gefechtsposition gehen. Deshalb möchte ich Sie bitten, sich in Ihre Kajüte zu begeben. Wenigstens solange bis wir Klarheit über die Absichten des anderen Schiffes haben. Wenn alles in Ordnung ist, werde ich Sie selbstverständlich, sofort auf das Deck begleiten."

Chantal war völlig geschockt, sie starrte den Kapitän an, als habe er ihr ein Märchen erzählt.

„Aber ich möchte nicht unter Deck gehen."

„Sie haben keine andere Wahl. Bitte unterschätzen Sie die Situation nicht und erschweren es mir, indem ich auf Sie aufpassen muss. Bitte seien Sie so freundlich und begeben sich in Sicherheit."

Chantal war so geschockt, dass sie nur noch nickte. Als wären ihre Gedanken blockiert, ging sie durch den langen Flur, direkt in ihr Zimmer. Sie verschloss die Tür von innen, setzte sich auf ihr Bett, konnte gar nicht glauben, was der Kapitän zu ihr gerade gesagt hatte.

„Das kann doch nicht wahr sein. Piraten? So was gibt es doch gar nicht. Wieso sollte das uns passieren? Nein. Mit Sicherheit sind es Handelsleute, die später die wundervollsten Sachen mit uns tauschen."

Auf dem Deck tat sich etwas, es wurde von Minute zu Minute lauter. Irgendwie wollte sie sich beruhigen, nahm ein Buch zur Hand, das sie nach einem kurzen Augenblick auch wieder zurücklegte. Sie stand auf, schaute in den Spiegel, zog ihre Hutnadel heraus und nahm den Hut ab. Plötzlich gab es einen harten Aufprall. Chantal flog gegen ihren Waschtisch, ihr ganzes Zimmer wackelte. Sofort erhob sie sich, ging zum Fenster und riss beide Glastüren weit auf. Was sie sah, konnte sie nicht glauben, ihr stockte der Atem. Voller Entsetzen starrte sie zum Fenster hinaus, konnte sich kaum rühren. Das andere Schiff war ganz nah, eine Horde Piraten drohten mit ihren Degen. Männer in zerrissener Kleidung, mit langen Bärten und roten Tüchern um den Kopf gebunden. Sie lachten und schrien bedrohlich, ein kleiner hässlicher Pirat bleckte seine goldenen Zähne.

Am höchsten Mast wehte eine schwarze Fahne mit dem gefürchteten Totenkopf. Die Kanonen beider Schiffe schlugen mit voller Wucht aufeinander ein. Vor Schreck schloss sie die Fenster, nervös ging sie im Zimmer auf und ab. Als sie das Fenster wieder öffnete, um zu schauen, wie nahe sie schon gekommen waren, fiel sie vor lauter Schreck fast um.

Das andere Schiff war bereits da und hatte genau neben ihrem Schiff gehalten. Eine riesige schwarze Kanone richtete sich direkt in ihr Zimmer. Es war unfassbar, was sollte sie jetzt nur tun?

Sie hörte ein ohrenbetäubendes Getöse auf Deck, es wurde gekämpft. Schwerter prallten aufeinander, klirrten, Männer schrien vor Schmerz auf, sie hörte Heulen und Gejammer. Ein Matrose knallte direkt vor ihrem Fenster auf die Kanone und dann tot ins Meer. Chantal schloss die Fenster und verriegelte sie, von Panik erfasst sprach sie mit sich selbst.

„Oh mein Gott, was soll ich jetzt nur tun?"

Sie packte sich mit beiden Händen an den Kopf und wich rückwärts in eine Ecke des Zimmers. Sie zitterte, ihr ganzer Körper bebte, vor lauter Angst. Auf dem Deck wurde es immer lauter, sie hörte Schüsse, schreiende Männer und klirrende Schwerter. Ein beißender Geruch stieg ihr in die Nase.

„Es brennt! Das kann doch nicht wahr sein, das ist ein Albtraum!"

Chantal verzog ihr Gesicht zu einer ängstlich weinenden Grimasse. Allmählich schlich sich schwarzer Rauch unter ihrer Tür her.

„Ich darf nicht hierbleiben, sonst verbrenne ich, aber wo soll ich hin?" Chantal weinte und schaute nach oben.

„Lieber Gott, bitte lass mich nicht sterben." Rasend schnell schaute Sie sich das ganze Zimmer an, wurde völlig hysterisch. Als sie zwei Degen an der Wand hängen sah, zögerte sie nicht und riss sie von der Wand.

„So leicht lass ich mich nicht umbringen. Ich werde mich selbst verteidigen, so wie mein Vater es mir immer beigebracht hat. Und wenn es das Letzte ist, was ich tue." Die Angst brachte sie zum Schwitzen, ihr Haar flog wirr herum, ihre Augen waren Tränen getränkt. Mit dem Schwert stürmte sie zur Tür und riss sie auf, dunkle Rauchwolken drohten sie zu ersticken. Schnell nahm sie ihren Rock hoch und hielt ihn sich vor ihr Gesicht. Nichts konnte sie sehen, tastete sich mit geschlossenen Augen durch den Flur. Der Rauch war viel zu stark, sie würgte, ihre Augen brannten, sie drohte zu ersticken.

Schwindel erfasste sie, sie stürzte, ertastete im letzten Augenblick eine Stufe.

Die Treppe!

Schnell kroch sie die letzten Stufen hinauf, öffnete die Tür und stand im Freien. Würgend sank sie auf die Knie, rieb sich ihre Augen, es dauerte einen Augenblick, bis sie überhaupt wieder etwas sehen konnte. Am Boden zerschlagen setzte sich so langsam wieder ein Bild zusammen. Das, was sie sah, war grauenvoll, es brannte an mehreren Stellen des Schiffes, überall lagen Tote.

Der Schiffskoch lag mit einem Schwert in der Brust in ihrer unmittelbaren Nähe. Alle, die noch konnten, kämpften bis in den Tod. Einer der Matrosen war mit einem Schwert durch den

Hals, an einen der Schiffsmasten geschlagen, ein anderer lag mit einer Axt im Kopf auf dem Boden. Überall floss Blut, überall lagen Tote. Chantal verkrampfte sich, sie wimmerte und weinte. Die Luft blieb ihr fast weg, sie drohte vor lauter Angst zu ersticken.

Wer tat so etwas? Bevor sie eine Antwort finden konnte kam ein Pirat auf sie zu, sie erstarrte vor Angst. Er grinste, war dreckig und blutverschmiert.

Erst in letzter Sekunde besann sie sich, hob ihren Arm hoch und streckte den Degen in ihrer Hand in seine Richtung. Er lief direkt in die Klinge, starrte Chantal mit erstaunten Augen an. Schreiend schubste sie den Mann von sich weg, zog den Degen aus seinem toten Körper.

„Nein! Nein! Was habe ich getan?" Chantal schrie wie verrückt, doch bevor sie sich beruhigen konnte, kam ihr auch schon ein weiterer bewaffneter Mann entgegen. Wie bei ihrem Vater gelernt, ging sie in Gefechtsposition, kämpfte ohne darüber nachzudenken. Sie stand völlig unter Schock und focht, als würde sie es jeden Tag tun. Der Mann sprach auf sie ein, doch das was er sagte, konnte sie nicht verstehen. Es dröhnte in ihrem Kopf, sie war völlig von Sinnen. Nach einigen Minuten Kampf stach sie dem Mann mitten ins Herz, auch er sank leblos zu Boden. Bevor Chantal irgendwie hätte reagieren können, stand auch schon der nächste Pirat vor ihr und sie kämpfte im absoluten Wahn.

„Hör auf damit und ergib dich, du Wahnsinnige!" fluchte er.

„Niemals!" schrie sie.

Er war ein bedeutend besserer Fechter als der Mann zuvor, er war auch sehr stark, was Chantal dazu veranlasste, rückwärts zu gehen. Dann stand sie am Absatz einer Treppe, die sie rückwärts nach oben ging. Dabei stürzte sie und ihr Gegner streifte sie mit seiner Klinge leicht am Arm. Blut quoll hervor, lief über ihr weißes Kleid, aus nackter Angst um ihr Leben kämpfte sie weiter.

„Leg deinen Degen nieder, du verdammtes Weibsstück!". Blindlinks schlug sie auf den Piraten ein, schnitt ihm dabei quer über seine Wange. Der Mann ließ die Klinge fallen, griff sich mit beiden Händen ins Gesicht und schrie aus Leibeskräften. Er ließ sich auf die Knie fallen, Chantal holte zum Todesstoß aus.

Völlig in Rage schrie sie, wollte ein letztes Mal zustoßen. Jemand packte sie von hinten, dass ihr sämtliche Luft wegblieb. Sie zappelte mit den Beinen und fluchte, doch wurde immer schwächer. Irgendwann ließ sie den Degen fallen, alles um sie herum wurde schwarz, sie verlor das Bewusstsein. Alles drehte sich, verlor seine Farbe, bis sie nur noch schwarz vor Augen sah. Dass sie nicht schlief spürte sie, es piepte in ihren Ohren, ihr wurde schlecht.

Mit einem Schwung voll Wasser wurde Chantal aus ihrer Bewusstlosigkeit gerissen. Sie hustete das salzige Wasser aus Lunge und Nase, richtete sich sofort wieder auf.

„Wo bin ich?" hörte sie sich sagen. Sie schaute sich um und erkannte sofort, dass sie nicht mehr auf ihrem Schiff war. Aus einer dunklen Ecke des Zimmers war ein Mann vor sie getreten. Grüne kalte Augen starrten sie an, sein riesiger Körper nahm den ganzen Raum ein. Braungebrannte Haut ließ ihn wie einen Wilden erscheinen. Wie ein Fels stand er da und schaute sie einfach nur an. Angst schüttelte sie, ihr Puls raste, sie war völlig erschöpft. Das, was sie in den letzten Stunden gesehen und getan hatte, kam ihr nun wie ein böser Traum vor. Sie überlegte einen Augenblick als ihr klar wurde, wo sie sich befand, weiteten sich ihre Augen. Sie war in der Gewalt der Piraten, weiß Gott, was der mit ihr vorhatte, der gerade vor ihr stand.

Sie atmete viel zu schnell, ihr Gesicht wurde immer blasser, die Angst, die sie hatte, nahm überhand. Sie legte ihr Gesicht in die Hände und fing an zu weinen, konnte kaum noch einen klaren Gedanken fassen. Bis sie plötzlich zwei riesige Hände spürten, die sich wie Schraubstöcke um ihre Schultern legten und sie schüttelte.

„Hör auf! Hör auf, habe ich gesagt, verdammt noch mal, sonst schlitz ich dich auf und häng dich an die Reling." Panisch schrie sie so laut sie konnte, in der Hoffnung irgendjemand würde ihr helfen. Sah ihrem Peiniger dabei direkt in die Augen, die Angst verflog so langsam.

„Hör endlich auf zu heulen!" schrie er sie an.

So langsam wurde Chantal wütend, da er sie wie ein Vieh rüttelte und anschrie.

„Hör endlich auf zu heulen, du dummes Weib, sonst erdrossele ich dich mit meinen eigenen Händen."

Ihre Angst verschwand immer mehr, er demütigte sie, was sie völlig aggressiv machte.

Es war soweit, Chantal hörte nichts mehr in ihren Ohren außer einem Surren, stand neben sich vor Hass. Sie riss sich los, stolperte rückwärts, schnappte sich einen Degen, der neben ihr auf dem Boden lag. Wüst drehte sie sich um, kratzte ihn mit der Klinge über die Schulter.

„Komm her du Hund, wir werden sehen, wer hier wen aufschlitzt, du elendiger Bastard."

Völlig verwirrt schaute der Pirat auf seine Schulter, tastete mit seinem Finger, ob es denn wirklich sein Blut war, das da aus seinem Hemd quoll. Dann schaute er Chantal an, die kampflustig mit Panik in den Augen ihm gegenüberstand.

„Leg den Degen auf den Boden!" forderte er scharf. Doch sie machte keine Anstalten seinem Befehl Folge zu leisten.

„Also du bist ja wirklich unglaublich, leg den Degen weg! Oder du wirst es bitter bereuen."

„Sagen Sie mal? Sehen sie gar nicht, wer hier den Degen in der Hand hält und wer was bitter bereuen wird? Ich könnte ihnen höchstens sagen was sie zu tun haben."

„Sie? Wieso sietzt du mich eigentlich die ganze Zeit, du kleines verwöhntes Ding? Ah, ich verstehe, du bist wohl zu fein, um dich mit mir abzugeben. Bestimmt gibst du dich nur mit reichen Milchbubis ab, die eine Haut haben wie ein frisch gebadeter Babyarsch."

„Jetzt reicht es!" Chantal unterbrach ihn mit klirrender Stimme. „Sie wissen überhaupt nichts von mir und ich muss mich bei ihnen auch nicht rechtfertigen." Sie fuchtelte nervös mit dem Degen herum.

„Aber Sie haben Recht, so ein Dreckstück wie du es bist, ist es überhaupt nicht wert gesiezt zu werden."

„Ha, ha, ha!" Der junge Mann brach in schallendes Gelächter aus.

„Das glaube ich einfach nicht! Ich dreckig? Dann schau doch mal da in den Spiegel Mrs. Ach so sauber."

Unüberlegt drehte Chantal ihren Kopf herum, um in den Spiegel zu schauen. Es dauerte nur eine Sekunde, aber die reichte aus, um den üblen Zustand ihres Äußeren festzustellen. Ihr Kleid war völlig zerfetzt, mit Blut und Ruß besudelt. Ihr Haar stand in alle Himmelsrichtungen, ihr Gesicht Ruß verschmiert, ihre Augen waren feuerrot.

Diese eine Sekunde der Unachtsamkeit musste Chantal schwer bezahlen, denn der Mann ihr gegenüber nutzte seine Chance. Er schmiss sich so feste gegen ihren Körper, dass sie ihre Waffe verlor und zusammen mit ihm auf den Boden schlug. Er schlug mit seinem ganzen Körpergewicht auf sie, ihr entwich sämtliche Luft.

Mit gedrückter Stimme, fast lautlos sagte sie:
„Ich bekomme keine Luft mehr, bitte geh von mir herunter." Er hob seinen Körper ein klein wenig, damit sie wieder frei atmen konnte, blieb jedoch auf ihr liegen.

Ihre Blicke trafen sich, plötzlich war ihr sein Körper ganz bewusst. Sein mächtiger, harter Körper lag auf ihr, seine Finger verschlungen mit den ihren. Sie spürte, wie ihr die Schamesröte ins Gesicht zog. Normalerweise hätte sie sich unter ihm winden müssen, versuchen zu fliehen.

Doch nichts dergleichen passierte, sie sahen sich einfach nur bis in die Seele. Ein unbekanntes Gefühl überkam sie, etwas, das sie nicht einordnen konnte, dass ihr Angst machte.

Seinen smaragdgrünen Augen konnte sie einfach nicht ausweichen, die langen schwarzen Wimpern. Er war von der See braun gebrannt, sein schulterlanges schwarzes Haar hing ihm wirr herunter. Seine Nase war gerade, noch nie zuvor war ihr aufgefallen, dass ein Mann einen so sinnlichen Mund haben konnte.

Sie war einem Mann allerdings auch noch nie so nah gekommen wie jetzt. Verwirrt kam sie in die Realität zurück, erinnerte sich, was für ein Mann er war. Dass er auch noch auf ihr lag brachte sie total durcheinander, sie hielt die Lage, in der sie sich befand, nicht aus.

Ihre Augen verengten sich zu schmalen schlitzen, die ihn nun anfunkelten.

„Steh sofort von mir auf, du ungehobelter Wüstling." Trey war sofort aus seinen Gedanken gerissen und schaute sie an, als würde sie mit ihm in einer fremden Sprache sprechen.

„Wüstling? Wer ist denn hier mit einem Degen in der Hand durchs Zimmer gesprungen?"

„Du hast unser Schiff überfallen." schrie sie plötzlich.

"Du elendiges Scheusal, alle sind tot." Chantal stiegen Tränen in die Augen, die sie leider nicht zurückhalten konnte.

„Wo ist Mr. Swanson? Wo sind die anderen? Du hast sie alle getötet, warum hast du das getan?" Chantal schrie ihn aus Leibeskräften an und stemmte sich gegen seinen Körper.

„Geh weg! Geh von mir herunter! Ich hasse dich, du Mistkerl, wieso hast du alle getötet?" Traurigkeit, Wut und Hass ließ sie auf seine Brust einschlagen. Ohne Vorwarnung sprang er auf und zog sie mit sich auf die Füße.

„Hör auf damit!" Er schlug ihr mit der flachen Hand ins Gesicht.

Dabei erschrak sie sich so sehr, dass sie sofort auf hörte zu weinen. Mit verweinten Augen, hielt sie sich die geschlagene Wange fest. Ohne Umschweife drehte er sich um und deutete auf eine Badewanne.

„Hör auf und geh dich jetzt Bbaden, Tom hat alles vorbereitet, du kannst es gut gebrauchen." Er wandte sich zum Gehen und blieb an der Tür kurz stehen.

„Solltest du es noch einmal in deinem Leben wagen, mich zu schlagen oder mit einer Waffe auf mich los zu gehen, dann schlitz ich dich auf und verfüttere deine Innereien an die Haie." Mit dem Ende dieses Satzes verließ er den Raum und schmiss die Tür hinter sich ins Schloss. Ungläubig starrte Chantal die soeben zu geworfene Tür an. Sie war völlig erschöpft, konnte das alles nicht glauben, das war alles wie ein böser Traum. Ihre Wange brannte, die sie sich immer noch festhielt.

Entschlossen ging sie zur Tür und verriegelte sie mit einem Holzbalken. Als würde sie gleich zusammenbrechen, sackte sie auf dem Bett nieder. Sie dachte über die letzten zwei Stunden nach und fing wieder an zu weinen. Es war alles so schrecklich und unrealistisch. Vor zwei Wochen war sie noch in London und jetzt saß sie als Gefangene auf einem Piratenschiff. Eine Zeitlang grübelte sie, versuchte einen klaren Gedanken zu fassen, aber das gelang ihr einfach nicht. Resignierend öffnete sie ihr Kleid und ließ es zu Boden fallen. Ging langsam zur Badewanne, die mitten im Raum stand.

Geschockt, tat sie einfach was jetzt nötig war und stieg in die Wanne. Wohltuend umschloss das warme Wasser ihre schmerzenden Glieder. Sie sank noch ein Stückchen tiefer ins Wasser und schloss ihre Augen. Nach einer Weile blickte sie wieder auf, nahm ein Stück Seife in die Hand und betrachtete es. Chantal war etwas verblüfft, denn die Seife war rosa gefärbt, sah aus wie eine wilde Rose und duftete auch dementsprechend verzaubernd. So ein teures edles Stück Seife hätte sie bei einem so elendigen Piraten nie vermutet. Doch das war ihr jetzt auch egal, denn die Seife fühlte sich wie Seide auf ihrer Haut an. Chantal wusch ihren Körper und ihr Haar, das total durcheinander und schmutzig war. Danach blieb sie schlaftrunken im Wasser liegen bis es kalt wurde.

Vor dem Frisiertisch hing ein großes weißes Handtuch über der Stuhllehne, mit dem sie ihr Haar abtrocknete und es sich dann um ihren Körper wickelte. Müde setzte sie sich vor den Spiegel und kämmte ihr Haar in mühevoller Kleinarbeit. Beim Bürsten schaute Chantal sich um, sie bemerkte dabei die Schönheit des Zimmers, in dem sie sich befand. Es musste früher einmal einer Dame gehört haben. Vermutlich war sie auf einem gestohlenen Schiff, sie mochte gar nicht darüber nachdenken, was mit den Menschen geschehen war denen das Schiff ursprünglich gehörte hatte. Eine dicke Gänsehaut und ein Schauer liefen ihr über den Nackten Rücken. Sie dachte wieder an die letzten vierundzwanzig Stunden, diese grässlichen Barbaren. Wahrscheinlich war dieser Rüpel von gerade der Anführer, der diesen ganzen Überfall inszeniert hat.

„Was soll ich jetzt nur tun?" dachte Chantal laut vor sich hin. "Ich bin hier vielleicht ganz alleine und der Rest der Besatzung ist tot. Weiß Gott warum ich überleben durfte? Oh, nein, wer weiß was diese Männer noch mit mir vorhaben?" Sie hatte solche Angst, dass sie einen Kloß im Hals hatte.

"Wie soll ich mich denn gegen eine ganze Mannschaft von Piraten zur Wehr setzen? Wahrscheinlich werden sie mich vergewaltigen und dann über Bord werfen. Und dann werden die Haie mich fressen." Chantals Herz pochte bis zum Hals, ihr war schlecht, sie weinte, versuchte sich wieder zu beruhigen.

„Chantal, du musst jetzt einen klaren Kopf behalten. Du brauchst einen Plan. Es bringt nichts, wenn du hier in Selbstmitleid versinkst. Streng dich an, du musst etwas unternehmen."

Dann sprang sie auf, schaute sich kurz um und ging auf einen riesigen Schrank zu. Sie öffnete ihn und zog wahllos Kleidung heraus. Ein weißes Hemd und eine schwarze Hose, die ihr viel zu groß waren. Sie band das Hemd vorne einfach mit einem Knoten zu und wickelte sich ein schwarzes Tuch um die Hüfte, damit die Hose nicht runterrutschte. Sie probierte auch die schwarzen Stiefel, die im Schrank standen aber die waren so groß, dass sie damit nur gestolpert wäre. Also blieb sie barfuß, stand mitten im Zimmer, überlegte kurz, ging zum Fenster und öffnete es.

Von ihrem Schiff war nichts zu sehen, doch als sie nach unten schaute, wollte sie ihren Augen kaum glauben. Da hing doch tatsächlich ein Rettungsboot unter ihrem Fenster.

Ohne darüber nachzudenken, was sie da gerade tat, kletterte sie zum Fenster hinaus und ließ sich ins Boot fallen. So schnell es ging, löste sie die Seile und ließ es zu Wasser. Im Meer angekommen entfernte sie die Seile vom Boot und schnappte sich die Ruder. Voller Euphorie bemerkte sie überhaupt nicht wie naiv und dumm ihr Plan doch war. Kaum einen klaren Gedanken fassend stieß sie sich vom Schiff ab und ruderte los.

Trey stand auf der Brücke und navigierte den Kurs. Über einen großen Holztisch gebückt starrte er die Karten an und rührte sich nicht.

Irgendwie konnte er sich nicht konzentrieren, es fiel ihm schwer, einen klaren Gedanken zu fassen. Ständig musste er an die Meuterei denken, irgendetwas war... aber das war doch alles nichts Neues für ihn. Oder war es? Warum musste er ständig an dieses Mädchen denken? Er erinnerte sich daran, als er sie zum ersten Mal sah.

Gerade brachte er einen Kampf mit einem Matrosen zu Ende, als sie plötzlich dastand. Wie ein Engel, der gerade vom

Himmel gefallen in die Feuerlandschaft der Hölle geschleudert wurde.

Wunderschön, weibliche Rundungen, pralle Brüste, dieses unschuldige Aussehen. Ihr langes blondes Haar floss wie Gold über ihre Schultern und umschmeichelte ihre Hüften. Trey konnte die Elektrik die ihn bei diesem Anblick durchflutete, einfach nicht vergessen.

Und was dann geschah war wie ein Albtraum. Sie kämpfte mit einem Mal mit der Geschicklichkeit und der Unbarmherzigkeit eines Piraten. Sie tötete zwei seiner besten Männer in wenigen Minuten und schien dabei nicht das geringste Leid zu verspüren.

Trey schüttelte den Kopf, um nicht mehr über sie nachdenken zu müssen. Er musste sich jetzt auf wichtigere Dinge konzentrieren.

„Kapitän" rief ihm einer der Piraten zu und hastete dabei die Stufen herauf zur Brücke.

„Kapitän!!"

Trey runzelte die Stirn und fragte sich, wieso er so aufgeregt war.

„Was ist, Diego?" Ein kleiner dünner Mann stand vor ihm, er war Mexikaner und somit sehr dunkel. Er hatte schulterlanges schwarzes Haar, das er sich zu einem Zopf zusammengebunden hatte. Mit seinem sehr schmalen

Schnurrbart und seiner weißen Kleidung sah er wie ein ausgebuffter Frauenheld aus.

„Oh, Kapitän, das blöde Weibsbild ist weg."

„Was? Wer ist Weg?"

„Na die Frau, die Blondine, die du in deiner Kajüte eingesperrt hast. Ich wollte ihr etwas zum Essen bringen und sie war nicht da. Ich glaube sie ist durchs Fenster gesprungen." „Bist du Irre? Sie wird wohl kaum durch das Fenster gesprungen sein." Trey legte eine Hand an die Stirn und schaute über den Schiffsrand hinweg. Er konnte seinen Mund kaum noch schließen als er sie sah.

„Das kann doch nicht wahr sein, die hat sich ein Boot geschnappt und rudert tatsächlich davon. Ist diese Frau von allen guten Geistern verlassen? Dieegooo!!!" brüllte Trey hinaus und der kleine Mexikaner, der direkt hinter ihm stand, zuckte in sich zusammen.

„Ja, Kapitän! Was ist denn? Man, musst du so schreien? Ich habe fast einen Herzinfarkt bekommen."

„Rede nicht und setz deinen verdammten Hintern in Bewegung. Los, wir drehen ab, die werde ich mir kaufen, die werde ich schon bändigen."

„Ke Puta, schrei nicht so herum. Wir werden alles in Bewegung setzen, um deine kleine Muchacha wieder zurück zu holen. Sie wird schon nicht über den Atlantik paddeln." Trey wurde sehr wütend, wobei er Diego mit einem Blick anschaute, der töten konnte. Ohne jegliche Widerrede drehte Diego sich um und machte sich daran, das Schiff zu drehen. Chantal ruderte unermüdlich, im Glauben die Flucht könnte ihr wirklich gelingen. Es war so anstrengend, das kleine Boot voran zu treiben, so dass sie eine kleine Pause einlegen musste. Die starke Sonne prallte unerbittlich auf sie herunter, sie rieb sich mit dem Ärmel den Schweiß von der Stirn. Als sie kurz zurückblickte, erschrak sie so sehr, dass sie laut „Nein" schrie. Das Schiff hatte gewendet und kam direkt auf sie zu. Man hatte ihre Flucht entdeckt. Empört nahm Chantal die Paddel in die Hände und machte ein paar Züge.

Dann hörte sie wieder auf zu paddeln, denn ihre Arme schmerzten sie sehr, mit zunehmender Nähe des Schiffes wurde ihr klar, wie bescheuert sie doch war.

Wo wollte sie eigentlich hin? Über den Atlantischen Ozean? Wie naiv von ihr so etwas am hellen Tag zu machen. Aber was sollte sie denn tun? Sie hatte solch eine große Angst vor den Piraten, die immerhin ihr ganzes Schiff ausgerottet hatten. Sie wollte lieber sterben als von einer ganzen Mannschaft vergewaltigt zu werden.

„So leicht lasse ich mich nicht unterkriegen!"
Sie stand auf und ergriff ein Paddel, bereit zum Kampf.
Trey stand mit verschränkten Armen auf der Brücke und beobachtete Chantal. Irgendwann musste er einfach lachen, er konnte es kaum glauben.

„Das ist ja wohl unglaublich, die kleine Hexe setzt sich tatsächlich immer noch zur Wehr. Was denkt sie eigentlich, was sie mit einem blöden Paddel so ausrichten kann? Na warte, Kleine, ich werde deinen Willen schon brechen." Als das Schiff bei Chantal ankam, veranlasste Trey, dass ein Rettungsboot mit vier Mann Besatzung ins Wasser gelassen wurde.

Nach einem kleinen Geplänkel packten sie Chantal am Arm und banden Ihr die Hände am Rücken fest. Sie wurde mit einem dicken Seil, das ihr um die Hüften gebunden wurde, hoch aufs Deck des Schiffes gezogen. Wobei sie der ganzen Besatzung zur Belustigung diente, denn sie schrie dabei wie von einer Hornisse gebissen. Oben angekommen und auf die Beine gestellt, war sie dem steinernen Blick aus Treys unerschütterlichem Gesicht ausgesetzt. Mit in die Hüfte gestemmten Händen stand er vor ihr.

„Bestraft sie und steckt sie in das Fass, eine ganze Woche lang."

Es herrschte absolute Stille auf dem Schiff, keiner traute sich zu atmen, bis Diego das Schweigen brach.

„Aber Trey."

„Eine Woche? Das überlebt..."

„Halte dein Maul", fauchte Trey ihn an.

„Wenn ich wünsche, das du deine Meinung äußerst, dann werde ich dich darüber in Kenntnis setzen. Und jetzt hol das verdammte Fass oder ich stecke dich auch in eins rein, dann kannst du ihr Schicksal teilen."

Diego schaute Trey völlig verdutzt an, konnte diese übertriebene Reaktion überhaupt nicht verstehen.

Dennoch machten Diego und zwei andere Piraten sich auf den Weg, das große Fass zu holen. Sie stellten es in die Mitte des Schiffes an den Hauptmast, banden es mit einem dicken Seil ordentlich fest.

Ohne Umschweife packte Trey Chantal am Haar und zog sie mit sich mit. Sie schrie dabei auf, wohl mehr aus Schreck als aus Schmerz. Sie konnte kaum etwas sehen, da sie in gebückter Haltung laufen musste, ihr langes Haar hing ihr wirr übers Gesicht.

Trotzdem war sie nicht zu ängstlich um zu fluchen, ganz im Gegenteil. Die demütigende Art und Weise mit der er sie behandelte, versetzte sie in rasende Wut.

„Lass mein Haar doch los, du Grobian, ich kann auch alleine laufen. Falls du es noch nicht bemerkt haben solltest, ich bin nicht körperbehindert. Jetzt lass mich endlich los, du verfaulter Hering."

Mit ganzer Kraft trat sie vor Treys Schienbein, der laut aufjaulte. Er griff fester in ihrem Haar zu, schüttelte sie so stark, dass sie vor Schmerzen kreischte und in die Knie ging. Die komplette Schiffsbesatzung stand um die beiden herum und amüsierte sich köstlich. Dann schaute Trey sich einmal um und strafte alle mit einem tödlichen Blick.

Alle waren nun ruhig und sahen zu was Trey vorhatte. Als er am Fass angekommen war, öffnete er den Deckel und legte ihn zur Seite. Drehte sich zu ihr herum und hob ihren Kopf so an, dass er ihr direkt in die Augen sehen konnte.

„So du kleines Biest, jetzt zeige ich dir, wer der Herr hier auf dem Schiff ist und wem du ab sofort zu gehorchen hast."

Mit dem Ende dieses Satzes hob er sie hoch und stellte sie in das Fass. Als er sich bückte um den Deckel aufzuheben, begriff Chantal was er vorhatte, sie stemmte sich gegen den Deckel und schrie aus Leibeskräften.

„Nein! Bist du total verrückt geworden?"

Aber das half Nichts. Trey drückte sie mit dem

Deckel einfach herunter und verschloss das Fass.
Chantal klopfte und trat mit voller Kraft von innen gegen die Fasswand, schrie und fluchte.

„Lasst mich hier sofort heraus, ihr Ungeheuer. Ich hasse euch alle, was ist eigentlich mit euch los? Hat euch noch nie jemand beigebracht, wie man eine Dame zu behandeln hat? Ihr Hunde, ihr seid der letzte Abschaum. Wie kann man eine Dame nur so entwürdigen? Lasst mich sofort heraus!!!"

Erst nach ungefähr einer Stunde resignierte sie, in der sich die ganze Mannschaft wunderte, was für Kraftausdrücke so eine

Dame doch kannte. Sie verausgabte sich völlig, dann wurde es ganz still und leise in dem großen Fass.

Trey ging erhobenen Hauptes zurück zu seiner Brücke und navigierte das Schiff. Er konnte sich nur leider gar nicht konzentrieren, musste ständig an das kleine freche Biest denken, das vor ihm im Fass eingeschlossen war.

„Was soll ich bloß mit dir machen, du kleine Hexe? Wenn du doch nur nicht so unsagbar schön wärst! Aber ich muss jetzt etwas mit dir durchgreifen. Sonst würdest du bei jeder Gelegenheit durchbrennen und das könnte sehr gefährlich für dich werden."

Es war nicht dunkel im Fass, da es überhaupt nicht dicht war. Überall gab es hauchdünne Schlitze zwischen den einzelnen Brettern, die kleine Sonnenstrahlen ins Innere ließen. Chantal hatte aber auch ein kleines Loch entdeckt, das wohl von einem abgetrennten Zweig stammte. Sie spähte hindurch und beobachtete das Geschehen auf Deck. Alle liefen umher und versuchten das Schiff zu wenden, das Chantal mit ihrem Fluchtversuch wohl auf falschen Kurs gebracht haben musste. Aber wo wollten diese Piraten eigentlich hin? Das war jetzt auch egal, sie war so erschöpft und müde. Alle ihre Glieder schmerzten vor lauter Anstrengung in den letzten 48 Stunden. Sogar die aussichtslose Lage, in der sie sich gerade befand, war ihr egal. Sie schloss ihre Augen, um einige Minuten Kraft zu schöpfen und schlief dabei fest ein.

„Aber Kapitän, du kannst die kleine Muchacha doch nicht in dem Fass sitzen lassen, bis die Sonne ihr die Sinne raubt."
Trey machte ein verbittertes Gesicht und schrie den kleinen Mexikaner an.
„Das weiß ich auch, sie soll in dem elendigen Fass ja nicht verrecken. Aber das wird ihr hoffentlich mal eine Lehre sein."
„Davon bin ich nicht überzeugt, die Kleine hat Feuer im Blut, du musst aufpassen, dass du dich nicht an ihr verbrennst."
Trey schaute auf das offene Meer hinaus und überlegte einen Augenblick.
„Ich werde mich nicht an ihr verbrennen. Ich werde das Feuer, das in ihr lodert, erst einmal richtig entfachen und dann wird sie alles tun, was ich von ihr verlange."
„Denkst du dein Plan wird funktionieren? Ich glaube kaum, dass sie wegen dir ihren einzigen Verwandten verkaufen wird. Denk doch mal nach, es ist ihr Onkel."
Treys Grinsen verlosch augenblicklich, in seinen Augen machte sich Hass breit.
„Wenn ich ihr erst einmal klargemacht habe, was für ein Satan dieser Mann ist, ich sie für mich gewonnen habe, dann wird sie bereit sein."
Am späten Abend wurde Chantal wach. Sie ließ ein leises Stöhnen von sich, denn ihr Nacken schmerzte schrecklich. Sie versuchte sich ein wenig zu strecken, was ziemlich schwierig

in einem Fass war. Wobei sie auch die Taubheit ihrer Beine bemerkte und den Schmerz in ihren Füßen.

„Ich muss eingeschlafen sein, wie spät ist es wohl? Oh, meine Beine."

Chantal versuchte sich ein wenig zu bewegen, um ihre Beine in eine andere Position zu bringen, das aber leider unmöglich war. Auch ihr Gesäß schmerzte, ihr Rücken und einfach ihr ganzer Körper. Außerdem bekam sie Hunger und durstig war sie auch. Nach einigem Herumgehampel in diesem schrecklichen Fass wurde Chantal wütend.

„Es ist eine Unverschämtheit, was diese Piraten hier mit mir anstellen. Besonders diese schwarzhaarige Ratte, die sich Kapitän schimpft." Chantal überlegte zu schreien und gegen das Holz zu treten. Aber diese Genugtuung gönnte sie denen nicht. Das wollte sie auf keinen Fall zulassen, denn dann hätten sie nämlich erreicht, was sie wollten.

„Nein! Ich werde stillhalten und niemand wird sich auf meine Kosten amüsieren. Und wenn ich hier verrecke, der kriegt mich nicht klein.

Eine dicke Gänsehaut huschte ihr über den Rücken, als sie überlegte was sie noch alles mit ihr tun könnten.

Ganz still lauschte sie, hörte Schritte, wenn jemand an ihr vorbeiging, Piraten aus ein paar Metern Entfernung lachen und feiern. Sie hatte sich fest vorgenommen, wach zu bleiben, um auf jede Attacke reagieren zu können. Die ganze Nacht lang war sie wach, lauschte den Männer bei ihrem Alkoholgelager, es kühlte schrecklich ab und sie begann fürchterlich zu frieren. Sie versuchte sich ein wenig abzulenken, indem sie durch das daumendicke Loch in der Fasswand spähte. Ihr Gefängnis stand auf einer kleinen Anhöhe, so dass sie bis aufs Meer hinausschauen konnte. Da die See sehr ruhig war, spiegelte sich der Mond im Wasser. Nach längeren Augenblicken sah sie auch ein paar Sterne und dachte wieder an ihre Eltern.

Tiefe Traurigkeit überkam sie, noch nie im Leben fühlte sie sich so hilflos wie jetzt. Ihr Kopf pochte, Gedanken an ihr liebes England wurden vor ihren Augen zu festen Bildern. An einem späten Sommerabend angelte sie mit ihrem Vater auf einem See, wobei er ihr die abenteuerlichsten Geschichten erzählte. Stundenlang hörte sie ihm aufmerksam zu und beobachtete die Sterne.

Manchmal sah sie eine Sternschnuppe, wünschte sich, Unbekümmert, dass ihr Vater einen großen Fisch fangen würde.

„Oh Gott, war ich naiv. Wieso habe ich mir eigentlich nie Gedanken über die Gesundheit, das Leben oder den Tod gemacht?" sprach Chantal mit sich selbst.

„Wieso bin ich nicht einfach zu Hause geblieben? Wieso habe ich eigentlich diese völlig bescheuerte Reise angetreten? Zu einem Onkel, den ich nicht kenne, und den ich auch wohl nie kennen lernen werde. Was ist, wenn ich hier nie wieder herauskomme? Wenn diese Piraten mich töten? Es wird niemals jemand herausfinden, ob ich tot bin! Und wenn, weiß niemand, wo ich liege. Jannice wird sich schreckliche Sorgen um mich machen. Alle meine Freunde und Bekannten werden vergeblich auf meine Rückkehr warten."

Chantal war verzweifelt, fing an zu weinen, dicke Tränen rollten ihr über die Wangen, sie musste sich anstrengen, um ein lautes Wimmern oder Schluchzen zu unterdrücken. Nach einer Weile versiegten die Tränen. Durst, der sie schon vorher quälte, war jetzt fast unerträglich. Ihr Mund war säuerlicher, Hals und Nasenschleimhäute waren so staubtrocken, dass ihr sogar das Atmen ein bisschen schwer fiel. Die vom Weinen angeschwollenen Augen brannten, grässliche Kopfschmerzen zogen hinunter bis zum Nacken.

Um den Schmerzen und dem Durst ein wenig zu entkommen, lehnte sie sich ein wenig zurück und schlief ein.

Am frühen Morgen wurde Trey wach, fühlte sich völlig durcheinander, da er die ganze Nacht keinen Tiefschlaf gefunden hatte. Ständig dachte er an das junge Mädchen, das er in ein Fass gesperrt hatte, nur um ihren Willen zu brechen. Im Bett liegend starrte an die Wand an, die Szene, als er sie zum ersten Mal sah, spielte sich vor seinen Augen ab. Wie sie mit ihrem weißen rußbedeckten Kleid plötzlich vor ihm stand. Den blonden Haaren, die sich aus ihrem Zopf gelöst hatten und völlig verzottelt bis zu ihren Hüften herunterhingen. Jedermann konnte sofort erkennen, dass sie eine richtige Dame war.

„Aber wo zum Teufel hatte dieses Biest so kämpfen gelernt? Sie ist mit dem Degen besser umgegangen als meine besten Männer. Sie hat in kürzester Zeit zwei getötet, das kann doch alles nicht wahr sein? Wie kann ein so zierliches Ding so kämpferisch sein, das habe ich auf der ganzen See noch nie gesehen. Und dann haut sie auch noch ab, mitten am helllichten Tag versucht sie einfach davon zu rudern!" In Gedanken versunken stand Trey auf und ging zum Fenster. Eine warme Sommerbrise erfrischte den Raum, er streckte seine Arme hoch in die Luft und atmete dabei tief ein. Bewegte sich zum Waschtisch, Rasierte sich mit zittriger Hand und wusch sein Haar. Nach dem Abtrocknen wählte er eine schwarze Leinenhose, ein weißes Hemd, zog sich an und verließ den Raum. Auf Deck angekommen, waren die ersten seiner Piraten schon wach und bei der Arbeit. Er ging hinauf zur Brücke, wo ein Tisch mit Brot, Butter, ein Stück Pökelfleisch und Wein für ihn stand. Als er sich setzte, rief er völlig überreizt nach seinem Koch.

„Tom. Ich hoffe, du hast mitbekommen, das ich da bin und die Frühstückseier sind gleich fertig." Doch bevor Trey den Satz zu Ende sprechen konnte, stand Tom mit einer noch brutzelnden Pfanne neben ihm und stellte sie auf den Tisch.

Als Trey anfing zu essen, wollte Tom sich umdrehen und gehen. Doch Trey hielt ihn mit einer Geste auf.

"Bleib und setz dich, erzähle mir, was du auf dem Schiff so mitbekommen hast, nachdem wir dich da eingeschleust haben. Gab es dort irgendwelche besonderen Vorkommnisse?" Tom schaute etwas verdutzt und setzte sich.

„Nein. Auf dem Schiff war alles ruhig, es gab keinen Anlass, irgendwelchen Dingen auf den Grund zu gehen." Trey blickte in Gedanken versunken aufs Meer hinaus.

„Und das Mädchen? Was war mit ihr?" Tom schaute seinen Chef etwas verwundert an und fragte sich, wieso er jetzt nach ihr fragte. Die Sonne schien ihm ins Gesicht und er antwortete mit zugekniffenen Augen.

„Nichts! Wieso? Wir haben sie doch jetzt und dann bringen wir sie gegen Lösegeld zu ihrem Onkel. Oder?"

„Ja, das meine ich aber nicht, ich muss etwas über sie wissen. Was hat sie auf dem Schiff getan, geredet oder wer hat sie am Hafen in England verabschiedet? All diese Sachen."

„Ja, nichts Besonderes." Trey schlug mit der geballten Faust auf den Tisch und schaute dem zierlichen Jungen tief in die Augen, wobei er sich nach vorne beugte und sein schwarzes Haar ihm ins Gesicht fiel. Mit der einen Hand auf dem Tisch und der anderen auf dem Schoß gestemmt sprach er mit leiser bedrohlicher Stimme

"Ich werde meine Frage nicht noch einmal wiederholen." Tom war etwas verunsichert, fing jedoch sofort an zu sprechen.

"Na ja, sie hat nichts gemacht, außer sich nützlich."

„Wie meinst du das?"

„Am Anfang der Reise ist sie auf Deck spazieren gegangen, hat sich die See angeschaut und abends den Himmel. Sterne und so ein Zeug, sie hat dann Bücher und Gedichte gelesen. Sie hat auch gehäkelt oder gestrickt, keine Ahnung wie man das nennt!? Als ihr die Fahrt dann zu langweilig wurde, fing sie mit der Ausbesserung der Matrosenkleidung an. Und dann bestand sie darauf, den Männern beim Ausbessern der Segel zu helfen. Als wir dann so drei Wochen lang unterwegs waren, wurde ihr wohl doch alles zu langweilig. Sie tat immer mehr Dinge, die eigentlich nur die Matrosen machten. Bis sie zu guter Letzt, zum Ärger des Kapitäns, auf die Masten kletterte, um Seile zu spannen oder

Ausschau zu halten."

„Sie hat was??"

„Ja, Kapitän, wenn ich es ihnen doch sage, die hat Feuer im Blut, ich versteh überhaupt nicht, wie sie an diese blonden Haare kommt, sie benimmt sich wie eine Mexikanerin. Sie ist mit den Matrosen umgegangen, als wäre sie unverwundbar, genoss völligen Respekt bei der Besatzung. Einmal hat es einer der Matrosen gewagt, sie unverschämt anzusprechen. Da hat die Kleine losgeschimpft wie meine alte Großmutter und ist auf den armen Mann losgegangen. Ich glaube, wenn nicht gerade der Kapitän hereingekommen wäre, dann hätte sie ihm wahrscheinlich die Augen ausgekratzt." Diego, der die ganze Zeit seitlich dabeistand und alles mitgehört hatte mischte sich ins Gespräch ein.

„Du kannst gehen, ich möchte mit Trey allein sprechen."
Tom war sichtlich erleichtert und machte sich sofort davon.
„Mir scheint, dass diese kleine Muchacha mal eine Lektion benötigt. Irgendwann werde ich ihr höchst Persönlich beibringen, was ein echter Gringo ist."
Im gleichen Augenblick packte Trey Diego an den Hals, schaute ihm in die Augen, als wolle er ihn umbringen.
"Sie gehört mir, ich brauche sie noch. Und wer es wagt, etwas zu berühren, das mir gehört, dem werde ich bei lebendigem Leibe die Eingeweide herausreißen und sie ins Meer schmeißen. Hast du das verstanden? Außerdem verpflichte ich dich hier und jetzt dazu, dass du sie vor jeder Gefahr mit deinem Leben beschützen wirst! Hast du mich verstanden? Wirst du es tun? Du weißt genau du bist es mir schuldig!"
Trey vergaß in seinem Wahn, dass Diego sein bester Freund war. Diego riss sich von der starken Hand los und schrie Trey an. „Was soll der Scheiß? Du hast mich fast erwürgt, sag mal, was ist denn mit dir los? Wieso machst du so ein Theater um sie?"

„Lass mich in Ruhe!" winkte Trey barsch ab und stürmte die Treppe hinunter Richtung Fass.

Er hielt die Spannung einfach nicht mehr aus und war völlig außer Kontrolle.

Schmerz und Durst hatten Chantal bereits geweckt, obwohl sie eigentlich noch todmüde war. Ihr Haar war so lang, dass sie ständig darauf saß und zwischen ihrem Rücken und der Fass Wand völlig verfilzte.

Überhaupt musste sie dringend zur Toilette. Als sie gerade durch das kleine Loch blicken wollte, hörte sie dumpfe Schritte, die sich ihr näherten.

Völlig unverhofft riss jemand mit voller Wucht den Deckel des Fasses auf, packte sie am Arm und zwang sie zum Aufstehen. Die Sonne blendete sie stark, ihr gestreckter Körper ließ sie vor Schmerzen aufschreien. Nicht sehend, wer oder was sie da gerade aus dem Fass zog, klammerte sie sich einfach an den großen harten Körper, der sie da gerade befreite. Hunger, Schmerz und Erschöpfung ließen ihren schmalen Körper in Ohnmacht fallen.

Trey versuchte Chantal auf die Beine zu stellen, aber die gaben sofort unter ihr nach und sie stürzte zu Boden.

„Kapitän!? Was ist? Ist die Gringa tot?"

„Nein, du Idiot. Sie ist in Ohnmacht gefallen. Sag Tom, dass er heißes Wasser kochen soll. Die Lady wird gleich erst mal baden gehen."

Mit diesen Worten hob er Chantal vom Boden auf und trug sie in sein Zimmer, wo er sie in sein Bett legte. Durch das Fenster schien die Sonne direkt auf ihren Körper, die ihre Haare in Gold verwandelten. Eine Haut wie Seide, sinnliche Lippen wie Rosenblätter, schwarze dichte Wimpern, die süßeste kleine Nase, die er je in seinem Leben gesehen hatte.
Ganz unverhofft drehte sie sich auf die Seite, Trey schüttelte sich um seinen Kopf wieder frei zu bekommen. Er fing an, ihr das Mieder aufzubinden, langsam und behutsam die Hose vom Körper zu streifen.
Schlafend sah sie aus wie ein kleiner Engel.
Trey musste schmunzeln, weil er ganz plötzlich daran denken musste, wie sie doch tatsächlich über den Pazifischen Ozean paddeln wollte. Ein kleines Lachen konnte er nicht unterdrücken, das auch bald wieder versiegte, da er ihre Hartnäckigkeit und ihren Mut wirklich bewunderte.
Sie war ihm mehr als Sympathisch, was er nicht eingeplant hatte und ihn jetzt ruckartig erschrak.
Ganz rasch nahm er ein Laken, deckte sie zu und verließ den Raum.
Einige Minuten später öffnete sich wieder die Kajüten Tür und Tom trat herein. Bepackt mit zwei Eimern heißes Wasser versuchte er so leise wie möglich zu sein. Er schaute nur ganz kurz zum Bett hinüber um sich zu vergewissern, dass Mrs.

Events auch wirklich schlief. So sehr er sich auch bemühte sie wurde vom Geplätscher wach.

Sie brauchte etwas Zeit um zu verstehen, dass sie in einem Bett lag, erschrocken schrie sie auf und setzte sich auf. Als sie den jungen Knaben sah weiteten sich ihre Augen, sie holte tief Luft.

"Du?! Was machst du denn hier? Ich dachte ihr seid alle tot, wie konntest du entkommen?"

Tom grinste unverschämt über beide Ohren.

„Was? Du Spitzel, du hast von Anfang an zu dieser Mörderbande gehört, wie konntest du das tun?"

Vor lauter Wut sprang sie aus ihrem Bett, stürmte auf Tom zu und packte ihn am Ohr. Stechender Schmerz und Wut ließen sein Gesicht rot anlaufen.

„Sag mir sofort, wer du wirklich bist und was du hier zu suchen hast. Wieso gehörst du zu dieser Mörderbande?" „Aua, Mrs. Events, lassen sie doch los, ich habe ihnen doch gar nichts getan!"

„Nichts getan? Wegen dir ist mein komplettes Schiff gemeutert und alle sind getötet worden!"

„Wegen mir? Mrs. Events, bitte, sie reißen mir gleich mein Ohr ab."

Chantal schaute auf Toms Ohr und bemerkte, dass der Junge Recht hatte. Sofort lockerte sie ihren Griff ein wenig, ließ aber nicht los, sondern bestand auf eine Antwort.

„Also gut, erzähle mir sofort etwas oder ich reiße dir dein verkommenes Ohr tatsächlich ab."

„Was wollen sie denn wissen?"

„Wieso bist du nicht tot? Wo sind die anderen? Wie heißt der verdammte Dreckskerl, der euch anführt? Wieso bin ich hier und nicht auch tot?"

„Moment! Ich weiß ja gar nicht, welche Frage ich zuerst beantworten soll."

Chantal zog etwas fester am Ohr.

„Jetzt werde bloß nicht frech, sonst bring ich dich um." „Ja, ja, ich bin Tom, ehrlich! Ich war auf ihrem Schiff, um mich um sie zu kümmern."

Chantal zog wieder am Ohr und Tom schrie auf.

„Und um alles auszuspionieren, ich musste auf alles achten, um später beim Kapitän Meldung zu machen."

„Wer ist der Kapitän?"

„Trey."

„Und weiter? Wie heißt er? Wer ist er?"

„Keine Ahnung Lady, niemand kennt den wahren Namen des Kapitäns. Niemand weiß, wo er herkommt oder wo er hinwill. Er redet mit niemand darüber, er ist knallhart und tötet Feinde ohne mit der Wimper zu zucken." Chantal schaute Tom nachdenklich an.

„Und wo sind meine Leute? Die anderen vom Schiff? Hat er sie auch alle getötet?"

„Nein sind nicht tot, Trey würde niemals unschuldige Menschen töten."

„Wieso unschuldig? Wer ist denn hier bitte schön schuldig Und wenn, wofür schuldig? Ich denk, dein Chef ist so hart und tötet ohne mit der Wimper zu zucken?"

„Ja, aber Feinde, ich sagte er tötet Feinde und das sehr skrupellos, das kann ich ihnen versichern."

„Und wo zum Teufel sind jetzt die anderen vom Schiff? Spucke es aus oder ich schmeiß dein Ohr durchs Fenster." „Sie leben, ganz einfach! Nachdem wir sie hatten, wir uns alle Waffen und Munition genommen haben, sind wir einfach davon gesegelt. Er wollte nur sie und nachdem sie zwei seiner besten Männer erledigt hatten, wollte er sie erst recht."

„Wieso?"

Chantal schaute Tom völlig verzweifelt und fragend an.

„Keine Ahnung, ich weiß auch nicht mehr. Außer dass ich immer noch ihr Zimmerjunge bin. Und jetzt sollte ich ihnen eigentlich ein heißes Bad zubereiten und nicht mit ihnen tratschen. Denn wenn Trey mich dabei erwischt, schmeißt er mich komplett durchs Fenster und dann kann ich auf mein

Ohr auch verzichten."

Tom schaute an Chantal herunter.

„Außerdem Mrs. Events, wussten sie eigentlich, dass sie fast nackt sind?"

Chantal schaute sich an und ließ Toms Ohr mit einem albernen Geschrei los. Sie versuchte ihre völlig „Oma hafte" Unterwäsche mit verschränkten Armen zu verstecken. Tom rieb sich sein Ohr und obwohl er brennende Schmerzen hatte, amüsierte er sich köstlich.

Plötzlich schubste Chantal den Jungen Richtung Tür. "Raus hier! Du ordinäres Schwein, was fällt dir eigentlich ein? Raus!!" Tom lachte laut Hals, ging schnellen Schrittes zur Tür und verschwand.

Als Chantal gerade ausatmete, steckte er plötzlich wieder den Kopf zum Zimmer herein.

"Einen wunderschönen Abend wünsche ich ihnen noch." Da nahm Chantal eine Haarbürste, die gerade greifbar war und schleuderte sie ihm entgegen. Diese traf ihn prompt auf den Kopf und er verließ fluchend den Raum. Schnell ging Chantal zur Tür, verschloss sie und lehnte sich mit dem Rücken daran. Sie schaute zur Bürste hinüber, die auf dem Boden lag, und konnte ein Schmunzeln nicht unterdrücken.

Ihr Blick wanderte zur dampfenden Wanne, schnell zog sie die verschwitzte Unterwäsche aus und versank bis zum Hals im Wasser. Jeder Teil ihres Körpers schmerzte, die letzten vierundzwanzig Stunden waren einfach unnormal. Ein kleines Glasfläschchen zog ihre Aufmerksamkeit auf sich. Süßer Rosenduft durchströmte den Raum, vorsichtig goss sie es ins heiße Wasser, die ätherischen Öle raubten ihr die Sinne.

Gedankenlos lehnte sie sich zurück, schloss die Augen und schlummerte ein.

Tom saß auf dem Fass, in dem Chantal die ganze Zeit gehockt hatte und schmierte sich eine Kräutersalbe aufs Ohr, die er von dem Schiffsarzt bekommen hatte.

„Warst du schon bei ihr im Zimmer? Ist sie jetzt fertig und kommt hoch?"

„Kapitän! Haben sie mich aber erschreckt! Ja Sir, ich war unten und habe ihr frisches Badewasser gebracht. Dabei hat sie mir fast ein Ohr abgerissen wie sie ja sehen. Diese Frau ist wirklich nicht zu retten und was sie alles wissen wollte. Warum wir sie überfielen? Und wo die anderen des Schiffes seinen und warum sie hier ist und nicht tot?"

Tom verdrehte genervt seine Augen und rieb weiter sein Ohr. Da packte Trey ihn plötzlich an den Schultern und schüttelte ihn.

„Was zum Teufel hast du ihr erzählt? Los spuck es aus!" Tom hielt sich an Treys Handgelenken fest.

„Hör auf, mich so zu schütteln, du brichst mir ja mein Genick. Hör auf! Was muss ich denn noch alles mit euch beiden erleiden? Die eine reißt mir fast ein Ohr ab und zertrümmert mir meinen Schädel mit einer Bürste und der andere bricht mir aufgrund dessen das Genick."

Trey hatte längst aufgehört den kleinen Tom zu schütteln und stand nun wartend mit verschränkten Armen vor ihm. „Nun,

bist du jetzt genug in Selbstmitleid versunken? Ich wiederhole nur ungern meine Fragen. Also, was hast du ihr gesagt?"
Etwas Angst die Wahrheit auszusprechen, erzählte er nur einen Teil von dem, was er Chantal wirklich gesagt hatte.
„Nichts Besonderes, außer dass die anderen vom Schiff noch leben, dass wir uns die Munition genommen haben.
Und sie haben wir nur so mitgenommen, zum Spaß." Kaum hatte Tom ausgesprochen, da packte Trey ihn auch schon um den Hals und hob ihn ein Stück hoch.
„Du hast was? Weiß sie denn auch warum?"
„Nein, ich ersticke, bitte Trey. Hör auf."
Trey ließ ihn wieder herunter, hielt ihn aber immer noch fest.
„Ich habe ihr nichts erzählt Chef, sie weiß nicht, warum sie hier ist. Kapitän, wie soll ich ihr das überhaupt erzählen, wenn kein Schwein weiß, was hier überhaupt los ist? Keiner weiß, warum du so einen Aufstand machst. Was ist eigentlich hier los, sind nun alle völlig durchgedreht?"
Trey holte plötzlich soweit zum Schlag aus, dass Tom Zeit der Welt hatte um aufzuspringen und wegzulaufen. Einen Augenblick lang schaute er hinter ihm her und lächelte über sein Großmaul. Dann versteifte sich sein Blick jedoch wieder, denn er musste an Chantal denken. Der Drang sie wiederzusehen war so groß, dass er es nicht unterlassen konnte, sich in Richtung Kajüte zu bewegen. Leise ging er die Treppe hinunter und blieb vor der verschlossenen Tür seines

Zimmers stehen. Vorsichtig öffnete er sie mit seinem Zweitschlüssel mit der Vermutung, dass sie schlief.

Damit hatte er auch Recht, nur was er nicht wusste, dass sie in der Wanne schlief. Völlig fasziniert von ihrer Schönheit setzte er sich zu ihr auf den Beckenrand. Es duftete herrlich nach Rosen, ihr blondes langes Haar hatte sie wohl zum Trocknen über den Rand der Wanne gelegt.

Durch den Schaum im Wasser konnte er nicht mehr als ihre Brüste sehen, die sich durch ihre Atmung sanft im Wasser bewegten. Sie war leicht gebräunt, ihre dichten schwarzen Wimpern und der rosige Mund ließen sie wie eine Porzellanpuppe aussehen.

Trey war wie von Sinnen, ihn durchströmte ein heißer Schauer, er hatte das Bedürfnis sie zu berühren. Vorsichtig nahm er eine Haarsträhne, die nach vorne ins Badewasser gerutscht war, und streifte sie mit dem Finger zurück nach hinten. Dabei regte sie sich ein wenig, ihre prallen Brüste hoben sich noch ein wenig mehr, so dass er ihre rosigen Knospen sehen konnte. Der Versuchung nahe, sie zu berühren, versuchte er seine schneller gewordene Atmung zu kontrollieren.

Am liebsten wollte er sie küssen, doch dann besann er sich wieder und stand vom Beckenrand auf.

Er schüttelte seinen Kopf und ging zum Waschtisch.

„Was ist denn bloß los mit mir? Ich warte nun schon so lange auf diese Gelegenheit um mich zu rächen und habe nichts Besseres zu tun, als mir den Kopf von einer Blondine verdrehen zu lassen."

Trey war wütend auf sich selbst, ging zum Fenster, öffnete es und setzte sich auf die Fensterbank. Er atmete die frische Meeresluft ein und wartete darauf, dass Chantal wach werden würde.

Es war kühl im Zimmer geworden, das Badewasser, in dem Chantal lag, war inzwischen so kalt, dass sie sich regte.

Schlaftrunken öffnete sie ihre Augen, fragte sich, wie lange sie wohl schon in der Wanne gelegen hätte. Hob eine Hand hoch und schaute sich belustigt ihre vom Wasser verrunzelten Finger an. Dann stand sie auf, blieb in der Wanne jedoch stehen, damit das Wasser an ihrem Körper ablaufen konnte. Sie nahm ihr Haar hoch und wrang es ein wenig aus, drehte es geschickt zu einem Dutt hoch. Schnell stieg sie aus der Wanne aus, schnappte sich ein Handtuch, das über der Stuhllehne hing. Zuerst trocknete sie ihren ganzen Körper ab, warf dann ihre Haare nach vorne, um das Handtuch darum zu wickeln.

Stocksteif saß Trey auf der Fensterbank und konnte seinen Blick nicht mehr von ihr wenden.

Seine Anwesenheit hatte sie noch gar nicht bemerkt, wunderte sich nur, wieso es auf einmal so kalt war. Als sie sich umdrehte, um nach dem Fenster zu schauen, zuckte sie zusammen. Wild zog sie sich das Handtuch vom Kopf und hielt es sich notdürftig vor ihren nackten Körper.

„Sag mal, du ungehobeltes Schwein, was tust du hier in meinem Zimmer?"

„Dein Zimmer? Das ist mir ja ganz neu und kannst du vielleicht mal aufhören, mich ständig mit Kraftausdrücken zu bombardieren? Ich habe immer gedacht, dass eine Dame solche Sachen nicht sagt."

„Dann bin ich eben keine feine Dame, du Mistkerl."

„Ach so, na dann macht es dir ja wohl auch nichts aus, wenn ich hier im Zimmer bleibe während du nackt vor mir stehst."

Chantal war so außer sich vor Wut, dass sie auf ihn zuging. Mit der einen Hand versuchte sie ihn zu schlagen, wobei sie mit der anderen das Handtuch festhielt.

Dieser Versuch war nicht nur völlig überflüssig und schwachsinnig, er war auch verdammt gefährlich. Denn er packte ihre Hand, zog sie an seinen Körper und schaute ihr tief in die Augen.

„Versuch das nie wieder, das habe ich dir schon einmal gesagt. Es gibt nicht viele Menschen, die einen zweiten Versuch mich zu schlagen überlebt haben."

Seine raue sinnliche Stimme lähmte sie, sodass sie ihn einfach nur anstarrte.

Trey war verwirrt, weil sie normalerweise herumschreien würde, doch sie tat nichts dergleichen.
Willenlos versank er in ihren glasigen Augen, die wie die niedrigen Gewässer in der Karibik türkisblau glänzten. An seiner Brust spürte er ihr pochendes Herz, ihre rasende Atmung. Noch nie im Leben hatte er so etwas gespürt. Es war keine Gier, vielleicht Leidenschaft, keine Sehnsucht nach schneller Erlösung, er wollte sie beschützen.

Nur von einem dünnen Handtuch getrennt spürte Trey, wie ihm die Hitze zu Kopf stieg, konnte kaum noch einen klaren Gedanken fassen. Er hielt sie im Arm, als könnte sie einen Abgrund herunterfallen, ihre Gesichter kamen sich immer näher. Alles um sie herum schien auf einmal unreal, bis sie sich berührten.
Ihre Lippen waren so weich wie Seide, der süße Duft nach Rosen entfachte ein heftiges Verlangen nach mehr. Sein Kuss wurde fordernder, Chantal war wie gelähmt, noch nie zuvor hatte sie einen Mann geküsst. Sie verspürte etwas, das sie einfach nicht beschreiben konnte, ihr Herz raste und der Puls schlug ihr bis zum Hals. Doch als er plötzlich versuchte mit seiner Zunge in ihren Mund einzudringen, kam sie ruckartig zur Besinnung. Sie stieß sich ganz plötzlich von Treys Körper ab und ging zwei Schritte zurück. Mit der freien Hand wischte sie über ihren Mund und schaute ihn erbost an.

„Was hast du getan?"

Chantal war so aufgewühlt, dass sie am ganzen Körper bebte und ihre Stimme zitterte. Trey war wie aus einem Traum gerissen und schaute Chantal mit großen Augen an.

„Was meinst du?" fragte er.

„Wieso machst du das mit mir? Geh jetzt sofort hier raus du Schwein, sonst hack ich dich in Stücke."

Es tat ihm in der Seele weh, sie so ängstlich zu sehen, wieso hatte er sich so gehen lassen? Er ging einen Schritt auf sie zu und streckte die Hand nach ihr aus. Irgendetwas musste er jetzt sagen, doch er fand keine Worte.

Es wäre wohl besser sie jetzt alleine zu lassen, doch das konnte er nicht.

Aus den Tiefsten seines Inneren wollte er mehr und er wollte es jetzt.

Chantal ging weiter rückwärts um ihm auszuweichen, doch damit erreichte sie nur, dass sie direkt vor der Bettkante stand. Sie schaute sich kurz um, in diesem Augenblick nahm Trey sie in den Arm und warf sich mit ihr auf das weiße Lacken. Er landete direkt auf ihr, das Handtuch war so sehr verrutscht, dass sie splitternackt unter ihm Lag. Sie stemmte sich gegen seinen Körper und trommelte mit ihren Fäusten auf seiner Brust herum.

Er belächelte sie nur sanft, nahm ihre Hände und bog sie vorsichtig nach hinten.

„Was soll das, lass mich sofort los!" schrie Chantal ihn mit hochrotem Kopf an. Doch er achtete gar nicht darauf und presste einfach seinen Mund auf den ihren.

Er küsste sie sehr leidenschaftlich, es dauerte nicht lange, bis sie ihren Widerstand aufgab. Sie versteifte sich nun nicht mehr und er spürte, wie sehr sie das Küssen genoss. Als er ihre Hände losließ, setzte sie sich auch nicht weiter zur Wehr. Zärtlich strich er ihr die langen Haare aus dem Gesicht. Sie küssten sich lange und leidenschaftlich, bis Chantal total gelöst war.

Vorsichtig glitt seine Hand herunter zu ihrer Brust, die er liebkoste. Ihr Körper schien zu beben, als er sie mit seinen Lippen umschloss.

Ein leises Stöhnen konnte sie nicht unterdrücken. Irgendwo in ihr war eine Dame die empört herum schrie.

Warum auch immer, sie ignorierte sie!

Seine Hände und Lippen waren überall, hinterließen Feuer da, wo er sie berührte.

Dass er sich dabei seine Kleidung vom Körper streifte bemerkte sie erst, als er ganz nackt auf ihr lag.

Sie erschrak und öffnete die Augen, denn sie spürte einen harten Gegenstand an ihrer Leiste. Doch ihre Blicke trafen sich, noch nie im Leben hatte sie etwas gefühlt, das dem nahekam, was sie gerade verspürte. Noch nie im Leben fühlte sie sich so sicher, geborgen und glücklich.

Denken, war unmöglich. Die Sonne schien einfach heller zu strahlen als sonst, die Erde schien sich schneller zu drehen.

„Hab keine Angst, ich werde sehr vorsichtig sein."

Bevor sie überhaupt darüber nachdenken konnte, was er damit meinte, küsste er sie auch schon wieder. Seine Hände wanderten über ihren ganzen Körper, bis zu einem Punkt, der ihr bisher verborgen war. Sie stöhnte leise, spürte wie heiß und feucht der privateste Teil ihres Körpers wurde. Er drängte sich zwischen ihre Schenkel, was sie für einen kleinen Augenblick zu verhindern versuchte.

Es war unschicklich die Beine so zu spreizen, was ihr dann auf einmal egal war. Noch nie zuvor in ihrem Leben hatte sie sich so dermaßen gehen lassen. Seine Männlichkeit war ihr mehr als bewusst, tausend Volt schossen durch ihren Körper. Er kam ihr immer näher und näher, drängte gegen ihre zierliche Gestalt.

Langsam öffnete sie sich und sie verstand, warum er immer wieder gegen ihre intimste Stelle pochte.

Zu spät bemerkte Trey die Blockade und begriff, dass sie noch nie... doch es gab kein Zurück mehr.

Blut rauschte durch seinen Körper, durch eine Nebelwand versank er in den Tiefen ihrer Augen.

Er drang in sie ein, zuerst langsam, dann mit einem heftigen Stoß, der Chantal großen Schmerz bereitete. Sie verkrampfte sich schlagartig und Trey bewegte sich keinen Zentimeter mehr. Kleine Tränen blitzten unter ihren Wimpern, die ihm fast das Herz brachen. Er küsste sie weg, küsste ihr ganzes Gesicht, hielt sie fest, streichelte über ihre Wange, bis sie sich wieder ein wenig entspannte.

Zaghaft bewegte er sich hin und her, spürte wie Chantal sich langsam fallen ließ. Als er merkte, dass sie keine Schmerzen mehr hatte, konnte er sich selbst nicht mehr beherrschen. Seine Bewegungen wurden immer schneller, feste stieß er immer wieder mit Chantal zusammen. Er spürte wie sie langsam zum Höhepunkt kam, küsste ihren nass geschwitzten Körper immer heftiger, bis auch er Erlösung fand. Trey sank völlig erschöpft auf Chantals Körper nieder, horchte unentwegt ihren Atem und wartete nun auf eine Reaktion.

Doch Chantal sagte nichts, tief ein und aus atmend hielt sie ihre Augen geschlossen und bewegte sich nicht. Trey erhob sich ein wenig von ihr, da er sehr schwer war und schaute sie fragend an.

„Madam? Schläfst du?"

Sie ließ ihre Augen geschlossen und antwortet mit gebrochener Stimme.

„Ich heiße Chantal."
Er bemerkte die feuchten Wimpern ihrer wunderschönen Augen.

„Chantal? Habe ich dir wehgetan? Wenn ja, dann möchte ich mich dafür entschuldigen, es war nicht meine Absicht." Ihr Gesicht verzog sich, versuchte nicht zu weinen.

„Chantal, bitte sag doch etwas."

Er nahm sich zurück, legte sich neben sie und zog ihr die Decke bis über die Schulter.

Chantal fing an zu weinen, sie weinte sehr leise, Tränen liefen ihr dabei übers Gesicht. Trey umarmte sie sanft, wärmte sie mit seinem Körper.

Dann öffnete sie ihre Augen, sie sah ihn nicht an, das konnte sie einfach nicht.

„Dafür werde ich bestimmt in der Hölle schmoren."

„Was? Für was solltest du denn in der Hölle schmoren?"

„Du weißt ganz genau warum, jetzt gib mir bitte nicht auch noch das Gefühl, dass du denkst, ich würde so was immer machen. Das ist nämlich nicht so." Chantal schrie ihn nun an.

„Wieso hast du das mit mir getan? Ich bin ja noch nicht einmal mit dir verheiratet!?"

Trey schaute sie erschrocken an und wurde mit einem mal ganz ernst.

„Natürlich machst du so etwas nicht ständig. Oder denkst du vielleicht, dass ich nicht bemerkt habe, dass du noch nie mit einem Mann zusammen warst. Aber wieso hast du mir denn nicht gesagt das du jungfräulich bist, dann wäre ich bestimmt mit dir anders umgegangen, oder es wäre gar nicht erst soweit..."

Trey konnte seinen Satz nicht beenden, da Chantal ihn lauthals unterbrach.

„Dir vorher etwas sagen? Was sollte ich deiner Meinung nach denn tun, nachdem du mir die Arme nach hinten gebogen hast und mich mit deinem dreckigen Maul fast erstickt hast!???"

Trey wollte seinen Ohren nicht glauben, er schaute sie an und brach in schallendes Gelächter aus.

„Mein dreckiges Maul? Du bist ja wirklich ein blödes Biest, jetzt tu bitte nicht so, als ob du es nicht genau so genossen hättest wie ich. Wenn du dich mit Gewalt gegen mich gestemmt hättest, dann hätte ich dich bestimmt nicht gezwungen mit mir zu schlafen."

Er schaute sie mit einem breiten Grinsen an.

„Aber da du dich ja so schnell überreden lassen hast, konnte ich ja nicht ahnen, dass es dir unangenehm ist."

Chantal holte aus um ihm eine Ohrfeige zu geben, er war natürlich viel schneller und hielt ihr beide Hände fest. Dann presste er seinen Mund auf den ihren und küsste sie leidenschaftlich, ließ wieder von ihr ab und schaute ihr tief in die Augen.

„Es gibt nichts wofür du dich schämen musst. Das was wir beide gerade erlebt haben war etwas Wundervolles. Wir sind erwachsene Menschen und können selber entscheiden was wir erleben möchten und was nicht. Gib mir bitte nicht die Schuld dafür, dass ich der erste Mann in deinem Leben bin."

Chantal wollte das alles nicht hören, versuchte ihn von sich zu stoßen.

„Geh jetzt von mir herunter, bitte, ich kann das nicht weiter ertragen." Trey zog sich zurück und stand auf. Er überließ ihr das Bettlaken, in das sie sich sofort einhüllte. Nackt stand er vor ihr, schüttelte seinen Kopf und hob seine Kleidung vom Fußboden auf.

Trey wusste sehr wohl, dass Chantal keine Eltern mehr hatten, aus irgendeinem Grund wollte er sie allerdings aus der Reserve locken.

„Was musst du nur für strenge Eltern haben? Das kann ja wohl nicht wahr sein, dass eine Frau in deinem Alter weder sexuelle Erfahrungen gehabt hat oder verheiratet ist. Aber eins verstehe ich dabei nicht, wenn deine Eltern so verklemmt sind, wieso lassen sie dich dann allein übers

Meer segeln?"

In Chantal stieg Wut auf. Sie setzte sich auf und hielt das Laken mit beiden Händen vor ihren Körper.

„Lass gefälligst meine Eltern aus deinem verkommenen Mund, du weißt gar nichts über mich oder meine Eltern. Was sie sind oder auch nicht, sie waren wundervolle Menschen die mir immer den richtigen Weg gezeigt haben, solange bis sie beide gestorben sind. Meine Eltern hätten ihr Leben für mich gegeben, sie waren gute Menschen und keineswegs verklemmt."

Sie war so sauer und durcheinander, dass sie überhaupt nicht mehr kontrollieren konnte, was sie da gerade sagte.

Trey stand mitten im Raum und starrte Chantal an.

„Wie alt warst du als deine Eltern starben?" „Das geht dich gar nichts an" fauchte sie.

„Sag es mir doch einfach, das kann doch nicht so schwierig sein? Wieso beschimpfst du mich eigentlich immer, wenn ich dir eine normale Frage stelle?" Trey wollte ihr gerade weiter eine Standpauke halten als sie ganz unverhofft in einem normalen Ton mit ihm sprach.

„Sie starben einige Wochen vor meinem fünfzehnten Geburtstag." Sie schwieg und schaute auf ihr Bettlaken.

„Sie sind langsam gestorben, ich hatte nicht die Möglichkeit ihnen zu helfen. Seitdem bin ich allein, ich habe alles verkauft und mir ein schönes kleines Haus genommen. Ich habe keine Verwandten und meine Mutter hatte nie die Chance ein zweites Kind zu bekommen." Dann holte sie einmal tief Luft.

„Ich musste immer alles alleine machen, ich studiere und habe keine Zeit für niemanden.

Allerdings habe ich eine gute liebe Freundin, sie passt gerade auf mein Haus auf."

Chantal versank in Gedanken und ignorierte Trey.

Er setzte sich zu ihr aufs Bett und drückte sie an sich.

„Es tut mir leid, ich konnte ja nicht ahnen."

Er streichelte ihr langes Haar und hielt sie fest. Sie sprachen kein Wort mehr, nach einiger Zeit schlief sie friedlich in seinen Armen ein. Vorsichtig legte er sie auf das große weiße Kissen und betrachtete sie. Sie war eine wunderschöne Frau, sie sah aus wie ein Engel.

Plötzlich war es Trey unangenehm, dass er sie so ansah. Er fragte sich was denn mit ihm bloß los sei? Er saß hier auf dem Bett neben einer Frau, die er eigentlich hassen müsste. Schnell stand er auf, zog seine Kleidung wieder an, stürmte aus seinem Zimmer. Direkt hinauf bis auf die Brücke, wo Tom stand und versuchte den Kurs zu halten.

„Tom, geh nach unten und bring mir einen Krug Bier." Tom drehte sich ohne Umschweife um, tat was Trey ihm aufgetragen hatte. Trey stützte sich mit beiden Händen auf die Reling und schaute auf das Meer hinaus.

„Was ist denn bloß los mit mir? Das kann doch eigentlich nicht wahr sein, wieso habe ich Mitleid mit ihr? Ich wollte sie doch eigentlich strafen!?"

„Trey? Was machst du da?" fragte ihn Diego und trat zu ihm heran.

„Ach nichts, lass mich bitte in Ruhe, ich möchte alleine sein." Diego näherte sich seinem besten Freund, lehnte sich mit der Hüfte an die Reling, schaute Trey mit einem breiten Grinsen an.

„Ich kenn dich seit meiner Jugend, du hast dich noch nie wie ein Dummkopf benommen. Denkst du nicht, dass ich bemerkt habe, wie du diese Gringa anschaust? Na ja, das ist ja auch eigentlich nicht weiter tragisch, aber hattest du ursprünglich nicht irgendetwas anderes vor?"

Trey hörte ihm gar nicht so richtig zu, er war total in Gedanken versunken.

„Haalloo!" Diego bückte sich etwas über die Reling und winkte Trey belustigt direkt vor der Nase herum.

„Jemand zu Hause?"

Aus seinen Gedanken gerissen schlug Trey seinem Freund die Hand vor seinen Augen weg und lachte ihn an.

„Hör auf damit, du blöder Affe, hast du denn nichts Besseres zu tun als mir auf die Nerven zu gehen? Du hast doch bestimmt jede Menge zu tun. Oder?" Diego grinste Trey bis über beide Ohren an.

„Jetzt grinse doch nicht so, ich habe gerade darüber nachgedacht, das wir zuerst zu mir nach Hause müssen. Wir haben zwar jetzt dieses Mädchen, aber ich muss zuerst sichergehen, dass sie auch mitspielt. Ich weiß ja nicht, ob ich sie überhaupt dazu bringen kann oder wie lange das dauern wird. Aber auf diesem Schiff bekomme ich das bestimmt nicht hin. Außerdem war ich schon zu lange nicht mehr auf der Santo Morales, wir waren jetzt ziemlich lange unterwegs und ich muss da mal wieder nach dem Rechten sehen." Obwohl

Diego genau wusste, dass Trey in Wirklichkeit an etwas Anderes gedacht hatte als an seine Plantage, nickte er verständnisvoll und verlor kein weiteres Wort mehr über Chantal.

„Also gut, dann werden wir sofort abdrehen in Richtung Heimat."

Als Trey auf diese Aussage nicht so richtig reagierte, drehte sich Diego einfach um und machte sich an die Arbeit. Am nächsten Tag erwachte Chantal völlig erschöpft, sie setzte sich sofort auf und erinnerte sich an die letzte Stunde bevor sie eingeschlafen war. Die Haut an ihrem ganzen Körper brannte bei dem Gedanken, wie sie sich hatte gehen lassen. Sie wurde ganz rot im Gesicht und schämte sich. Chantal fragte sich, wie das nur passieren konnte, was würde er jetzt nur über sie denken oder von ihr halten? Sie hatte sich nicht besser als eine gewöhnliche Dirne benommen. Ganz sicher würde er sich jetzt darüber amüsieren, wie leicht es doch für ihn gewesen war mit ihr zu schlafen. Chantal fuhr sich mit der Hand durchs Haar, wusste überhaupt nicht, was sie jetzt tun sollte. Sie schaute sich um, suchte nach ihrer Kleidung. Entdeckte allerdings ihre Truhen an einer Wand stehend. Sie freute sich so sehr, dass sie sofort aufsprang. Rasch suchte sie sich ein schlichtes blaues Kleid heraus, das mit kleinen weißen Rüschen versehen war. Dann ging sie zum Toilettentisch und bürstete sich ihr langes blondes Haar. Da sie keinerlei Haarspangen oder Bänder zur Hand hatte, musste sie ihr Haar zu ihrem Bedauern offenlassen.

Nach dem gestrigen Tag würde sie gerne so verschlossen wie nur möglich aussehen.

Als sie sich näher im Spiegel betrachtete, fielen ihr die Spuren vom letzten Tag auf und sie errötete. Sie wollte sich gar nicht erst an die Einzelheiten erinnern. Versuchte sich damit abzulenken, indem sie sich überlegte, was sie jetzt tun sollte.

Zuerst ging sie zur Tür, zögerte einen Augenblick, ergriff dann aber doch die Klinke und öffnete sie. Dem Flur folgend ging sie am Ende die Stufen hinauf zum Deck.

Dann stand sie im Freien, es war eine angenehm warme Luft. Es schien noch sehr früh am Morgen zu sein, denn die Sonne war noch nicht einmal bis auf dem Zenit?

Trotzdem waren alle Piraten auf Deck und machten ihre Arbeit.

Unverhofft trat Tom plötzlich zu ihr und sie erschrak fürchterlich.

„Guten Morgen Mrs. Events. Möchten sie frühstücken?" Ohne ein Wort zu sprechen oder sich über irgendetwas Gedanken zu machen nickte sie. Folgte dem kleinen Jungen, den sie ja schon etwas länger kannte.

Tom führte sie zu einer kleinen Nische, die sehr gemütlich eingerichtet war. Dort stand ein großer Tisch mit sechs Stühlen, einer weißen Tischdecke und Geschirr.

„Möchten sie vielleicht ein gebratenes Ei zum Brot oder reichen ihnen Butter und Konfitüre?"

„Nein danke, das was hier liegt reicht mir voll und ganz."

„In Ordnung Mrs. Events. Wie geht es ihnen denn heute so? Haben sie gut geschlafen?"

Chantal lief bei dieser Frage rot an, der kleine Junge fragte sich, was er wohl falsches gesagt haben könnte.

„Ja ich habe gut geschlafen," sagte sie durch zusammengepresste Zähne und schaute auf das offene Meer hinaus. Tom machte keine Anstalten sich zu endfernen.

„Wo fahren wir eigentlich hin? Es kommt mir so vor, als wäre es wärmer geworden."

„Ja das kann durchaus sein, wir bewegen uns in Richtung Kalifornien zum Landsitz vom Kapitän. Es ist eine riesengroße Plantage. Wir waren schon lange nicht mehr zu Hause und ich freue mich riesig darauf."

„Wieso zu Hause? Wohnst du denn auch da?"

„Ja Mam, als meine Eltern bei einem Überfall der Indianer ermordet wurden, hat der Kapitän mich aufgenommen, seitdem arbeite ich für ihn. Er ist ein sehr guter Mensch müssen sie wissen, er behandelt mich und seine anderen Angestellten auf der Plantage sehr gut."

„Ach er ist ein Sklavenhalter" fuhr sie ihn im verächtlichen Ton an.

„Nein, nein, er bezahlt alle, die bei ihm arbeiten, er ist zwar manchmal sehr streng, aber auch sehr gerecht. Er ist immer fair zu seinen Angestellten, dafür erwartet er eben hundertprozentige Leistung."

„Ach so, morden nennt er also hundertprozentige Leistung. Ich verstehe, ihr überfallt ehrliche Menschen und das ist dann fair!?"

Chantal wurde sauer und konnte nicht verstehen, wie Tom nur in einem so guten Ton über diesen Trey sprechen konnte. Sie schaute wütend zum Meer hinaus und zeigte dem kleinen Jungen, dass dieses Gespräch beendet war.

Miami zum gleichen Zeitpunkt

„Wieso willst du sie denn nicht kennen lernen? Ich verstehe dich überhaupt nicht. Erst verschweigst du mir und Mama, dass du überhaupt einen Bruder hast. Und dann bist du noch nicht einmal neugierig auf deine Nichte, die du selbst noch nie in deinem Leben gesehen hast. Wenn ich den Brief aus Übersee nicht aus Neugier einfach geöffnet hätte, dann würdest du uns wohlmöglich noch nicht einmal erzählt haben, dass sie uns besuchen möchte. Und ihr ja vielleicht sogar eine Absage geschrieben.
Ich finde das unmöglich von dir und ich hoffe, dass wenn sie in der nächsten Zeit hier eintreffen wird, du sie freundlich empfängst, so wie es sich für einen Onkel gehört."
„Könntest du vielleicht aufhören mir zu sagen was ich zu tun habe? Vergiss bitte nicht, dass ich dein Vater bin und wenn du nicht gleich vor meinen Augen verschwindest, dann kannst du was erleben."
Markus drehte sich um und ging kopfschüttelnd aus dem Wohnzimmer direkt in die Küche, wo seine Mutter am Tisch stand.
„Ich könnte ihn umbringen!!"
Vor Wut ging er in der Küche auf und ab.
„Was ist denn jetzt schon wieder los? Musst du dich denn immer so mit deinem Vater streiten?"

„Ach, ich hasse ihn ganz einfach, er ist so kalt und egoistisch wie kein anderer. Wieso macht er das, Mama? Er behandelt mich wie einen Fremden, so als wäre ich überhaupt nicht sein Sohn. Ständig verlangt er nur Gehorsam und Disziplin, aber von Zuneigung spricht er nie. Überhaupt hat er so lange ich denken kann noch nie etwas mit mir unternommen oder so. Gar nichts hat er jemals mit mir gemacht, so wie andere Väter mal mit ihren Söhnen zur Jagd oder zum Fischen gehen. Alles musste ich schon immer alleine tun oder mit Fremden."

"Jetzt hol doch nicht wieder diese alten Geschichten ans Tageslicht. Du bist jetzt erwachsen, du kannst in der Tat alles alleine machen, was dir beliebt. Andere Jungs in deinem Alter haben es nicht so gut, sie müssen hart arbeiten um sich ein Zehntel von dem leisten zu können, was du dir leisten kannst."

„Geld ist nicht alles, Mama, ich wünschte, wir wären arm. Ich hätte lieber einen guten Vater, der mich liebt."

„Dein Vater liebt dich, Markus, dass weißt du auch genau, es fällt ihm einfach schwer, das zu zeigen. Du weißt, er ist krank und er kann sich nicht mehr so bewegen wie er es möchte. Du könntest ruhig ein bisschen Mitleid für deinen Vater zeigen."

„Aber er kann doch nicht immer alles auf seine Krankheit schieben, das geht doch nicht. Nur weil er im Rollstuhl sitzt, heißt das noch lange nicht, dass er mich so behandeln muss. Außerdem behandelt er mich von klein auf so, als würde er mich nicht lieben, er ist so was von gefühlskalt mir gegenüber. Ich verabscheue ihn, außerdem werden mir immer wieder von anderem Menschen die grauenhaftesten Geschichten über ihn erzählt.

Teilweise von Menschen, die ich überhaupt nicht kenne. Er soll in seiner Jugend ja so grausam gewesen sein. Wenn das alles stimmt, was ich gehört habe, dann hat er es nicht anders verdient als im Rollstuhl zu sitzen."

Elisabeth schaute ihren Sohn mit offenem Mund an, konnte nicht glauben, was ihr eigener Sohn da gerade über seinen Vater sagte. Natürlich hatte sie auch von den Geschichten gehört, die man sich über ihren Mann erzählte. Sie glaubte auch das so einiges von dem stimmte. Als sie damals ihren jetzigen Ehemann kennen lernte, war er ein sehr charmanter gutaussehender Mann gewesen, der sie so lange umworben hatte bis sie in eine Heirat eingewilligt hatte. Zu Anfang war sie auch sehr glücklich mit ihm. Doch als sie schwanger war, verstarb ihr Vater ganz plötzlich auf unglückliche Weise. Sie war die Alleinerbin der riesigen Burg mit den Länderrein in der sie nun Lebten. Es dauerte nicht lange und ihr Ehemann zeigte sein wahres Gesicht. Er schien sie nicht einmal zu lieben, alles, was er jemals zu ihr gesagt hatte, war nur gelogen.

Sie lebten sich schnell auseinander, sprachen nicht mehr viel miteinander.

Er war damit zu beschäftigt gewesen Geld zu verdienen, er war kaum noch zu Hause, ständig auf irgendwelchen Geschäftsreisen.

Oder er kam so spät nach Hause, dass sie schon schlief. Nach einem Jahr zog Elisabeth in ein anderes Schlafzimmer um, es schien ihn nicht im Geringsten zu stören. Erst fingen die Bediensteten an zu tuscheln, irgendwann trauten sich auch Damen aus reichen Familien ihr die Geschichten zu erzählen. Er hatte überall und nirgends Geliebte, doch mit den Jahren lernte Elisabeth Events damit zu leben.

Sie stürzte sich in die Arbeit, das Haus, dem Garten, wohltätige Zwecke. Doch am liebsten verbrachte sie ihre Zeit mit ihrem geliebten Sohn.

Phillip hatte sich von Anfang an nicht um seinen Sohn gekümmert, außer zu irgendwelchen besonderen Anlässen. Elisabeth hasste ihren Mann nicht, aber sie verspürte auch keine Liebe mehr. Es war ihr egal geworden, was er tat und sie ging ihm einfach nur so oft es ging aus dem Weg. Nach dem schrecklichen Unfall auf dem Schiff war alles anders geworden. Er saß im Rollstuhl und war ganz auf die Hilfe und Gnade seiner Frau angewiesen. Sie tat ihr Bestes, damit er sich einigermaßen wohl fühlte, doch Mitleid hatte sie nie für ihn empfunden.

„Mama? Ich rede mit dir und du gibst mir noch nicht einmal eine Antwort."

„Was hast du gesagt? Ich war gerade so in Gedanken versunken, ich habe deine Frage leider nicht ganz verstanden." „Ich habe gesagt, dass er es nicht anders verdient hat, als im Rollstuhl zu sitzen. Und..."
"Sag so was nicht Junge, du versündigst dich. Niemand hat es verdient im Rollstuhl zu sitzen, noch nicht einmal dein Vater. Natürlich habe ich auch schon so eine oder andere Geschichte über ihn gehört, aber genaues wissen wir doch beide nicht. Schließlich waren wir beide nicht bei seinen angeblichen Gräueltaten dabei."
„Ach Mutter, jetzt hör aber auf, ständig verteidigst du ihn. Obwohl du ganz genau weißt, dass er ein schlechter Mensch ist, oder denkst du, ich sehe nicht wie er dich behandelt. Ich habe nie erfahren, wie es ist Eltern zu haben die sich lieben. Denkst du, das tut mir nicht leid, dich so einsam zu sehen?"
Elisabeth wollte am liebsten nicht über ihr eigenes Leben nachdenken. Sie dankte nur Gott dem Allmächtigen, dass sie einen Sohn hatte, der nicht dem Charakter seines Vaters glich und der sie über alles liebte.
„Ist ja schon gut, jetzt beruhige dich erst einmal und lass uns lieber überlegen, wie wir deine Cousine und ihren frisch gebackenen Ehemann empfangen werden. Denn egal was Vater sagt, sie kommt so oder so zu uns.
Also wenn du dich so um mich sorgst, dann hilf mir lieber bei den Vorbereitungen. Ich kann deine Hilfe sehr gut

gebrauchen, da kein Mann im Haus ist der sich um diese Angelegenheiten kümmern wird."

Elisabeth war im Moment zutiefst bedrückt, aber das wollte sie ihrem Sohn nicht zeigen. Denn er wusste sowieso schon viel zu viel und sie wollte ihm nicht auch noch das Leben schwermachen, indem sie sich gehen ließ. Nein, sie wollte voller Würde über den Dingen stehen und ihrem Sohn ein gutes Vorbild sein.

„Also wenn du gerade nichts Besseres zu tun hast, dann gehe doch für mich bitte ins Dorf und bestell diese verschiedenen Dinge für mich."

Sie hielt ihm einen riesengroßen Zettel entgegen und schaute ihn belustigt an. Sie wusste, dass er nicht nein sagen würde, noch nie hatte er ihr eine Bitte abgeschlagen. Somit nahm er den Zettel in die Hand und schaute etwas verwirrt darauf.

„Aber Mama, wer soll das alles essen? Diese Vorräte reichen ja für eine ganze Kompanie. Ich möchte gerne wissen, was Vater dazu sagen wird."

„Das ist mir egal, außerdem wird er es doch gar nicht wissen, wenn du es ihm nicht auf die Nase bindest. Ich möchte alles perfekt vorbereiten, besonders, weil es unsere Familie ist. Weil es unser erstes Treffen ist, sollen sie natürlich einen gastfreundlichen Eindruck von uns gewinnen. Also wenn du bitte jetzt so lieb bist und dich auf den Weg machst, dann wäre mir wirklich geholfen. Ich habe noch jede Menge anderer

Dinge zu tun. Ich muss noch unser Personal anweisen und die Gästezimmer herrichten lassen, das junge Ehepaar soll doch ein komfortables Zimmer haben. Oder findest du nicht?"

Mit diesen Worten schenkte sie ihrem Sohn noch ein Lächeln und küsste ihn auf die Wange.

„Mach dir keine Sorgen um Vater, er wird sich schon gut benehmen, da bin ich mir ganz sicher."

Elisabeth drehte sich um und verließ die Küche. Obwohl sie sich absolut nicht sicher war versuchte sie ihren Sohn zu beruhigen.

Doch sie hatte bei dieser ganzen Sache kein gutes Gefühl, irgendetwas stimmte hier nicht. Sie fragte sich ständig, wieso Phillip ihr seine Familie so lange verschwiegen hatte. Aus irgendeinem Grund mussten sich die Brüder gehasst haben, sonst hätten sie wohl kaum den Kontakt zueinander abgebrochen. Auch der verstorbene Bruder musste ihren Ehemann aus irgendeinem Grund gemieden haben. Vielleicht wusste der Bruder ja doch mehr über ihren Mann als sie selbst. Und vielleicht stimmten ja tatsächlich die ganzen Gräueltaten, die man sich über ihn erzählte. Sie wusste, dass ihr Ehemann so ein gefühlskalter Mensch sein konnte. das hatte sie am eigenen Leib erfahren, aber dass er so schrecklich war, dass sogar sein eigener Bruder keinen Kontakt zu ihm pflegte, beunruhigte sie sehr.

Phillip Events saß in seinem Büro vor dem Schreibtisch und sah einige Unterlagen durch. Sein Zimmer war dunkel, geprägt von fast schwarzen Möbeln. Die riesengroßen Fenster waren ständig mit grünen Gardinen zu gehangen, das einzige Licht kam vom Feuerschein des großen Kamins. Mehrere Sitzecken mit wuchtigen Ledersesseln standen im ganzen Raum verteilt, Löwen- und Tigerfelle schmückten das Parkett. Mächtige Totenköpfe verschiedenster Tiere hingen an den Wänden. Hässliche Figuren und Kunstgegenstände aus aller Herren Länder spiegelten sein Lebenswerk wieder. Phillip blickte von seiner Arbeit auf zum Fenster, rollte mit seinem Stuhl direkt davor und öffnete eine Gardine soweit, dass er mitten in der Sonne saß. Das grelle Sonnenlicht blendete ihn, nahm ihm fast den Atem, Mühselig gewöhnten seine zusammengekniffenen Augen sich an das Licht. Verbittert schaute er hinaus auf den großen Garten, der sich hinter seinem Haus erstreckte. In Gedanken versunken erinnerte er sich an sein geliebtes Schiff, an die vielen Reisen, die er gemacht hatte. Bis dann der schrecklichste Tag in seinem Leben stattfand, der Tag, an dem er gelähmt wurde.
Es war ein stürmischer Tag, nicht so wie heute an dem die Sonne schien und der Himmel hellblau war.
Nein, er war auf hoher See und es war Nacht, mit seiner Mannschaft in einen schrecklichen Sturm geraten. Es blitzte und donnerte, es war kalt und der Regen peitschte den

Männern ins Gesicht. Phillip erinnerte sich an diesen Tag wie heute, sogar die nasse salzige Seeluft würde er nie wieder vergessen.

Ein Blitz traf den höchsten Mast auf dem Schiff und fing Feuer. Er blieb auf der Brücke stehen, versuchte die Position des Schiffes zu halten, schrie seinen Männer Anweisungen zu.

Es war eine Katastrophe, sie mussten unbedingt das Feuer löschen, sie waren auf offener See, bei einem Untergang wären alle hoffnungslos verloren.

Plötzlich brach der Hauptmast in der Mitte durch und schnellte Richtung Brücke, direkt auf ihn zu. Da er bereits an einem Bein amputiert war und eine Holzprothese trug, konnte er nicht schnell genug davonlaufen.

Der riesige Balken warf ihn um und krachte auf seinen Körper. Er lag tagelang mit hohem Fieber im Bett, es dauerte Wochen bis sie endlich einen Hafen ansteuern konnten. Als er in einem fremden Land zu einem Arzt gebracht wurde, konnte der ihm auch nicht mehr helfen. Es war ein Wunder, dass er überlebt hatte.

Er war nun von der Hüfte abwärts gelähmt, zuerst hatte er noch Hoffnung auf eine baldige Heilung. Doch mit den Jahren gewöhnte er sich an den Gedanken, niemals mehr laufen zu können.

 Als er nach Hause kam war er böser denn je, die Umstellung, im Rollstuhl sitzen müssen, brachte ihn fast zum Wahnsinn.

Die Tatsache, dass er nun auf die Fürsorge seiner Frau angewiesen war, für die er noch nie Gefühle aufgebracht hatte, ließ ihn alt und verbittert werden.
Doch statt dankbar zu sein, wurde er immer unausstehlicher. Er tyrannisierte seine Frau, die Angestellten und hasste seinen Sohn, weil er weich und freundlich wie seine Mutter war.
Er bat um nichts, er befehligte nur, jeder spürte seinen Hass.
Als er zum Fenster heraus starrte sprach er mit sich selbst.
„Ich verstehe nicht, wie diese Chantal herausfinden konnte, dass es mich gibt? Ich kann mir einfach nicht vorstellen, dass mein Bruder ihr von meiner Existenz erzählt hat. Und wenn er es getan hätte, dann hätte sie sich doch schon viel früher bei mir gemeldet. Da bin ich mir sicher, das ist bestimmt so eine von diesen gefühlsduseligen vornehmen Damen aus London. Die meint, wenn sie hier ankommt, sie so tun könnte, als wenn wir schon immer vereint als Familie gelebt hätten. Ich kenne sie nicht und habe auch nicht vor es zu tun. Lädt sich einfach ein, ohne auf eine Antwort zu warten, ob ich sie hier überhaupt haben möchte. Was denkt sie eigentlich wer sie ist? Königin Anna? Oder was? Vielleicht weiß sie aber auch mehr als sie vorgibt und kommt nur hierher, um ihr Recht zu fordern. Wie auch immer, ich werde auf der Hut sein und Gott weiß, ich werde das, was ich schon immer besaß, auch behalten. Komm ruhig her mit deinem Göttergatten und solltest du nur den kleinsten Versuch machen, hier irgendetwas zu

beanspruchen, dann wirst du und dein Mann es teuer bezahlen."

Als Tom Chantal verlassen hatte, atmete sie einmal tief durch und reckte sich. Das frisch gebackene Brot zog ihre Aufmerksamkeit auf sich. Ihr Magen zog sich plötzlich zusammen, ihr war ganz schlecht vor lauter Hunger. Ohne an irgendwelche Regeln zu denken, brach sie sich ein Stück ab und biss hinein. Sie schlang förmlich, spülte mit Bier herunter, dass sie nicht erstickte. Nach ein paar Minuten beruhigte sie sich und schlang nicht mehr.

Es schmeckte ihr herrlich, sie aß mehr als normalerweise nötig. Sie merkte überhaupt nicht, dass sie dabei die ganze Zeit beobachtet wurde und schaute nur verträumt zum Meer hinaus.

„Chantal?" sagte eine ihr wohl bekannte Stimme und sie drehte sich ohne Umschweife zu ihm um.

„Oh. Der Kapitän persönlich." sagte sie in gespielter Fröhlichkeit und lächelte dabei ironisch.

„Wie komme ich denn zu der Ehre? Möchten sie mich nun verhöhnen, weil ich ihnen beim gestrigen Tag so ein leichtes Spiel gemacht habe? Oder wollten sie mich jetzt wieder in ein Fass stecken um mich zu quälen?"

Erschrocken über ihren eigenen Mut drehte sie sich zum Meer und streckte ihren Rücken gerade. Oder war es doch nur leichtfertiger Blödsinn den Mann zu provozieren, der hier Herr über Leben und Tod auf dem Schiff war?

Trey setzte sich langsam neben sie auf einen Stuhl und ließ sie dabei nicht aus den Augen. Er musste über ihr freches Mundwerk lachen, beherrschte sich jedoch ernst zu schauen.

„Also ehrlich gesagt habe ich nicht vor gehabt dich wieder in das Fass zu stecken, es sei denn, du findest es amüsant und möchtest gerne wieder dahin zurück. Dann brauchst du einfach nur noch mal versuchen zu fliehen."

Er hätte sie am liebsten in den Arm genommen und sie gefragt warum sie so feindselig war.

Es war wie verhext, immer, wenn er in ihrer Nähe war, schlug sein Puls schneller. Wieso sie?

Wo er sie doch seit dem Tag hasste, ab dem er von ihrer Existenz wusste.

Doch als er sie zum ersten Mal auf dem Schiff im Kampfgefecht sah, war es, als würde die Zeit stehen bleiben. Ihr Kleid leuchtete zu grell in der heißen Sonne, ihre engelsgleichen Haare bewegten sich sanft im Wind.

Obwohl alle Männer auf dem Schiff kämpften, hörte er nur das Rauschen des Meeres.

„Wieso hast du mich mitgenommen, du Bastard?"

War sie jetzt völlig durchgedreht? Nie zuvor hatte sie solche Wörter benutzt! Doch jetzt war ihr alles egal, ihr war ihre Freiheit, ihre Würde und auch ihre Tugend genommen worden. Was war sie nun, in der Gewalt von Piraten? Nichts weiter als eine dreckige Dirne. Sollte er sie doch umbringen, das wäre ihr nun auch egal. Kein ehrenwerter Mann würde sie je noch als Ehefrau in Betracht ziehen.

„Wir könnten allerdings auch Waffenstillstand schließen und uns wie normale Menschen unterhalten."

Zornig schaute sie ihm in die Augen und reckte trotzig ihr Kinn.

„Was für ein Waffenstillstand? Es ist dir doch völlig egal, ob wir uns bekämpfen oder nicht. Es ist mir im Übrigen auch egal, denn ich lege überhaupt keinen Wert darauf, mit einem Mörder befreundet zu sein."

Etwas erschrocken über ihre Frechheit bekam sie Angst, dass sie wieder ins Fass musste. Doch das hielt sie nicht von ihren Gedanken ab und es blubberte weiter aus ihr heraus.

„Was hast du denn jetzt eigentlich vor? Willst du mich nun so lange benutzen und foltern, bis du kein Interesse mehr an mir hast und mich dann über Bord schmeißen? Oder warum hast du mich am Leben gelassen?"

Sie wollte ihn herausfordern, ihn wütend machen, weil sie ihn so sehr verachtete. Er hatte alles zerstört, ihre Wünsche und Träume. Unschuldige Menschen ermordet, wie Tiere waren sie über ihr Schiff hergefallen. Falls sie diese Odyssee überleben sollte, konnte sie sich in der englischen Gesellschaft nicht mehr blicken lassen. Tiefe Scham über ihr Verhalten riss sie in ein unendlich tiefes Loch.

Doch Trey ließ sich nicht herausfordern, er blieb ganz ruhig. Innerlich belächelte er ihren zarten Versuch, für ihren Mut bestaunte er sie zugleich. Sie schien überhaupt keine Angst vor ihm zu haben und das nach all dem, was sie mit ihm schon durchmachen musste.

„Nun ja ich dachte, dass ich dich gut gebrauchen könnte, nachdem du dich so bereitwillig hingegeben hast und mir süße Minuten..."

Er konnte den Satz nicht ganz aussprechen als er plötzlich und unverhofft eine kleine zierliche Hand im Gesicht spürte. Chantal hatte ihn mitten ins Gesicht geschlagen und schaute ihn nun mit großen Augen an.

„Wie kannst du es wagen so mit mir zu sprechen? Ich war noch nie zuvor mit einem Mann zusammen, wie du ja wohl sicher bemerkt hast. Ich bin keine Hure, falls du das von mir denkst und außerdem hast du mich zu allem gezwungen." Nur mühsam unterdrückte sie die Tränen, gemischt aus Wut und Hass, Verzweiflung und Scham.

Er packte ihre Hand, bog sie ihr hinter den Rücken und starrte sie unbeeindruckt an.

Dass sie den Tränen nah war entging ihm nicht, er stellte sich vor, wie sie sich fühlen musste. Nachdem er auch noch so gemein zu ihr war.

Aber sie war einfach so frech, dass er ihr die Ohrfeige unmöglich ungestraft verzeihen konnte.

Böse schaute er sie an, seine smaragdgrünen Augen schienen durch das helle Tageslicht nun noch greller.

Sie schaute ihm viel zu tief in die Augen. Sein braunes Gesicht und dieser Sinnliche Mund verwirrte sie so sehr, dass sie vergaß, wen sie da vor sich hatte.

Bei ihm war das nicht viel anders, er vergaß ihr böse zu sein, schaute sie einfach nur an, ohne ein Wort zu sagen. Er spürte die Hitze, die ihr Körper ausstrahlte, roch den sanften Duft ihrer Haare. Erinnerte sich viel zu gut an die Berührungen, die seinen Körper zum Rebellieren gebracht hatten. Sie sah so wundervoll aus, sanft umschmeichelten die blonden Strähnen ihr Gesicht. Ihre zarte Haut war leicht gebräunt, Tränen, die in ihren Augen brannten, verwandelten sie in das Türkisblau einer Lagune. Nie zuvor hatte er so ein schönes Blau gesehen. Es erinnerte ihn an seine Heimat, an den weißen Strand und das Meer. Ein heißer Schauer durchströmte seinen Körper, seine Lenden brannten vor Verlangen. Wie war das möglich? Noch nie hatte eine Frau ihn dermaßen aus der Fassung gebracht. Sein Blick schweifte über ihre Lippen, die kleinen Sommersprossen auf der Nase.

Doch dann schüttelte er seine Gedanken ab.

Erbost darüber, dass er sich so von der Schönheit einer Frau fesseln ließ, stand er auf.

Erschrocken über seine abrupte Bewegung zuckte Chantal zusammen, war über die letzten Sekunden verwirrt, Sekunden die ihr wie Stunden vorgekommen waren.

„Wenn du es tatsächlich noch einmal wagen solltest, mir mitten ins Gesicht zu schlagen, wirst du diesen Tag nicht überleben. Lass dir eines gesagt sein, auch wenn du bildschön bist, werde ich nicht davor zurück schrecken dir deinen schlanken Hals umzudrehen."

Seine Worte holten sie wieder auf den Boden der Tatsachen.

„Du blöder Affe, was meinst du eigentlich, wer du bist? Mir den Hals umdrehen? Wenn du nicht so unverschämt zu mir wärst, dann wäre ich auch nicht dazu gezwungen, dir ins Gesicht zu schlagen."

„Blöder Affe? Was fällt dir ein? So führen sich ja noch nicht einmal Tavernen Frauen mir gegenüber auf. Du hast keinen Respekt, vor niemanden!

Ich sollte dich übers Knie legen und dir eine Tracht Prügel verpassen, dass dir Hören und Sehen vergeht."

Bevor Trey weitersprechen konnte, holte Chantal aus und versuchte ihm erneut eine zu verpassen.

Doch dieses Mal war Trey darauf vorbereitet und hielt ihr beide Hände fest, Chantal stampfte wütend mit den Füßen auf.

„Wie kannst du mich mit einer Tavernen Frau vergleichen? Kein Wunder, dass ich ständig das Bedürfnis habe, dich zu ohrfeigen," schrie Chantal mit voller Leibeskraft.

Plötzlich holte sie aus und trat Trey mit voller Wucht gegen sein Schienbein.

„Aaaah!" Er ließ Chantal sofort los, packte sich an die schmerzende Stelle und setzte sich auf den Stuhl. Es war mehr die Überraschung als alles andere.

Dann schaute er Chantal mit großen eiskalten Augen an. Als er sich erhob, um sich auf Chantal zu stürzen, stieß sie einen grellen Schrei aus und sprang von ihrem Stuhl. Sie ging schnell einige Schritte rückwärts und floh dann Richtung Heck des Schiffes.

„Bleib stehen, verdammt noch mal. Wo willst du denn hier hinrennen?" Da sie sowieso nirgendwo hin konnte, machte er sich auch keine Mühe und ging langsam hinter ihr her. Am äußersten Rand des Hecks blieb sie stehen. Schaute kurz runter in das Schwarze Meer, entschied sich aus Panik für die Strickleiter, die quer übers Schiff bis zum Hauptmast führte.

So schnell es ging hastete sie die Stufen hinauf, bis es nicht mehr weiterging. Getrieben von panischer Angst rauschte es in ihrem Kopf. Als sie nach unten sah, stockte ihr der Atem, denn Trey war direkt unter ihr und versuchte sich ihre Fußknöchel zu schnappen.

„Bleib stehen, sonst brichst du dir noch das Genick," Schrie er ihr erbost hinterher.

„Das ist immer noch besser als in deiner Gesellschaft zu sein. Außerdem hast du dir doch sowieso gewünscht mich umzubringen. Dann tue ich dir doch höchstens noch einen Gefallen." Chantal zitterte am ganzen Körper.

„Jetzt mach keine Dummheit, Mädchen, komm da runter und sei friedlich, wir können über alles reden. Ich verspreche dir, dass ich dir nichts antun werde, wenn du jetzt sofort da runterkommst."

Aber Chantal tat nichts dergleichen, sie ließ die Strickleiter los und balancierte auf der Rah hinaus Richtung Meer. Als sie nach unten schaute, wurde ihr für einen kurzen Augenblick ganz schwindelig, doch sie riss sich zusammen und versuchte einfach nur geradeaus zu schauen.

Was machte sie hier eigentlich?

Sie hatte zwar keine Probleme ihr Gleichgewicht zu halten und war sehr schnell, doch wohin sollte sie?

Erstaunt über ihre Fähigkeit und ihren Mut standen alle Piraten auf dem Deck, um sich das Drama an zu schauen. Als sie am äußersten Ende der Rah angelangt war, fragte sie sich, was sie tun sollte. Es war eine dumme Idee von ihr gewesen, dem Kapitän vor sein Schienbein zu treten und abzuhauen. Sie konnte hier unmöglich ins Meer springen, das war viel zu hoch. Ach, sie hasste sich selbst manchmal wegen ihrem Talent, ständig in Schwierigkeiten zu kommen. Wieso musste sie denn ständig so unüberlegt reagieren?

Als sie sich umdrehte, stand Trey plötzlich hinter ihr, nervös ging sie noch einen Schritt zurück.

„Gib mir bitte deine Hand und mach bitte keine unüberlegten Bewegungen. Es ist heute windig, eine starke Böe könnte dich in die Tiefe reißen."

„Wieso denn nicht? Du willst mich doch auch nur töten!"

„Nein, das werde ich nicht und nun komm bitte zu mir." Chantal schaute ihn ernst an.

„Ich komme nur zurück, wenn du mir versprichst mir kein Leid anzutun."

„Ja! Ja doch, ich verspreche es dir, jetzt komm zum Teufel zu mir oder wir liegen gleich beide da unten."

Jetzt merkte auch sie den Wind und schwank bei einem kleinen Windstoß. Kalter Schweiß lief ihr über den Rücken, nackte Panik durchzuckte ihre Beine.

Völlig zittrig hob sie vorsichtig ihren Arm um seine Hand zu fassen.

Es war zu spät, ein scharfer Wind peitsche ihr um die Ohren.

Obwohl sie wild mit den Händen wirbelte, konnte sie ihr Gleichgewicht nicht mehr halten. Es kam ihr wie Minuten vor, die sie in die Tiefe stürzte und dass Letzte, an was sie dachte, bevor sie auf das harte Wasser prallte war „Gott vergib mir, denn ich habe gesündigt."

Mit voller Wucht landete sie im Wasser, starker Schmerz durchbohrte ihren Körper. Sie rang nach Luft, doch überall waren nur Wasserbläschen, der Himmel, den sie durch das blaue Wasser sah, verdunkelte sich je tiefer sie nach unten sank. Sie konnte nicht atmen, der starke Schmerz ließ keine Bewegung zu, so dass es immer dunkler wurde und sie das Bewusstsein verlor.

„Nein" schrie Trey ihr hinterher und versuchte sie noch im letzten Augenblick fest zu halten. Er überlegte kurz, verfluchte sie und sprang hinterher.

Ein geübter Sprung über Kopf ließ ihn noch schneller und tiefer ins Meer gleiten. Gebannt stand die Mannschaft an der Reling und starrte aufs Meer.

Man hörte die Möwen krächzen, denn niemand sprach auch nur ein Wort.

Nach einigen Sekunden spürte er wie durch ein Wunder ihr Haar an seinen Händen. Er packte Chantal und tauchte so schnell wie nur möglich wieder auf.

An der Oberfläche angekommen hielt er ihren Kopf hoch und schwamm mit ihr zum Schiff. Diego stand schon auf einem Rettungsboot und nahm ihm den erschlafften Körper ab.

Sie zogen sie auf Deck, legten sie auf den Rücken und streckten ihre Arme nach hinten. Trey beugte sich besorgt über sie und stellte fest, dass sie nicht atmete. Er begann sofort mit einer Herzmassage und Mund zu Mund Beatmung.

Immer und immer wieder, doch sie regte sich nicht. Sein Herz krampfte sich zusammen, er wollte sie nicht verlieren. Mit aller Kraft hob er sie plötzlich hoch und drehte sie auf den Kopf. Er packte ihre Fußgelenke und schüttelte sie auf und ab.

Ständig schrie er ihren Namen, ließ nicht von ihr ab, in seinem Kopf begann ein wildes Pochen.

Angst und Hilflosigkeit machte sich in seinem Herzen breit, doch dann geschah es.

Es war wie ein Wunder, er hatte sie im tiefsten Inneren schon aufgegeben, doch sie hustete. Wasser rann aus ihrem Mund, sie versuchte krampfhaft zu atmen. Trey drehte sie wieder herum und schaute ihr in die Augen, die sie ein wenig öffnete. Bevor sie wieder in Ohnmacht fiel, versuchte sie mit einem völlig wackeligem Arm Trey eine Ohrfeige zu geben. Obwohl er sich gerade noch große Sorgen um ihr Leben gemacht hatte, lachte er nun hysterisch über ihren Dickkopf. Er trug sie hinunter in seine Kajüte und legte sie auf das Bett. Zog ihr die nasse Kleidung aus, schmiss diese auf den

Stuhl vor dem Waschtisch und trat zurück zum Bett. Einen kurzen Augenblick sah er sie an und bewunderte ihren makellos schönen Körper.

Als sie sein Verlangen nach ihr bemerkte, nahm er schnell eine warme Decke und hüllte sie darin ein. Im gleichen Augenblick trat Tom mit einem Eimer warmen Wasser und Handtücher herein. Er stellte den Eimer vor Chantals Bett und sah sie ernst an.

„Kapitän, meinen sie, dass sie es schaffen wird?" Trey setzte sich auf die Bettkante und sah sie besorgt an.

„Ja. Ich denke schon, sie war nicht lange im Wasser und ich hoffe, dass der Luftmangel ihr nicht geschadet hat. Ich glaube, dass der Aufprall auf die Wasseroberfläche schlimmer war als alles andere. Sie muss wohl mit dem Kopf aufgeschlagen sein und dabei hatte sie verdammt viel Glück. Normalerweise müsste ich sie mal übers Knie legen, damit sie nicht ständig diese blöden Sachen macht. Aber nachdem die Gefangenschaft in dem Fass noch nicht einmal etwas gebracht hat, wird ihr wohl kaum noch zu helfen sein."

„Wirklich wahr, so eine Frau habe ich aber auch noch nicht gesehen. Die scheint ja vor gar nichts Angst zu haben obwohl sie doch eine Dame ist. Werden Damen nicht eigentlich immer so gut behütet, Chef?"

„Ja. Eigentlich schon, normalerweise können Frauen aus ihrer Klasse nur häusliche Dinge, aber diese Frau ist ja wirklich unberechenbar. Na ja, ich werde das schon in den Griff bekommen. Geh bitte nach oben und bereite für Chantal eine heiße Suppe vor. Ich glaube nicht, dass sie noch lange schlafen wird. Wenn sie wach ist, muss sie erst einmal zu Kräften kommen."

Mit einem Wink zeigte er Tom, dass er sich jetzt auf den Wegmachen sollte und ihn mit Chantal alleine lassen sollte. Tom legte die Handtücher an das Fußende vom Bett und ging hinaus.

Zärtlich strich Trey ihr über die Stirn und nahm eine blonde Haarsträhne zur Seite.

„Chantal? Hörst du mich? Chantal, du darfst nicht weiterschlafen. Ich habe Angst, dass du ins Koma fällst und nicht mehr wach wirst."

Er nahm ein Handtuch vom Bettrand und tauchte eine Ecke in das warme Wasser. Dann rieb er ihr die Stirn und fühlte nach ihrer Temperatur. So ein Aufprall war nicht auf die leichte Schulter zu nehmen, das sagte Ihm seine Erfahrung. Und er wusste auch noch nicht, ob sie innerliche Verletzungen hatte. Es schien so, als würde sie Fieber bekommen und das machte ihm große Sorgen. Er nahm eine dicke Decke aus dem Schrank und legte sie noch zusätzlich über die andere, in der Hoffnung, sie würde nun genug schwitzen, um das Fieber, das sie erwartete, gut zu überstehen.

Chantal fieberte drei Tage lang und Trey kümmerte sich ohne Pause um sie. Er schlief nicht viel und wenn, dann nur an ihrer Seite. Er gab sich die Schuld für ihren Unfall, denn wenn er sie nicht so sehr provoziert hätte, wäre sie wohl auch nicht bis auf die Rah geklettert.

Aus einem Traum von Dunkelheit, Hitze und Wasser erwachte Chantal nur langsam. Schmerzen hämmerten durch ihren Kopf, die ihr kaum erlaubten, die Augen zu öffnen. Alles war etwas verschwommen, aber nach ein paar Sekunden verschärfte sich ihr Blick.

Trey stand mit dem Rücken zu ihr und war gerade damit beschäftigt sich zu rasieren. Sie richtete sich ein wenig auf und stütze sich mit dem Ellenbogen ab.

Bewundernd betrachtete sie Treys nackten braunen Oberkörper, der vor Muskeln nur so strotzte. Mit der schlanken Hüfte und den langen wohltrainierten Beinen sah er einfach wunderbar aus.

Chantal fragte sich plötzlich, wie viele Frauen ihm wohl zu Füßen liegen mussten, oder ob er vielleicht sogar verheiratet war. Sie ärgerte sich darüber, dass sie sich ihm so leicht hingegeben hatte. Sie verstand die Welt nicht mehr, nie zuvor hatte sie irgendeinen Mann (nicht im Entferntesten) so nah an sich herangelassen.

Andererseits hatte aber auch noch nie einer der vornehmen Herren aus London versucht sich ihr so zu nähern. Chantal fand ihn wirklich beeindruckend, obwohl sie mit seinen Methoden nicht einverstanden war, sie seine Brutalität verabscheute, war er dennoch ein Mann, wie sie ihn noch nie zuvor gesehen hatte. Er war so stark, sein markantes braunes Gesicht war einfach unwiderstehlich, solche Männer gab es in London einfach nicht.

Plötzlich drehte sich Trey um, denn er fühlte sich beobachtet. „Ach, du bist wach," stellte er glücklich fest und ging mit einem Handtuch in der Hand auf sie zu.

Sie wich sofort im Bett ein wenig zurück und erinnerte sich an das Durcheinander bevor sie wach geworden war.

„Wach? Wieso bin ich hier? Wie lange habe ich geschlafen?" Mit einem leisen Seufzer fasste sie sich an den immer noch schmerzenden Kopf und schloss kurz die Augen. Dann erinnerte sie sich an ihren Fall in die Tiefe, sah das dunkle Wasser vor Augen und bekam bei dem Gedanken daran, was passiert war, kaum Luft.

„Wer hat mich aus dem Wasser gezogen? Ich war ganz schön weit unten, ich habe keine Luft mehr bekommen und dann verlor ich das Bewusstsein. Was ist denn passiert?" fragte sie leise, um ihren Kopf nicht zu überlasten. Dann schaute sie ihn an, ihre Blicke trafen sich und sie sah, dass er sich wohl sehr um sie gesorgt haben musste.

„Du hast drei Tage lang geschlafen, wir haben dich einfach nicht wach bekommen. Smief meinte, wir sollten dich in Ruhe lassen und nur auf dein Fieber achten. Du hast im Traum geredet und manchmal haben wir gedacht, du würdest es nicht schaffen. Aber da du eine starke Frau bist, haben wir die Hoffnung nicht verloren."

„Oh mein Gott, du hast mir das Leben gerettet. Nicht wahr? Du hast mich da rausgeholt, wieso hast du das getan?" Ohne eine Antwort von ihm zu erwarten, wusste sie ganz genau, dass sie Recht hatte. Niemanden sonst hier auf dem Schiff würde sie einen Sprung aus dieser Höhe zutrauen, um ausgerechnet sie zu retten.

„Warum hast du das getan? Du hast dein eigenes Leben für mich aufs Spiel gesetzt. Ich dachte, ich wäre nur irgendein Spielzeug für dich, das du sowieso irgendwann vor hattest weg zu schmeißen. Das wäre doch der einfachste Weg für dich gewesen mich los zu werden."

Trey schaute Chantal etwas sauer an.

„Sag mal, du bist gerade erst wach geworden. Musst du eigentlich immer streiten? Du bist ewig nur am Stänkern, jetzt fehlt nur noch, dass du mich gleich wieder beleidigst. So langsam könntest du ruhig mal ein bisschen freundlicher werden."

„Wieso denn freundlicher?" fragte sie in einem ganz freundlichen Ton.

„Vielleicht könntest du mal anfangen, mich zu verstehen! Du hast unser Schiff geentert, viele Menschen getötet, mich entführt und mir meine ..." Chantal plapperte mal wieder so viel, dass es ihr peinlich war. Denn das er mit ihr geschlafen hatte, wollte sie eigentlich nicht jetzt ausdiskutieren.

Doch dafür war es wohl zu spät.

„Ich bin ein Pirat, und dass ich euer Schiff gemeutert habe, hatte einen Grund. Außerdem habe ich nicht so viele Menschen an dem Tag getötet wie du, falls du dich erinnerst.

Wir haben allen die Wahl gelassen, entweder sich zu ergeben oder sterben."

Chantal reagierte ziemlich ungehalten.

„Ach, so!!!" sagte sie ironisch und schaute ihn dabei an, als wolle sie ihn verspotten.

„Wer nicht das macht, was du sagst, wird umgelegt und du denkst, dass du die Berechtigung dazu hast. Und dass es völlig normal ist, dass Menschen nicht um ihr Eigentum kämpfen. Bist du eigentlich völlig bescheuert? Was hast du ihnen denn schon für eine Wahl gelassen?"

Bevor Chantal sich nun wieder in Rage sprechen konnte, versuchte Trey sie zu stoppen.

„Chantal, hör mir bitte zu, so habe ich das nicht gemeint. Ich wollte niemandem schaden, das musst du mir glauben. Niemand sollte zu Schaden kommen oder schlimmer, sterben. Auf dem Schiff ist leider alles eskaliert, das wollten wir nicht. Außerdem haben wir nach dem Kampf alle Überlebenden frei gelassen. Wir haben sie auch nicht ausgeraubt und ihnen ihre Vorräte weggenommen. Ich bin mir sicher, dass sie alle wohl auf zum nächsten Hafen gefahren sind, dort die Zuständigen informiert haben, um mich nun zu suchen. Wie du siehst bin ich gar nicht so ein schlechter Mensch und getötet habe ich sowieso niemanden an diesem

Tag. Du warst doch diejenige, die völlig ausgeflippt ist." „Ja, aber nur aus panischer Angst, ich muss mich ja jetzt wohl nicht auch noch dafür rechtfertigen, dass ich mein Leben verteidigt habe."

„Dein Leben? Niemand wollte dich töten, alle hatten strikte Anweisungen dich heil zu mir zu bringen."

„Wieso denn Anweisungen? Woher konntet ihr denn wissen, dass ich überhaupt auf dem Schiff war?" Trey wurde ein wenig ungeduldig, da Chantal ihm ständig dazwischen sprach und ihn niemals ausreden ließ.

„Also, wenn du mir mal fünf Minuten zuhören würdest, ohne mich ewig zu unterbrechen, dann könnte ich dir auch etwas dazu sagen."

Trey holte tief Luft, denn er musste sich jetzt ganz genau überlegen, was er nun sagte. Um nicht etwas falsch zu machen und die ganze Sache auch noch unnötig zu komplizieren.

„Ich warte auf deine ach so tolle Erklärung für Mord und..." Trey schaute Chantal so verächtlich an, dass sie sofort stillschwieg.

„Also, ich weiß nicht so richtig, wo ich beginnen soll, denn die ganze Sache ist etwas komplexer als du denkst." Chantals Neugier war nun geweckt und sie sah ihn erwartungsvoll an.

Er tischte ihr nun eine Lüge auf, denn um ihr die reine Wahrheit zu erzählen, vertraute er ihr einfach nicht.

„Um mich kurz zu fassen, ich war einmal inhaftiert."

„Das wundert mich überhaupt nicht."

„Also, wenn du jetzt nicht endgültig deine Klappe hältst, dann steck ich dir einen Knebel in den Mund."

„Ist ja schon gut, ich sage ja gar nichts mehr." Er verdrehte seine Augen und seufzte dabei laut.

„Ich war also inhaftiert und das zu großem Unrecht. Auch wenn du mir das nicht glaubst, das hatte ich wirklich nicht verdient. Ich war damals noch sehr jung und ein völlig unbeschriebenes Blatt.

Seitdem gestalte ich mein Leben natürlich anders und ich bin auf der ständigen Suche."

„Auf der Suche nach was? Nach mir?" „Nein."

Trey lachte.

„So hübsch bist du nun auch wieder nicht, dass ich mein Leben lang nach dir suche. Es tut mir leid, aber ich habe nach der Wahrheit gesucht, wem ich diesen Aufenthalt im Gefängnis verdanke. Es war immer ein großes Geheimnis und niemand konnte mir etwas dazu sagen."

„Und warum bin ich dann hier? Was habe ich denn damit zu tun?"

„Gar nichts. Du kannst nichts dafür, aber ich versuche die Wahrheit bei deinem lieben Onkel zu finden." Trey wusste, dass sich die Gedanken in ihrem Kopf nun überschlagen würden und sie völlig verwirrt sein musste.

„Was?" Sie schüttelte den Kopf und fragte sich, was das nun sollte.

"Was soll das? Wieso mein Onkel?"

„Chantal, bevor du jetzt weiter redest möchte ich dir sagen, dass ich weiß, dass du gar nichts damit zu tun hast. Und ich möchte dich daran erinnern, dass du deinen Onkel noch nie gesehen hast und nicht über ihn urteilen kannst. Also bitte lass mich in Ruhe erklären."

Chantal sah ihn etwas sprachlos an und ließ ihn in aller Ruhe erzählen.

„Ich habe mein ganzes Leben damit verbracht einen Weg zu finden, um an ihn heran zu kommen. Dann hat einer meiner Jungs in London erfahren, dass du die Nichte von Mr. Phillip Anthony Events bist. Ich kann mir zwar nur schwer vorstellen, warum du nichts von seiner Existenz wusstest, aber ich tat alles um dich hierher zu bekommen. Ich schrieb dir den Brief, den du angeblich von deinem Onkel bekommen hast. Und ich habe auch deinem Onkel geschrieben, dass du ihn besuchen würdest allerdings, nicht allein."

„Du hast mir diesen Brief geschrieben? Oh, nein und ich glaubte das und fahre auch noch dafür über den Ozean. Wie naiv von mir. Wieso habe ich nicht einmal an der Echtheit dieses Briefes gezweifelt. Ich konnte mir doch denken, dass Vater mir niemals einen Bruder verschwiegen hätte." Sie sprach eigentlich mehr mit sich selber als mit Trey und war so durcheinander, dass sie noch nicht einmal mehr sauer sein konnte.

„So ist das nicht ganz richtig Chantal. Er ist in der Tat dein Onkel und er erwartet dich nun. Ich nehme an, dass dein Vater dir ihn verschwiegen hat, weil er ein schlechter Mensch ist."

„Ein schlechter Mensch?" Sie versuchte Ihre Gedanken abzuschütteln, indem sie die Augen fest zusammenkniff.

„Das ist doch nicht wahr, du kennst ihn ja selber nicht." „Glaub mir, in den letzten fünfzehn Jahren habe ich mehr über ihn herausgefunden, als mir lieb ist. Um dir die Wahrheit über deinen Onkel zu sagen, muss ich dir noch etwas Wichtiges erzählen." Trey setzte sich auf den Stuhl vor den Waschtisch und schaute sie eindringlich an.

„Ich schätze ja mal, dass du deine Großeltern nicht gekannt hast. Oder?" Sie nickte nur und fragte sich worauf er nun hinauswollte.

„Dann wird es dich vielleicht nicht so sehr treffen, wenn ich dir sage, dass dein Onkel damals vor vielen Jahren deine Großeltern ermordet hat."

„Das hat er nicht!" schrie sie erbost heraus und war so über diese Äußerung entsetzt, dass sie völlig vergaß, dass sie ihren Onkel gar nicht kannte.

„Chantal bitte, hör mir zu und hör auf, mir dazwischen zu reden. Ich kenne deinen Onkel besser als du und alles was ich jemals über ihn erfahren habe, war grausam. Ich weiß auch nicht, ob ich ihn erkenne, aber darum muss ich ihn einmal sehen. Es gibt keine Chance an ihn heran zu kommen, er schließt sich in seinem Haus ein, das einer Festung gleicht."
„Ach dafür brauchst du mich, dafür hast du mir mein Leben gerettet. Nur um deinen Nutzen daraus zu ziehen, was denkst du eigentlich, wer ich bin? Irgendeine blöde Kuh, die sich von dir gebrauchen lässt..."
Trey stand ruckartig auf und legte eine Hand auf ihre Schulter.
„Ich hatte niemals vor dich schamlos auszunutzen."
„Denkst du vielleicht, das glaube ich dir?"
„Ich verabscheue deinen Onkel und ich habe geglaubt, dass ich dich auch automatisch verabscheuen würde. Ich wollte mit dir in sein Haus, um meine Forschungen zu stellen. Ich konnte doch nicht wissen, dass du so... ich meine, dass wir... dass etwas sein wird. Ach zum Teufel, wieso stellst du eigentlich immer so viele Fragen? Bist du irgendwie krank im Kopf?"
Chantal schaute den gutaussehenden Mann, der ihr gegenüberstand genau an und fragte sich, ob er wohl die Wahrheit sagen würde. Und wenn nicht? Das konnte ihr doch auch egal sein. Ob er etwas für sie empfand? Chantal

schüttelte heftig ihren Kopf, um diesen Gedanken so schnell wie möglich zu verbannen.

Es war alles egal, sie musste nur noch eines und das war, heil hier heraus zu kommen, um wieder nach London zurück zu gelangen.

„Was schlägst du mir denn vor?" fragte sie so unverhofft, dass Trey zunächst nicht wusste was er antworten sollte.

„Wir werden beide nach House Dunking fahren. Wir bleiben so lange dort, bis ich die Wahrheit kenne. Und dann..."

„Und dann was? Willst du ihn dann töten?"

„Verdient hätte er es, da er deine Großeltern getötet hat."

„Das weißt du nicht genau."

„Doch, das weiß ich! Sogar ganz genau, er ist ein verdammter Verbrecher. Ich weiß nur noch nicht, ob er der ist, den ich suche. Wenn meine Vermutungen richtigliegen, dann wird er seine gerechte Strafe bekommen."

Chantals Gedanken überschlugen sich und sie wusste nicht, was sie zuerst erfahren wollte.

Dieser Mann kam daher und brachte einfach ihr wohlbehütetes Leben durcheinander. Eigentlich müsste sie ihn hassen, doch sie saß nur da und hörte ihm zu.

„Wieso denkst du eigentlich, dass sie uns zusammen hineinlassen. Wenn das so eine Festung ist und du noch nicht mal mit deinen Piraten da reinkommst, wie willst du dann mit mir hineingelangen?"

Trey konnte ein Grinsen kaum unterdrücken und antwortete dann mit zusammen gepressten Lippen.

„Ich würde schon hineingelangen, aber dann müsste ich enorme Gewalt anwenden und das will ich nicht. Denn ich weiß ja noch nicht genau, ob er der Mann ist den ich suche."

„Wieso machst du dann so einen Aufstand, wenn du dir noch nicht einmal sicher bist, dass er der Richtige ist?"

„Ich bin mir ja fast sicher und darum gehe ich ja auch mit Vorsicht in dieses Haus."

„Und wie willst du das machen?"

„Na ja, ich habe ja deinem Onkel einen Brief geschrieben in dem du den Tod deines Vaters beschreibst und dich sozusagen selbst einlädst. Und da habe ich deine erst vor kurzem stattgefundene Heirat mit mir bekannt gegeben. Du heißt jetzt Mrs. Chantal Brockstone und deshalb bist du auch hauptsächlich hierhergereist, um mich als deinen lieben Ehemann vorzustellen."

Chantal wurde Puder rot im Gesicht, sie konnte ihre Wut über das Ausmaß seiner Frechheit nicht fassen.

„Oh nein du Miststück, das hast du nicht tatsächlich getan." Ihr war einfach zum Heulen zumute, hoffte, dass das alles nur ein Traum war.

„Du kannst dich doch nicht einfach bei meinen Verwandten als mein Ehemann ausgeben. Du ruinierst meinen guten Ruf als anständige Frau! Was soll ich denn deiner Meinung nach tun, wenn du all deinen Interessen nachgegangen bist und dann wieder verschwindest. Bin ich dann Witwe oder was? Oder soll ich einfach erzählen, dass mein Ehemann mich verlassen hat, bist du eigentlich bescheuert? Oh, ich wünsche dir die Pest, mehr bist du nicht wert."

Sie war so sauer, dass sie am liebsten auf ihn losgegangen wäre um ihn zu schlagen. Doch das letzte Mal, als sie mit ihm zusammengestoßen war, hatte ihr gereicht. Nicht noch einmal wollte sie sich mit ihm anlegen.

„Hör auf zu fluchen, ich möchte dir ein Angebot machen. Jetzt ist ja sowieso alles zu spät, deine Verwandten wissen Bescheid und alles wird seinen Lauf nehmen. Ob du nun willst oder nicht spielt keine Rolle. Ich kann dich zwingen, aber ich würde gerne mit dir zusammenarbeiten." Chantal unterbrach ihn barsch.

„Wo ist denn da bitte schön das Angebot? Soll ich das jetzt erraten? Oder ist dein Angebot einfach nur, dass du mich nicht gerne zwingen möchtest? Du..."

„Oh mein Gott, irgendwann nähe ich dir dein loses Maul zu. Ich wollte gerade zum springenden Punkt kommen, aber du plapperst und plapperst wie ein kleines Kind. Es reicht mir so langsam mit dir! Eines solltest du dir merken, solange wir beide zusammen sind, solltest du dich beherrschen oder ich werde dich zu bestrafen wissen."

Ein breites Grinsen trat auf seine Lippen.

„Ach ja, was willst du denn schon mit mir anstellen?" Trey schaute ihr tief in die Augen, allein seine Blicke ließen erahnen was er meinte.

„Wenn du mir nicht gehorchst dann werde ich jede Nacht in dein Bett steigen und dich süßer quälen als du es dir vorstellen kannst."

Chantal schaute ihn mit offenem Mund an und sagte nichts.

„Wenn du mir hilfst, dich ordentlich benimmst, mir keine Schwierigkeiten machst und die liebe Ehefrau bei deinen Verwandten spielst, dann verspreche ich dir, dass ich dich frei lasse und ich werde auch dafür sorgen, dass dein guter Ruf nicht zu Schaden kommt. Denn ich werde, nachdem wir wieder abgereist sind, tatsächlich ganz unverhofft sterben. In London wird auch niemals jemand davon erfahren, einverstanden?"

Er stellte sich mit in die Hüfte gestemmten Händen vor sie. Chantal überlegte einen Augenblick, dachte es wäre das Vernünftigste, wenn sie mitspielen würde.

„Also gut, ich werde keine Fluchtversuche oder sonstige Schwierigkeiten mehr machen. Ich werde bei meinen Verwandten die liebe Ehefrau spielen und nichts unternehmen, was dich ärgern könnte. Jedoch nur unter einer Bedingung!" Trey runzelte belustigt die Stirn.

„Ich höre? Meine liebe Göttergattin?"

„Ich mach es nur, wenn du mir versprichst, dass du meiner Familie nichts zu leide tust. Dass du dich von mir fernhältst, fass mich nie wieder an, oder ich werde deinen ganzen Plan zunichtemachen!"

Trey tat ganz gelassen, obwohl ihm ihre Bedingungen gegen den Strich gingen, willigte er ein.

„In Ordnung, ich werde deiner Familie kein Haar krümmen und was dich angeht? Bist du dir sicher, dass du meine Zuneigung nicht vermissen wirst?"

Er lachte dabei laut und Chantal bückte sich aus dem Bett, um ihn mit einem Schuh zu bewerfen, doch Trey war schneller. Während er lachend zur Tür ging, versprach er hoch und heilig sie nicht mehr anzufassen.

Sie warf den Schuh erbost zur Tür, doch die fiel direkt ins Schloss und Trey war verschwunden.

Die Abmachung war gültig, Chantal fragte sich, was sie noch alles erleben würde, bis sie endlich wieder zu Hause in London war. Sie hatte überhaupt keine Lust mehr ihre Familie kennen zu lernen, nicht unter diesen Umständen. Irgendwie glaubte sie Trey nicht, dass er ihnen nichts antun würde. Chantal war sich auch nicht ganz sicher, ob er sie auch in Ruhe lassen würde, doch sie musste dieses Geschäft eingehen, um zu überleben.

Die Erinnerung seiner Berührung überrumpelte sie, Gänsehaut kroch ihren Rücken hinauf, glitt über ihre Schultern bis in ihr Gesicht. Für den Bruchteil einer Sekunde dachte sie sogar, ihn zu vermissen. Doch das wollte sie auf keinen Fall wahrhaben und schüttelte den Gedanken weg.

Die Tage auf dem Schiff vergingen reibungslos.

Chantal machte sich in der Küche nützlich und übernahm zur Freude der Besatzung die Position des Kochs. Sie war eine hervorragende Köchin, was sogar Trey bemerkte. Er ließ sie ganz in Ruhe, er besuchte sie nachts nicht, schlief in einer anderen Kajüte, denn er hatte ihr sein großes Zimmer überlassen. Es fiel ihm zu seiner Verwunderung verdammt schwer, sich von ihr fern zu halten. Jede Nacht lag er wach in seinem Bett, weil seine Gedanken unentwegt bei ihr waren. Doch er wollte sein Versprechen halten und hoffte, dass sie ihres auch halten würde.

Doch wollte sie das wirklich? Wollte sie, dass er sich von ihr fernhielt? Es war doch so unglaublich schön zwischen ihnen beiden gewesen.

Die Magie zwischen ihnen musste sie doch auch gespürt haben. Es war so, als würden sie sich schon immer gekannt haben und niemals das heiße Verlangen zueinander verloren haben.

Er nahm sich fest vor, nicht zu ihr ins Zimmer zu gehen, wie schwer es ihm auch fallen möge.

In einem Punkt hatte er sie schlichtweg angelogen, die Geschichte mit der Inhaftierung stimmte natürlich überhaupt nicht. Doch er konnte ihr unmöglich die Wahrheit erzählen. Und er würde diese Bestie von Onkel auch nicht leben lassen. Zu lange hatte er auf diesen Augenblick der Vergeltung gewartet. Nun war es an der Zeit seine Eltern zu rächen, die damals so unbarmherzig abgeschlachtet worden waren. Nie, niemals würde er diesen Anblick, den er damals ertragen musste, vergessen. Auch heute noch quälten ihn Alpträume in denen er immer wieder die Szenen in der Küche seiner Mutter durchlebte.

Sein ganzes Leben hatte er damit verbracht, diesen einen Mann zu suchen. Nie hatte er seine kalten Augen vergessen und wenn er ihn nur einmal sehen könnte, würde er ihn sofort wiedererkennen.

Als Trey damals auf ein Schiff flüchten musste, verlor er die Verbindung zum Heimatland und bereiste jahrelang die Welt. Es hatte ihn viel Geld, Zeit und Anstrengungen gekostet, um diesen Mann, von dem er nicht einmal den Namen kannte, ausfindig zu machen.

Jetzt war er seinem Ziel so nah, dass er es fühlen konnte. Die Anspannung in seinem Körper wuchs von Tag zu Tag. Wenn es das letzte war, was er tun würde, dieser Mann sollte genau so qualvoll sterben wie seine Mutter, sein Vater.

Auch er war damals gestorben, sein Herz war erstarrt und bis heute nicht fähig gewesen zu Leben oder zu lieben. Es war besetzt von Hass, Entsetzen und Trauer.

Die Tage vergingen, es wurde immer wärmer, denn sie näherten sich Kalifornien, der Heimat von Trey.

Nach all den Jahren hatte er sich dort niedergelassen, nur dort konnte er etwas zur Ruhe finden.

Er fühlte sich mit diesem magischen Ort verbunden. Weite Plantagen erstreckten sich über sein Land, erinnerten ihn an ein längst vergessenes Leben.

Chantal stürzte sich in die Arbeit, wobei die Zeit wie im Flug verging. Sie versuchte Trey wann immer sie nur konnte aus dem Weg zu gehen, was auf einem Schiff gar nicht so leicht war. Am liebsten wollte sie die letzten Tage und auch die Nächte vergessen.

Doch das war gar nicht so leicht, denn immer, wenn sie ihn auf dem Schiff sah, erinnerte sie sich an seine Berührungen und ihr Körper fing an zu zittern. Es reichte ein Windstoß um seinen markanten Duft zu erahnen, war es Moschus, schwerer Rotwein, gemischt mit Rosenholz?

Sie konnte es sich zuerst nicht eingestehen, wollte ihre wahren Gefühle am liebsten über Bord schmeißen.

Jeden Tag redete sie sich ein, diesen blöden Bastard zu hassen. Wenn er an ihr vorbeiging, fing sie an zu knurren, um ihre wahren Gefühle im Zaum zu halten.

Mit ihm zu schlafen war wundervoll gewesen, auch wenn sie ihre eigenen Gedanken verfluchte. Doch sie konnte an nichts Anderes mehr denken als an ihn, wie konnte das sein?

Sie war doch eine wohlerzogene Frau, immer anständig, hatte noch nie zuvor irgendetwas mit einem Mann gehabt. Völlig durcheinander, war in einem Augenblick noch glücklich und im gleichen Augenblick verzweifelt. Sie hasste ihn für das, was er getan hatte, fühlte jedoch noch etwas Anderes.

Etwas, dass sie noch nie für jemanden empfunden hatte. Immer wenn sie an ihn dachte, kribbelten ihre Füße. Es zog sich über ihre Unterschenkel hinauf zu ihrem Körper, hielt in ihrem Kopf an. Vernebelte alles und endete mit einem süßen quälenden Verlangen in ihrem Schoss.

War sie nun eine gefallene Frau? Ein schlechter Mensch? Durfte eine unverheiratete Frau so fühlen?

In Gedanken versunken stand Chantal an der Reling und starrte auf das offene Meer hinaus.

„Signorina?"

„Wie bitte?" Chantal drehte sich zu der ihr wohl bekannten Stimme um.

„Ach du, was gibt es?" schaute weiter starr auf das Wasser.

„Nichts, ich wollte nur mal so mit dir reden." Diego ging näher zur Reling und beugte sich hinüber, um ins Wasser zu spucken.

Chantal rümpfte nicht einmal mehr die Nase als sie das sah, denn sie war von diesen Piraten ja nichts Besseres gewohnt.

„Gibt es irgendeinen Grund dafür, dass ich deine Anwesenheit verdient habe? Oder bist du nur hierhergekommen um zu spucken?"

„Was? Ach was, sag mal, kochst du heute denn gar nicht? Ich habe verdammten Hunger."

Chantal runzelte die Stirn und schaute Diego ärgerlich an. Er hatte die blöde Angewohnheit ihre Fragen einfach zu ignorieren und irgendwie kam er ihr unerzogen vor. „Ja, ich koche gleich, was soll man sonst auf diesem gottverlassenen Schiff tun? Und wieso nennst du mich eigentlich immer Signorina? Wenn du mich schon nicht Mrs. Events nennst, dann nenn mich doch wenigstens Chantal. Aber ihr habt ja hier sowieso alle kein Benehmen, dann kannst du mich auch von mir aus Muchacha nennen, du blöder Affe." Mit diesen Worten drehte sie sich um und ging in die Küche.

Diego glaubte seinen Ohren nicht, er hatte nur eine normale Frage gestellt und sie flippte gleich so aus. Das tat sie doch sonst nicht. Na ja, vielleicht wurde ihr ja die Schifffahrt mittlerweile doch zu lang oder hing es wohl möglich mit Trey zusammen? Diego machte sich sein eigenes Bild und glaubte bereits mehr zu wissen als Chantal und Trey es taten. Chantal ging schnellen Schrittes zur Tür, die sie hinunter in die Küche führte. Sie ging zum Schrank und zog einen Sack mit Mehl heraus. Wütend schmiss sie ihn auf den Tisch und schaute ungläubig die Staubwolke an, die sich durch die Wucht des Aufschlages entwickelte. Sie versuchte sich zu beruhigen und fuhr sich mit einer Hand durch ihr Haar.

„Was ist nur los mit mir? Ich bin doch sonst nicht so aggressiv. Und außerdem ist Diego immer freundlich zu mir, ich hätte ihn nicht so angreifen dürfen. Oh wie peinlich, hoffentlich nimmt er es mir jetzt nicht übel." Sie fasste sich an den Kopf und vermutete, dass sie Fieber hatte. Irgendetwas war an diesem Morgen nicht normal, sie fühlte sich elendig, hatte so ein leichtes Gefühl von Übelkeit.

Sie setzte sich einen Augenblick auf den Stuhl neben dem großen Küchentisch und atmete tief durch. Nach einigen Minuten glaubte sie, dass es ihr jetzt bessergehen würde und stand auf.

Doch im gleichen Augenblick spürte sie einen starken Schwindelanfall und ging einige Schritte zurück. Nur im letzten Moment schaffte sie es, sich über den Abfalleimer zu beugen, um ihr komplettes Frühstück zu erbrechen. Etwas erschöpft sank sie neben dem Eimer zu Boden, hielt beide Arme vor ihrem Körper verschränkt. Ihr ging es schlecht und am liebsten hätte sie sich wieder ins Bett gelegt. Nachdenklich runzelte

Chantal die Stirn, zählte in Gedanken Tage, Wochen, rechnete vorwärts, rückwärts und vermutete etwas Schreckliches.

Die nächsten Tage gaben ihr die Gewissheit, dass sie ein Kind erwartete.

Ihr war jeden Morgen schwindelig und ständig musste sie sich übergeben.

Es war unfassbar, sie wurde von Tag zu Tag verzweifelter. Was sollte sie jetzt tun? Konnte sie es Trey sagen? Auf keinen Fall! Konnte sie dieses Kind abtreiben? Auf keinen Fall! Würde sie es vor ihm verheimlichen können? Was wäre, wenn er es herausbekäme? Würde er sie dann doch umbringen? Oder ihr das Kind wegnehmen, um sie dann zurück nach London zu schicken? Würde sie ohne ihr Kind gehen wollen?

Ihr Kind, ja es war ihr Kind, das dort unter ihrem Herzen wuchs. Dieses Kind würde ihr gehören, niemand konnte es ihr wegnehmen, sie sollte hier so schnell wie möglich verschwinden und es einfach vor ihm geheim halten.

Es war wirklich eine Katastrophe für Chantal. Erst gab sie sich diesem unmöglichen Piraten hin, benahm sich wie eine Dirne und dann wurde sie von diesem einen Mal auch noch schwanger. Was würde ihr Onkel nur über sie denken? Und was würden die Leute in London sagen? Wenn sie überhaupt noch mal zurück nach London kommen würde! Es könnte auch gut sein, dass sie diese Reise gar nicht überlebte. Dass sie, nachdem Trey seine verdammten Pläne in die Tat umgesetzt hatte, einfach umgebracht würde.

Sie war verzweifelt, ihre Gedanken überschlugen sich, denn niemand war da, mit dem sie hätte sprechen können. Sie fragte sich unentwegt, was sie nun tun sollte und versuchte dabei so unauffällig wie nur möglich auf dem Schiff zu sein. Sie wollte einfach nicht, dass Trey es wusste und hielt es um jeden Preis geheim. Nach ein paar Wochen ging es Chantal nicht mehr schlecht und sie musste sich auch nicht mehr übergeben. Es ging ihr verhältnismäßig gut und so langsam gewöhnte sie sich an ihre Situation.

Sie versuchte nun nicht mehr eine rasche Lösung zu finden, sondern ließ einfach alles auf sich zu kommen. Sie verdrängte alle Gedanken an ihre Zukunft, an London, ihren Onkel und auch an Trey. Sie wollte einfach über nichts mehr denken und sich nachts auch nicht mehr in den Schlaf weinen, denn sie wusste, dass davon gar nichts besser wurde. Denn dieses Kind, das in ihr heranwuchs, würde leben wollen und geboren werden.

Da führte kein Weg dran vorbei.

Chantal wollte einfach stark sein, überleben, so wie ihr lieber Vater es ihr immer beigebracht hatte.

Trey und Chantal hatten nun seit der einen Nacht nicht mehr mit einander gesprochen, sie versuchten sich so gut es ging aus dem Weg zu gehen.

Eines Abends saß sie vor ihrem Spiegel, bürstete sich das Haar und fragte sich, warum Trey so schnell das Interesse an ihr verloren hatte?

Sicherlich, sie hatte ihm gesagt, dass sie ihm nur bei seinem Plan helfen würde, wenn er sich völlig von ihr distanzieren würde. Aber er hätte doch wenigstens mal versuchen können sich ihr zu nähern. Obwohl Chantal es sich selbst nicht eingestehen wollte, musste sie doch erkennen, dass es sie ärgerte. Dass er sie benutzt hatte, um sie danach weg zu schmeißen. Sie fühlte sich widerlich, hässlich und viel zu fett.

Er hatte sie ausgenutzt und ihr ihre Unschuld genommen. Wütend schleuderte sie die Haarbürste gegen den Spiegel und stand auf. Sie strich sich mit beiden Händen über den Bauch und fragte sich wie dieses Kind wohl groß werden würde, so ganz ohne Vater.

Dann schüttelte sie den Kopf, drehte sich um und ging zu Bett. Als sie das Licht auf ihrem Nachtschränkchen löschte, gerade anfangen wollte zu beten, hörte sie ein lautes Schreien auf dem Deck.

Es klang wie ... aber das konnte doch nicht sein. Chantal sprang auf, ging zum Fenster und riss es auf. Da es draußen dunkel war konnte sie nichts erkennen, doch das was sie nun immer und immer wieder hörte war unmissverständlich.

„Land? Sie sehen Land? Oh mein Gott, wir sind da!" Sie stürmte, ohne sich etwas über zu ziehen, nach oben und ging zu der Seite des Schiffes, auf der sich auch alle anderen befanden. Blinzelnd blickte sie in die Ferne, doch erkennen konnte sie nichts, außer Dunkelheit und den Mond, der sich im Meer spiegelte. Sie ging noch etwas näher zum Schiffsrand und stellte sich auf ihre Zehenspitzen, wobei sie sich bis über den Rand beugte, um vielleicht doch noch etwas sehen zu können.

Der einzige Mann auf dem Schiff, der nicht ans Ufer schaute, war Trey. Als sie über das Schiff rannte um etwas zu sehen, blieb ihm der Atem stehen. Sein Magen zog sich zusammen, sein Herz flatterte ihm bis zum Hals. Wie ein Wesen aus einer anderen Zeit schien sie über den Boden zu gleiten. Ihr hellblaues Seidenkleid schimmerte im starken Kontrast zu dem rauen Holz des Schiffes. Ohne darüber nachzudenken steuerte er auf sie zu, um ihren süßen Rosenduft einzuatmen, um sie in seine Arme zu schließen. Sofort stieß sie ihm ihre Ellenbogen direkt in die Rippen, was leider überhaupt nichts brachte. Trey spürte ihren zaghaften Stoß überhaupt nicht und drehte sie zu sich herum. Zuerst erschrocken, überrascht, schaute sie ihn mit großen Augen an.
Leidenschaftlich versenkte er seine Seele in ihren Augen, es schien, als würden ihre Körper miteinander verschmelzen. Seine Atmung, sein Herzschlag passten sich den ihren an,

genauso wie sie es in der ersten Nacht taten, in der sie zusammen waren.

Es schien als würde die Zeit stehen bleiben, die Menschen um sie herum verschwanden in einem sich drehenden Kreis aus Farben. Sie hörte nichts Anderes als ihr pochendes Herz, das sie zu ersticken drohte und spürte seinen erhitzten Körper. Der Wind auf Deck umschmeichelte die beiden, ihr dünnes Nachtgewand flatterte im Schein des Mondes. Trey spürte nur zu deutlich ihren nackten Körper unter dem dünnen Stoff. Er spürte ihre festen Brüste an seiner und konnte ein leichtes Stöhnen kaum unterdrücken. Zu sehr hatte er sich nach ihr gesehnt, nach ihrer Nähe und ihrem Körper. Alle Nächte hatte er keinen Schlaf gefunden, sein Körper verzehrte sich nach ihr.

Niemals zuvor hatte er für eine Frau so gefühlt, hatte ihn eine so aus der Bahn geworfen. Er hatte viele Frauen in seinem Leben, aber keine ließ seinen Körper bei ihrem bloßen Anblick beben. Nacht für Nacht kämpfte er mit seinem Verlangen nach ihr und dem Versprechen, dass er ihr geben musste.

Er verstand sie gut, er hatte sie entführt, eingesperrt, gedemütigt und zu guter Letzt auch noch entjungfert.

Wie sehr musste sie ihn doch hassen, was sie ihm ja auch immer wieder zeigte.

Nachdem sie ihm nur helfen wollte, wenn er sich von ihr fernhielt, wusste er, dass sie ihn abgrundtief verachtete. Aber das spielte jetzt keine Rolle, denn sie waren zu Hause angekommen und er musste einfach mit ihr reden.

„Chantal, es tut mir alles so unsagbar leid. Ich möchte dich auch nicht weiter belästigen, aber ich muss jetzt mit dir reden." Vom Himmel auf die Erde zurückgeholt blinzelte sie ein wenig mit den Augen und sah ihn verwundert an. „Wir werden jetzt an Land gehen und du wirst mein Zuhause kennen lernen. Damit mein Plan klappt müssen alle denken, dass wir ein junges Paar sind. Ich habe mich an die Abmachung gehalten und dich während der restlichen Fahrt in Ruhe gelassen. Ich hoffe, dass du dich in der letzten Zeit etwas abreagiert hast und dass wir beide jetzt einen Waffenstillstand eingehen können. Wenn du mir hilfst und alles so machst, wie ich es dir sage, dann bist du in kürzester Zeit wieder frei und ich schicke dich mit einem Schiff nach England. Meine Leute auf dem Schiff sind mir treu ergeben und werden niemandem erzählen, das wir nicht wirklich verheiratet sind."

Wie vom Blitz getroffen holte sie tief Luft.

„Was willst du den Leuten da drüben an Land erzählen? Das kann ich nicht machen, was soll ich deiner Meinung danach denn erzählen, wenn ich wieder zu Hause bin, dass ich eine geschiedene Frau bin? Du bist wohl völlig übergeschnappt, als wäre mein guter Ruf nicht schon genug zerstört."

„Beruhige dich bitte, es wird niemand in London erfahren, hier bist du doch eine Fremde und du musst doch niemanden deinen Geburtsnamen nennen. Diese Nachricht wird nicht bis nach England reichen, da kannst du dir sicher sein. Und jetzt hör bitte auf mit mir zu streiten, du hast es mir versprochen." Er versuchte sich ein wenig von ihrem warmen Körper zu lösen, was einem Messerstich in den Rippen gleichkam.

„Geh bitte jetzt nach unten, zieh dich standesgemäß an und pack deine Sachen." Somit ließ er sie allein und wandte sich ab.

Fassungslos starrte sie ihm hinterher, hätte am liebsten aus Leibeskräften geschrien. Doch sie tat es nicht, resignierend öffnete sie die Tür und ging unter Deck. Schließlich hatte sie es ihm versprochen und er hatte ja schließlich auch sein Wort gehalten.

Plötzlich musste Chantal wieder an ihren Umstand denken, in dem sie sich nun schon etwa sechs Wochen befand. In ihrem Zimmer angekommen setzte sie sich auf das Bett und war den Tränen nahe. Wie konnte sie nur mit so vielen Lügen leben? Sollte sie es ihm vielleicht doch erzählen? Aber was würde dann passieren, wahrscheinlich würde er sie nur auslachen und sie mit ihrem unehelichen Kind zum Teufel schicken. Chantal stand auf und versuchte diese Gedanken zu vergessen. Sie zog sich um und tat einfach alles, was Trey ihr befohlen hatte.

Sie hatte ja auch leider keine andere Wahl, sie musste jetzt einfach stark sein und abwarten um irgendwann wieder heil nach Hause zu kommen. Sie hoffte nur, dass dieses ganze Drama bald vorbei sein würde, denn es dauerte nicht mehr lange bis man ihren Bauch entdecken könnte.

Wie sollte sie eigentlich nach England zurück, mit einem Baby unterm Herzen? Was sollte sie Emma und Jannice erzählen? Während ihre Gedanken kreisten, packte sie und suchte all ihre Sachen im Zimmer zusammen.

Als Chantal nach ungefähr einer Stunde fertig war, sie alle Schränke und Nischen noch einmal abgesucht hatte, um auch nichts zu vergessen, da Klopfte es auch schon an ihrer Tür.

„Herein?" Trey öffnete die Tür und stellte zu seiner Zufriedenheit fest, dass sie fertig war. Ganz verwirrt von ihrer atemberaubenden Schönheit vergaß er fast, wieso er überhaupt zu ihr gekommen war und starrte sie nur an. Chantal straffte ihren Rücken und hob das Kinn.

„Darf ich fragen, wieso du mich so unverschämt anglotzt?" Er schaute ihr nun tief in die Augen und lächelte sie mit seinen schneeweißen Zähnen an.

„Ja darfst du, du freches kleines Ding, ich bin hoch erfreut über meine zukünftige schöne Frau."

„Ich werde niemals deine richtige Frau sein und das weißt du ganz genau. Du mieser, fieser alter…:"

„Na, na, na, keine Ausdrücke, wenn ich bitten darf. Du solltest dich besser sofort daran gewöhnen, dich nun nicht mehr mit mir zu streiten und das besonders nicht in der Öffentlichkeit.

Hast du das jetzt verstanden? Du musst dein Wort halten, solange tue ich das auch, oder es wird für dich schrecklich enden."

Lächelnd wie ein Wolf drehte er sich zu ihrer Seite und bot ihr seinen Arm zum Gehen an sowie ein echter Gentleman. Vor Wut schnaubend nahm sie seinen Arm und ging mit ihm die Stufen hoch zum Deck. Chantal war überwältigt, obwohl es bereits Nacht war, war es draußen warm. Der Himmel war wolkenfrei und der große Mond erhellte das Land. Als sie zum Ufer schaute, erblickte sie die vielen Feuerfackeln die wohl einen Weg markierten. Als sie mit Trey zusammen das Schiff verließ, drängten sich unzählige Menschen am Kai, um den Lord dieses Landes willkommen zu heißen. Umringt von Menschen ging sie mit Trey den mit Fackeln ausgeleuchteten Weg einen Hügel hinauf. Überall standen sie am Wegesrand und lächelten Trey freundlich entgegen. Alle hier schienen ihn zu mögen, nein nicht nur das. Sie schienen ihn zu lieben, gar zu vergöttern. Das konnte doch nicht sein? Vielleicht wussten die Menschen hier gar nicht, dass er ein furchtloser Pirat war, ein Mörder?

Doch dieses fremde Land riss sie aus ihren Gedanken. Die Luft war warm, schwer und von einer Süße, die sie noch niemals gekannt hatte. Alles schien hier so unecht wie in einem Märchen, sie wusste nicht wo sie zuerst hinschauen sollte. Sie vergaß auch völlig, dass sie sich am Arm von Trey festhielt und genoss einfach nur den herzlichen Empfang, den man ihnen entgegenbrachte.

Wobei ihr die neugierigen, dennoch freundlichen Blicke der Menschen nicht entgingen. Männer, Frauen, Kinder, alle waren auf den Beinen um sie zu empfangen. Sie waren fast alle in weiße Leinen gekleidet, die Frauen verziert mit bunten Stickereien. Es mussten zum größten Teil Indianer sein, denn sie waren alle sehr braun und hatten lange schwarze Haare. Eine Frau trug ihr neugeborenes Baby mit einem kunterbunten Tuch auf dem Rücken und kam einen Schritt auf sie zu. Sie überreichte ihr eine Kette aus den schönsten ihr unbekannten Blumen, die sie je gesehen hatte. Sie legte sie ihr um den Kopf, der orientalische Duft ließ sie auf glücklichere Gedanken kommen.

Um das Haus zu erreichen, mussten sie durch eine Allee gehen, die rechts und links von asiatischen Kirschbäumen gesäumt war.

Die Bäume blühten rosa, pink, in voller Pracht, die heruntergefallenen Blätter bedeckten fast den kompletten sandigen Boden. Sanfte Schritte, leises Rauschen der Kirschblüten, das Prasseln der Feuerfackeln waren zu hören. Eingehüllt im süßen Duft der Kirschblüten vergaß sie all ihre Sorgen, dachte an nichts und genoss einfach ihre Umgebung. Doch als sie oben am Hügel angekommen waren, verschlag es ihr den Atem. Sie standen vor einer Villa von enormer Größe.

Im Mondschein konnte man noch erkennen, dass sie weiß gestrichen war und dass sie von einem Meer aus Blumen umgeben war.

Trey bemerkte, wie sehr Chantal beeindruckt war und beobachtete sie voller Stolz. Sie sah wunderschön aus und plötzlich verkrampfte sich sein Herz, denn er wusste, dass sie ihn abgrundtief hasste. Trey wusste nicht, wieso ihn das so sehr störte, aber er konnte dieses Gefühl der Hilflosigkeit auch nicht verdrängen. Er fragte sich, was mit ihm los war und was an dieser Frau so anders war, dass sie solche Gefühle in ihm weckte?

Sie gingen den Pfad entlang, ohne auch nur ein Wort mit einander zu sprechen.

Als sie gerade an der Haustür angekommen waren, riss eine äußerst dicke farbige Frau die Tür auf, um sie herzlichst zu begrüßen.

Es war Maria die Haushälterin, sie trug ein kunterbuntes geblümtes Kleid, mit einer weißen Schürze und einem weißen Tuch um den Kopf. Sie nahm ihn in die Arme und küsste ihn auf beide Wangenseiten. Sie musste ihn wohl sehr lieben, so wie sie ihn begrüßte, schon fast mütterlich behandelte sie ihn. Trey schien es überhaupt nichts aus zu machen, dass sie sich so aufführte. Im Gegenteil, er hielt sie genau so innig im Arm und schaute ihr liebevoll in die Augen.

„Tom ist schon voraus gerannt und hat mir erzählt, dass du endlich wieder heimgekommen bist. Ich habe mir große Sorgen um dich gemacht. Außerdem habe ich gehört, dass du mit deiner Ehefrau hier bist?"

Im gleichen Atemzug drehte sie sich zu Chantal um, die völlig verblüfft, neben Trey stand und Maria ungläubig anstarrte.

Sie nahm sie herzlich in die Arme und küsste auch sie auf beide Wangen.

„Sie müssen verstehen, mein Kind, dass ich sehr überrascht bin. Wenn ich geahnt hätte, dass Trey mit seiner jungen Frau hierher zurückkommt, dann hätte ich sicherlich für sie einen angemessenen Empfang vorbereitet. Ich freue mich allerdings für sie von ganzem Herzen, dass sie einen so wunderbaren Ehemann gefunden haben und möchte sie hier ganz herzlich willkommen heißen."

Mit diesen Worten nahm sie Chantal noch einmal in die Arme und drückte sie fest an sich.

Chantal war ganz überrumpelt und wusste nicht so recht, was sie dazu sagen sollte. Sie war überhaupt nicht davon erbaut, das hier nun wirklich alle denken sollten, dass sie seine Ehefrau war. Aber was blieb ihr denn eigentlich anderes übrig? Sie resignierte und antwortete einfach höflich. „Vielen Dank.

Ich freue mich sehr über ihre Freundlichkeit, darf ich fragen wie sie heißen?" „Ach, bitte nennen sie mich doch Maria."
„Ich bin Chantal und freue mich darüber, dass sie hier die Haushälterin sind."
„Vielen Dank! Natürlich wird ab sofort alles nach ihren Wünschen gestaltet, ich werde mit allen Fragen zu ihnen kommen."
Chantal druckste ein wenig, denn sie hatte überhaupt keine Ahnung von solchen Dingen und erst recht nicht in so einem großen Haus.
Als Trey ihre Hilflosigkeit bemerkte, nahm er sie wieder in den Arm.
„Also Ladies das sind Dinge, die ihr ja wohl nicht jetzt besprechen müsst, oder?
Ich glaube, dass meine Frau sich jetzt erst einmal hinlegen muss, da es mitten in der Nacht ist. Morgen ist auch noch ein Tag."
„Ja Trey, geh nur hoch, ich kümmere mich hier um alles." „Nein Maria, leg dich hin. Das hat auch alles Zeit bis morgen, du solltest dich lieber schonen in deinem Alter." Zag, schlug sie ihm leicht auf die Schulter.
„Dir werde ich schon noch Benehmen beibringen, von wegen alt!"
Grinsend wie ein Wolf nahm er Chantal mit sich und ging ins Haus. Sie standen mitten in einer riesigen Halle, die mit den

wertvollsten Kunstgegenständen ausgeschmückt war. Die Eingangshalle war so prunkvoll wie es sonst nur Schlösser sind.

Mitten in der Halle führte eine mindestens sechs Meter breite Treppe nach oben zum ersten Stock des Hauses. Sie bestand aus weißem Marmor, auf ihr lag ein roter Teppich, der sorgfältig an jeder Stufe mit einer goldenen Stange befestigt war. Unten am Absatz der imposanten Treppe standen rechts und links riesige Leuchter, die die Halle erhellten. Chantal fragte sich, ob sie wohl wirklich aus purem Gold bestehen würden, denn sie glänzten und spiegelten das Licht wieder so wie sie es noch nie vorhergesehen hatte. „Ich möchte, dass ihr euch nun alle zur Ruhe legt, morgen wird es für alle ein anstrengender Tag werden und ich möchte nicht, dass heute Nacht noch irgendjemand irgendetwas erledigt."

Dabei schaute er insbesondere Maria an, die immer rastlos war, der man regelrecht vorschreiben musste Pause zu machen.

Dann drehte er sich herum, ging mit Chantal die Stufen hinauf und führte sie durch einen langen Flur in sein privates Schlafgemach.

Im Zimmer angekommen ließ er sie los und verriegelte von innen die Tür.

„Wie kannst du nur so herumlügen? Sag mal, ist dir denn gar nichts peinlich? So wie ich das sehe, vertrauen die Menschen dir hier und du Lügst sie Schamlos an. Ich verstehe zwar noch nicht ganz, wieso du hier so beliebt bist, aber das interessiert mich auch ehrlich gesagt nicht."

„Ach ja? Wieso interessiert es dich dann, ob ich meine Leute belüge oder nicht? Halt dich da einfach heraus, Chantal. Ich werde mich an meinen Teil der Abmachung halten und halte du dich einfach an deinen Teil. Und du wirst in kürzester Zeit wieder frei und auf dem Weg nach London sein. Ich werde schon dafür sorgen, dass niemand dort erfährt, dass wir hier angeblich verheiratet waren. „

„Aber so geht das doch alles nicht. Ich kann nicht..."

„Sei jetzt still und leg dich bitte schlafen, ich bin total kaputt." Trey stand genau neben dem Bett und fing völlig unverblümt an, sich auszuziehen. Er streifte sich die Hose von den Beinen und schmiss sie auf einen Stuhl. Chantal errötete bei diesem Anblick und wurde wütend.

„Was machst du da? Hör sofort auf damit!"

„Womit denn?" Trey lachte laut und zog sich weiter aus „Lass das bitte, was soll das? Möchtest du mich so gerne rotsehen oder was? Du bist wirklich unmöglich."

Doch egal was sie auch sagte, er störte sich gar nicht daran und zog sich ganz gemütlich einfach weiter aus. Als er sein Hemd aufknöpfte und es zu Boden warf, wurde es ihr so peinlich, dass sie sich wütend umdrehte, um ihn einfach nicht mehr ansehen zu müssen.

„Wie lange möchtest du denn da jetzt in der Ecke stehen und mich nicht anschauen?"

„Solange bis du im Bett verschwunden bist! Wo denkt der gnädige Herr eigentlich soll ich schlafen?"

„Na hier, bei mir im Bett."

Chantal war so erschrocken über seine Aussage, dass sie sich ohne nachzudenken ruckartig zu ihm umdrehte. Da stand er nun in seiner vollen Männlichkeit, ohne auch nur ein Stück Kleidung. Chantal holte tief Luft und erstarrte bei diesem Anblick. Er sah nackt noch größer und stärker aus. Sein braungebrannter durchtrainierter Körper glänzte im Schein des Kamins, dessen Feuer leichte Schatten auf seine Muskulöse Brust spiegelten. Er machte keinen Versuch, sein nacktes Geschlecht zu verbergen und in Chantal fing das Blut an zu kochen. Ihre Wangen erröteten und brannten wie Feuer, das Atmen fiel ihr schwer, sie musste tief ein und ausatmen.

Wie ein Schlag kamen in ihr die Gefühle der einen Nacht ins Gedächtnis.

Die ganze Zeit in der sie versucht hatte, dass alles zu vergessen, war nun zu Nichte gemacht. Sie konnte ihren Blick nicht von ihm abwenden, merkte wie sehr sie sich zu ihm hingezogen fühlte.

Es war erschreckend, denn eigentlich wollte sie ihn bis an ihr Lebensende hassen. Chantal fragte sich, wieso sie diesen Mann so schrecklich begehrte.

Trey lächelte sie siegesbewusst an und riss sie aus ihren vertieften Gedanken.

„Chantal? Willst du dich nicht auch so langsam entkleiden? Ich möchte mich hinlegen und endlich schlafen."
In Gedanken verloren kehrte sie zurück ins Zimmer und schaute ihn verwirrt an.

„Was?"

„Zieh dich aus und komm ins Bett, habe ich gesagt."

„Nein, niemals ziehe ich mich aus und lege mich zu dir!" „Also, entweder du kommst freiwillig zu mir oder ich zwinge dich. Heb dich hoch und schmeiße mich mit dir zusammen ins Bett. Wobei ich dann nicht mehr garantieren kann, dass ich mein Versprechen halte und nicht meine Beherrschung verliere."

Mit dem Ende dieses Satzes ging er einen Schritt auf sie zu, wobei sie fürchterlich erschrak, mit ausgestreckten Händen einen Schritt zurück machte.

„Nein, bitte ich komme freiwillig ins Bett. Aber erst, wenn du dich hingelegt hast und das Licht gelöscht ist, damit du mich nicht ansehen kannst."

Trey verdrehte die Augen und tat dann doch, was sie sich wünschte. Er legte sich ins Bett, deckte sich zu und machte die Nachtleuchte aus.

Nun war das Zimmer nur noch ganz leicht durch den Kamin erhellt, sie konnte Trey in diesem riesigen Bett nur noch erahnen. Sie raschelte ein wenig mit ihren Unterröcken und ging dann auf leisen Sohlen zum Bett. In der Hoffnung, dass er vielleicht schon eingeschlafen wäre. Sie legte sich an den äußersten Bettrand, um so weit wie möglich von ihm entfernt zu sein. Sie deckte sich zu und legte sich in das große weiche Kissen. Tief ausatmend schloss sie die Augen und hoffte nun auf Ruhe, um endlich ein wenig schlafen zu können.

Doch da irrte sie sich.

Trey bemerkte, dass sie lediglich ihre Schuhe ausgezogen hatte und sonst noch vollständig bekleidet war.

Wütend sprang er auf, riss die Bettdecke weg und zerrte sie auf die Beine. Bevor Chantal überhaupt begreifen konnte, was nun geschehen würde, stand sie auch schon vor ihm.

„Ich habe gesagt, dass du dich ausziehen sollst und wenn ich etwas sage, dann meine ich das auch so!"

Er riss an ihrem Kleid und schmiss es zu Boden, dann drehte er sie herum und machte sich an den Bändern des Mieders zu schaffen. Mit geübten Händen waren bald alle Schnüre gelöst. Chantal versuchte noch das Korselett vorne festzuhalten, doch ohne Erfolg. Er streifte es ihr vom Körper und schmiss es weg. Dann hob er sie hoch und warf sie, wie vorhergesagt, auf das weiche Bett. Chantal strampelte wütend, versuchte sich mit aller Kraft gegen ihn zu wehren.

„Las mich sofort los, du mieses Stück."

Konnte dabei ein hilfloses Schluchzen nicht unterdrücken und Trey ließ sie sofort los.

„Was ist denn mit dir eigentlich los? Ich werde dir schon nichts antun. Denkst du im Ernst, ich würde dir irgendetwas aufzwingen? Ich wünsche nur, dass du hier bei mir schläfst und das so, wie es sich gehört bei zwei verheirateten jungen Leuten."

„Wir sind aber doch gar nicht verheiratet," schnauzte sie ihn wütend an.

„Wir müssen aber so tun als ob, sonst ist das Risiko zu hoch, dass uns später jemand entlarven kann."

„Deshalb muss ich doch noch lange nicht nackt neben dir liegen," schrie sie ihn aus Leibeskräften an.

„Ach ja? Und wieso nicht, wenn ich fragen darf?"

„Weil sich so etwas nicht gehört. Ich kenne dich ja noch nicht einmal richtig." Trey lachte lauthals und schaute dabei unter die Zimmerdecke.

„Wie sehr musst du einen Menschen denn kennen lernen? Mehr als wir beide uns kennen gelernt haben geht es doch gar nicht. Oder was meinst du?"

Chantal wurde rot und schämte sich abgrundtief. Sie war heilfroh, dass es so dunkel im Zimmer war und er ihre Unsicherheit nicht sehen konnte.

„Du bist einfach unmöglich und benimmst dich wie ein Tier. Bei uns in London schläft man nicht nackt. Auch wenn man verheiratet ist, so etwas gehört sich einfach nicht. Und außerdem, dass wir beide miteinander geschlafen haben war ein Versehen. Wenn du richtig nachdenkst, dann weißt du sehr wohl, dass es für mich das erste Mal in meinem Leben war und mit Sicherheit nicht mit Absicht geschehen ist. Du hast mir einfach nur in einem schwachen Moment meine lang behütete Jungfräulichkeit geraubt. Aber das ist für dich ja noch nicht einmal etwas Besonderes, so was machst du bestimmt am laufenden Band. Macht es dir eigentlich Spaß, wehrlose Mädchen zu benutzen und sie dann wie faule Kartoffeln weg zu schmeißen? Du bist so ein Tier! Ich hasse dich dafür, was du mir angetan hast und immer noch tust. Du zwingst mich hier zu bleiben und erniedrigst mich wo du nur kannst. Du kannst dir nicht vorstellen, wie sehr ich dich verabscheue. Und."
Trey rollte mit seinen Augen umher und unterbrach sie barsch. „Bist du jetzt fertig? Du beleidigst mich ständig, jetzt will ich dir mal etwas sagen. Was zwischen uns beiden gewesen ist, ging nicht nur von meiner Seite aus. Dazu gehören immer zwei! Hättest du dich entsprechend verhalten, dann wäre es auch nicht so weit gekommen. Aber es gefiel dir genau so gut wie mir und du hast es genossen. Und jetzt tust du auf einmal so, als wäre alles meine Schuld. Ich bin kein Tier und verhalte mich auch nicht so. Und mir ist auch ganz egal, was ihr so in

England treibt. Hier ist es nachts teuflisch heiß und darum schlafen hier alle nackt. Und ich habe keine Lust neben einer sich totschwitzenden blöden Lady zu schlafen." Trey konnte gerade noch zu Ende sprechen, da sprang Chantal wutentbrannt auf und vergaß alles. Sie schlug ihm mit der geballten Faust auf die Brust und hätte ihn am liebsten totgeschlagen, wenn sie nur gekonnt hätte. Trey fasste ihre Hände und drehte sich mit ihr herum, so dass er auf ihr lag und sie sich nicht einen Zentimeter mehr bewegen konnte. Ihre Aktion soeben war ein fataler Fehler, denn nun lag er Splitternackt auf ihr.

Sie bekam Angst, spürte seinen harten muskulösen Körper auf ihrer Brust. Seine starken Hände hielten ihre fest wie ein Schraubstock, grüne Augen fesselten sie und drangen tief in ihr Herz hinein.

Wieder spürte sie dieses unbeschreibliche Gefühl in ihrer Brust, das sie fast zum Schreien brachte. Sie fragte sich, was denn nun wieder mit ihr los sei.

Sie konnte und wollte sich nicht mehr wehren. Ihr stockte der Atem, nicht nur, weil er mit seinem schweren Gewicht auf ihr lag.

Erstaunt schaute er sie an und wusste selbst nicht was ihn überkam. Er bewunderte ihre atemberaubende Schönheit, fühlte ihren weiblichen wohlgeformten Körper und konnte seine Erregung nicht mehr kontrollieren.

Chantal spürte wie sein Körper erstarrte, normalerweise hätte sie ihn jetzt von sich stoßen, ihn auf keinen Fall mehr so nah an sich heranlassen dürfen.

Wie lange hatte sie sich nach ihm gesehnt.

Was sie empfand konnte sie nicht verstehen, ihr Herz raste, ihr Blut schien zu kochen, ihre weiblichste stelle fing unter seinem Druck an zu pochen und in ihrem Kopf surrte es nur noch.

Es war zu spät, zärtlich streichelte Trey ihr eine Haarsträhne aus dem Gesicht. Dann bückte er sich herunter und küsste sie zärtlich auf den Mund. Langsam öffnete er seine Lippen und liebkoste sie bis auch sie ihren Mund mit einem leichten Seufzer öffnete.

Chantal wusste, dass es falsch war, doch sie konnte ihr verlangen, dass sie nun so viele Wochen unterdrückt hatte, einfach nicht mehr aushalten. Zu schön war es mit ihm gewesen, zu schön die Erinnerung daran, wie es mit ihnen beiden gewesen war.

Ihr Herz zog sich Krampfartig zusammen und ihr wurde plötzlich bewusst, dass es nur eines bedeuten konnte.

Sie liebte ihn.

Hin und her gerissen zwischen Verzweiflung und liebe gab sie sich voll und ganz seinen Küssen hin. Hungrig nahm sie alle Zuneigung auf, die er ihr entgegenbrachte. Tausend

Schmetterlinge flatterten in ihrer Brust und sie sehnte sich innig nach Erfüllung.

Auch Trey ging es nicht viel anders, er wunderte sich das sie sich ihm hingab obwohl sie ihn doch zu hassen schien. Aber das war ihm in diesem Augenblick egal. Jeden Tag hatte er sich nach ihr gesehnt, der Drang sie zu berühren hatte ihn fast zum Wahnsinn getrieben.

Er streichelte zärtlich ihre Brust, die sich bei seiner Berührung erhärtete. Erst küsste er ihren Mund dann ihren Hals. Chantal stieß einen leichten Seufzer aus als er auch ihre rosige Brust liebkoste. Seine Hände waren überall und gierig übersäte er ihren Körper mit Küssen.

Strom schien sich in ihren Adern zu entladen und sie bäumte sich ihm bereitwillig entgegen. Auffordernd streichelte sie seinen Rücken, Trey drängte sich zwischen ihre Beine. Feste presste sie ihn an sich, bis er endlich in sie eindrang. Die ganze Zeit des Verlangens wandelte sich um, in dringendes Bedürfnis.

Zuerst bewegte er sich kaum spürbar, doch Chantal drängte nach mehr.

Immer wieder hob sie ihr Becken um zu zeigen wie sehr sie ihn begehrte. Auch er konnte sein Verlangen nicht mehr ertragen, seine Bewegungen wurden immer schneller und heftiger. Es war teuflisch heiß im Zimmer, ihre Körper bebten vor Sehnsucht, Chantals Körper drohte zu verglühen. Nass geschwitzt, gaben sie sich beide völlig in einen Rausch, den sie niemals für möglich gehalten hätten. Der Rhythmus, in dem sie sich bewegten, wurde immer stärker, fordernd küsste Trey ihre angeschwollene Brust und berührte den Mittelpunkt ihrer Begierde mit seinen Händen. Chantal wurde es schwindlig, sie wurde am ganzen Körper steif, konnte sich kaum noch bewegen. Treys Bewegungen wurden immer wilder, heftiger, es lag fast Zorn in seinem Rausch, solange bis sie beide zum Gipfel der Gefühle gelangten.

Völlig außer Atem lagen sie zusammen und hörten den rasenden Herzschlag des Anderen. Eine zarte Brise wehte durch das Fenster hinein und streifte ihre nass geschwitzten Körper. Trey ließ nicht von ihr ab, blieb einfach stumm auf ihr liegen. Er hörte ihrem Atem, ihren Puls, der sich langsam beruhigte und war überglücklich.

Langsam hob er seinen Kopf um sie anzuschauen. Ihre Augen waren glasig, der schwache Schein des Kaminfeuers ließ ihr Haar golden scheinen. Ihre Haut war so fein wie Seide und ihre angeschwollenen Lippen veranlassten ihn dazu, sie noch einmal auf den Mund zu küssen.

Erschrocken darüber öffnete sie ihre Augen.

„Warum hast du das getan?" fragte sie mit heißer Stimme.

„Was denn?" antwortete er genauso leise zurück.

„Wieso küsst du mich so einfach auf den Mund?"

„Weil wir uns gerade geliebt haben und ich einfach den

Wunsch hatte dich zu küssen."

Zärtlich nahm er ihren Kopf in beide Hände.

„War es für dich denn nicht auch wunderschön?"

„Ich weiß nicht? Wieso hast du das denn getan? Ich dachte du würdest mich verabscheuen."

„Wieso zum Teufel denkst du das? Wieso sollte ich so ein bezauberndes Geschöpf wie dich verabscheuen?" Chantal war es peinlich darüber zu reden. Aber nun war sie sowieso eine gefallene Frau, jetzt war es auch egal, ob sie sich nun ungeniert darüber unterhalten würde oder nicht. „Nach unserem ersten Mal hast du mich nicht mehr angerührt, geschweige denn mich angesehen. Du hast mich völlig ignoriert und daraus habe ich halt geschlossen, dass du mich verabscheust. Weil ich mich wie ein leichtes Mädchen benommen habe und du einfach genug von mir hattest. Ich weiß ja auch nicht, wie das passieren konnte und ich bereue es auch zutiefst."

Sanft unterbrach Trey ihre absurden Gedankengänge. „Das ist doch nicht wahr, du hast mir doch gesagt, ich solle mich von dir gefälligst fernhalten, weil du mich hassen würdest und dass ich ein elendiger Bastard sei. Was denkst du denn soll ich dann glauben? Vielleicht das du jede Nacht auf mich wartest?"

„Das habe ich auch nicht getan."

Sagte sie so leise, dass sie glaubte er könne es nicht hören.

„Wieso hast du nicht...?"

„Du hättest auf dem Schiff ja wenigstens so tun können, als ob du mich noch einigermaßen respektieren würdest. Und mich nicht vollständig ignorieren."

„Hast du vielleicht eine Ahnung wie schwer es mir gefallen ist dich zu ignorieren? Wie schwer es mir gefallen ist nachts nicht in dein Zimmer zu kommen, um mit dir zu schlafen? Jeder Tag war für mich eine Qual, doch ich wusste du hättest mich nicht zu dir gelassen."

„Ja, das stimmt allerdings."

Belustigt und erfreut über sein Geständnis rümpfte sie in gespielter Arroganz ihre Nase.

Trey lachte unwillkürlich über ihre Dreistigkeit und fragte sie: „Ach? Und wieso zum Henker beschwerst du dich dann jetzt?"

„Darum! Weil du es ja noch nicht einmal versucht hast."

Trey rollte sich zur Seite und starrte hoch zur Zimmerdecke.

„Ihr Frauen seid doch wirklich nicht normal. Was ihr sagt meint ihr überhaupt nicht und was wir Männer machen ist dann sowieso immer falsch."

Er drehte sich zur Seite und stützte sich auf seinen Ellenbogen. Dann betrachtete er Chantal und sah sich jeden Zentimeter ihres wunderschönen Körpers an.

„Ich wusste vom ersten Augenblick an, dass du kein loses Weib bist. Ich habe dich von Anfang an für deinen Mut und deine Stärke bewundert. Selbstverständlich habe ich bei unserem ersten Mal festgestellt, dass du noch niemals mit einem Mann zusammen warst. Und das bestätigte ja nur noch meine Vermutungen. Ich verstehe nicht ganz, wie dich alle Männer in London übersehen konnten, noch niemand um deine Hand angehalten hat.

Allerdings kenne ich ja auch dein Maulwerk und kann mir gut vorstellen, dass du all deine Verehrer in die Flucht geschlagen hast."

Chantal war über seine Aussage außer sich, wollte ihn mitten ins Gesicht schlagen. Doch Trey reagierte sofort, da er sie ja mittlerweile kannte und auch ihre Reaktionen.

„Du Schuft, wieso denkst du denn, dass ich alle in die Flucht schlage? Ich bin doch keine Furie oder irgend so eine Emanze." Trey küsste sie einfach auf den Mund, um sie zum Schweigen zu bringen. Nach einigen atemberaubenden Sekunden ließ er von ihr ab und schaute sie freundlich an.

„So war das auch nicht gemeint, mein Schatz. Musst du denn immer direkt auf Abwehr gehen? Darf man dir denn gar nichts sagen? Ich bin völlig von dir bezaubert, bin überglücklich, dass ich der erste Mann in deinem Leben bin. Du bist wunderschön und weißt es nicht. Wahrscheinlich hat es deshalb niemand bemerkt. Du hast dich bestimmt in London immer bis zum Kragen hin eingeschnürt, um bloß keine Aufmerksamkeit zu erregen. Aber das ist umso besser für mich."

Bevor Chantal irgendetwas hätte sagen können küsste er sie innig, wieder bereit um sie zu Lieben.

Es war noch schöner als beim vorherigen Mal, sie ließen sich nun Zeit. Das wilde Verlangen nach schneller Erlösung war gestillt. Zärtlichkeit rückte an ihre Stelle, Zärtlichkeit die Chantal nicht für möglich gehalten hatte. Nach einer langen unglaublich schönen Nacht schliefen sie beide erschöpft und glücklich nebeneinander ein.

Die Sonne schien ihr direkt ins Gesicht, eine frische Brise wehte die weißen Vorhänge umher, vor dem Fenster saß ein kleiner Vogel auf dem vollblühenden Baum.

Sie erwachte nur langsam und öffnete ihre müden Augen. Schlagartig erinnerte sie sich an die gestrige Nacht, riss die Augen weit auf und drehte sich zur anderen Bettseite herum. Doch Trey war nicht da, er war wohl schon lange aufgestanden denn als sie seine Seite berührte, bemerkte sie, wie kalt das Laken bereits war. Sie fuhr sich mit der Hand durch die Haare und schloss bedenklich die Augen.

„Was habe ich da nur wieder gemacht? Wie konnte ich ihm denn schon wieder nachgeben? Ich bin nicht mit ihm verheiratet, Schwanger, er weiß es nicht und dann lege ich mich auch noch die ganze Nacht zu ihm."

Sie dachte lange über ihre Situation nach und irgendwann sah sie ihre aussichtslose Lage. Sie konnte ihm jetzt auch nicht mehr die Zimperliche vorspielen und so tun als ob sie ihn hassen würde. Sie zog sich die Bettdecke bis zum Kinn und lächelte leise in sich hinein.

Irgendwie fand sie ja schließlich auch Gefallen daran, wenn sie sich an die gestrige Nacht erinnerte dann erfüllte es ihr Herz mit Liebe.

Doch dann verdunkelte sich ihr Blick, denn sie glaubte, dass er ihr all die schönen Sachen nur erzählte, um sie gefügig zu machen. Sie wusste, dass ein Mann wie Trey vor nichts zurückschrecken würde. Wahrscheinlich würde er ihr sogar erzählen, dass er sie lieben würde, nur damit sie ihm bei der Ausführung seines Planes half.

Aber was sollte sie nun tun? Ihm glauben oder nicht? Ihm helfen oder vielleicht einfach fliehen? Sie war hier schließlich auf dem Land und würde bestimmt jemanden finden, der ihr zurück nach London helfen würde. Aber dazu müsste sie erst einmal sein Vertrauen gewinnen, wie viel Zeit hatte sie denn noch? Sie war verzweifelt und hilflos, er durfte auf keinen Fall erfahren, dass sie schwanger war.

Jemand klopfte an ihrer Tür, der sie aus ihren Gedanken riss.

„Chantal, sind sie wach? Darf ich eintreten?" Im gleichen Augenblick öffnete Maria die Tür und trat herein. Sie trug wieder ein grelles buntes Kleid mit einer weißen Schürze und weißem Kopftuch. Sie wirbelte durchs Zimmer und sah so gepflegt und frisch aus wie es nur eine perfekte Haushälterin sein konnte. Man sah ihr einfach direkt die Verbundenheit mit diesem Haus an.

„Einen wunderschönen guten Morgen Chantal. Haben sie gut geschlafen?"

„Ja, vielen Dank, es geht mir gut."

Chantal war es ein wenig peinlich, dass sie zwar zugedeckt, aber nackt im Bett lag und zog die Bettdecke noch weiter hinauf.

„Wollen sie nicht aufstehen? Ich lasse ihnen jetzt frisches Wasser zum Waschen ein und dann können sie gerne frühstücken." Maria ging im Zimmer umher und räumte es auf, dann ging sie zu einer von Chantals Truhen und öffnete sie. Als sie ein Kleid nach dem anderen heraus holte schaute sie Chantal verblüfft an.

„Wo, um Himmels Willen trägt man denn solche Kleider? Das geht nicht, die sind viel zu warm um sie tragen zu können. Ich werde Trey sagen, dass sie unbedingt eine neue Garderobe brauchen." Maria schaute Chantal an und fragte sich, warum sie nicht aufstehen würde. Bis sie plötzlich das zerrissene Kleid neben dem Bett liegen sah.

„Ach Kindchen, es muss ihnen doch nicht peinlich sein, wenn sie nackt sind. Wir sind doch beide Frauen und sehen genau gleich aus. Wissen sie, die Sitten sind hier zu Lande etwas rauer als in dem feinen London und hier macht es nichts aus, wenn Frauen sich gegenseitig nackt sehen. Also bitte stehen sie auf damit ich ihnen behilflich sein kann." Chantal traute sich nicht wirklich, doch sich wie ein kleines Mädchen zu benehmen war ihr dann auch zu dumm. Somit stand sie auf und ließ auch die Bettdecke liegen. Nackt ging sie zum Waschbecken und suchte ein Stück Seife.

„Hier Chantal möchten sie...?"

„Also wenn du schon meinen Mann duzt und mich nackt siehst, dann können wir uns auch gerne Duzen. Ja? Mir macht das gar nichts aus, im Gegenteil ich würde mich sehr freuen." Maria grinste sie freundlich an und nickte, wobei sie ihre tadellos weißen Zähne zum Vorschein brachte. „In Ordnung und jetzt suchen wir dir etwas Vernünftiges zum Anziehen heraus." Chantal ging freudestrahlend zum Becken und wusch sich von Kopf bis Fuß. Dann wickelte sie sich ein großes weißes Handtuch um den Körper und setzt sich vor den Frisierspiegel. Als sie gerade die Haarbürste fassen wollte, schnappte sie sich Maria und fing an Chantals golden blondes Haar zu bürsten.

„Also Chantal?"

„Ja?"

„Dann erzähle mir doch mal etwas über dich. Ich muss ja ehrlich gestehen, dass ich sehr überrascht bin. Ich hatte keine Ahnung, dass Trey mit einer Frau nach Hause kommen würde. War das geplant? Habt ihr euch schon lange gekannt? Oder war es Liebe auf den ersten Blick? Ich kann mir gut vorstellen, dass du ihn sehr liebst. Er sieht wirklich fantastisch aus und dazu ist er auch noch ein sehr gütiger und freundlicher Mensch."

Gütig und liebenswert? dachte Chantal und war über ihre Offenheit etwas überrumpelt, wusste nicht so recht was sie nun antworten sollte und außerdem kannte sie diese Frau gerade mal einen Tag. Aber andererseits hatte sie auch niemand anderes mit dem sie sonst sprechen könnte. „Ich kenne ihn noch nicht sehr lange. Wir haben uns in London kennen gelernt. Und dann haben wir uns entschlossen zusammen hierher zu kommen," log sie zu ihrem eigenen Entsetzten.

„Aber das war ein sehr großer Schritt, solch eine lange Reise anzutreten."

„Ja ich weiß, aber ich bin ja nicht nur wegen Trey hier. Ich wäre sowieso hergekommen, weil ich meinen Onkel besuchen möchte," log sie weiter um einigermaßen ihr Gesicht wahren zu können.

„Ach so ist das, wer ist denn dein Onkel, wenn ich fragen darf? Ach, bitte entschuldige meine Neugier, aber ich bin so aufgeregt und freue mich so sehr für euch beide." „Ist schon gut Maria. Mein Onkel heißt Phillip Anthony Events. Ich habe ihn noch nie zuvor gesehen oder von ihm gehört. Kennst du ihn vielleicht?"

„Ich habe auch noch nie vom ihm gehört, soll er hier in der Nähe wohnen?"

„Ehrlich gesagt weiß ich gar nicht, wo ich mich so genau aufhalte. Aber ich glaube, er wohnt nicht hier in der Nähe, ich bin mir aber sicher, dass Trey mich bald zu ihm bringen wird."

„Ja selbstverständlich wird er das tun. Er ist doch bestimmt auch darauf gespannt deinen Onkel kennen zu lernen."

„Ja allerdings, das ist er" antwortete Chantal ein wenig ängstlich.

Als Maria ihr Haar zu Ende gebürstet hatte, Knotete sie es zu einem wunderschönen Zopf zusammen.

„So, ich bin jetzt fertig, wenn du magst zeige ich dir jetzt das Haus oder du kannst auch zuerst frühstücken. Ja?"

„Ja, aber wo ist denn Trey?"

„Dein Mann ist schon heute früh morgens ausgeritten. Er ist mit meinem Ehemann Matthäus unterwegs, um seine Ländereien zu begutachten. Du weißt ja, dass er nun lange weg war und mein Mann hat sich während Treys Abwesenheit um alles gekümmert. Ich hoffe, dass er zufrieden ist, aber das wird er bestimmt. Denn Matthäus hat sein Bestes gegeben und das weiß er ja auch. Wieso eigentlich hast du deinen Mann denn heute Morgen gar nicht gesehen?" Chantals Wangen röteten sich.

„Nein, ich war wohl noch zu müde um zu bemerken, dass er bereits aufgestanden ist." Maria bemerkte wie peinlich es ihr war und musste über ihr braves Wesen lächeln.

„Nun ja, das ist ja auch ganz normal bei so frisch verheirateten jungen Menschen. Sollen wir jetzt hinausgehen? Ich habe heute noch sehr viel zu tun und hoffe, dass du dich eben so sehr für dieses Haus interessierst wie ich. Du wirst es sicher liebgewinnen und eines Tages willst du gar nicht mehr hier weg."

Beim Sprechen ging Maria einfach voraus und Chantal ging ihr schnellen Schrittes hinterher. Maria bemerkte gar nicht, dass Chantal ihr fast gar nicht zuhörte und ganz in Gedanken hing. Die langjährige Haushälterin zeigte Chantal nun ihr neues zuhause. Sie gingen durch alle Räume, Flure und zu den Stallungen mit der großen Pferdezucht, auf die Trey sehr stolz war. Dann bekam Chantal den für Maria schönsten Teil des Hauses zu sehen, den Festsaal.

„Hier finden immer die ganzen Feste oder Besprechungen statt. Du musst wissen, dass dein Mann hier sehr beliebt in der Gegend ist. Er ist außerdem sehr mächtig und viele Menschen wollen mit ihm gut befreundet sein."

Chantal war sehr freundlich und lächelte ihr immer zustimmend entgegen. Doch Maria bemerkte sehr wohl, dass Chantal irgendwie bedrückt war. Sie äußerte es nicht, versuchte sie einfach ein wenig von ihren Gedanken abzulenken.

„Komm, wir gehen jetzt in die Küche. Darf ich dich etwas fragen?"

„Ja wieso denn nicht? Was möchtest du wissen?"

„Nun ja, du bist ja noch sehr jung und da habe ich mich einfach gefragt, ob du schon Erfahrungen darin gesammelt hast ein so großes Haus zu führen?"

„Ich, wieso ich? Nein, das habe ich nicht. In London habe ich zwar auch ein Haus, aber das ist von der Quadratmeterzahl nicht einmal so groß wie die obere Etage. Aber warum fragst du mich? Du denkst doch nicht etwa wirklich, dass ich dir jetzt deine Arbeit abnehmen werde? Oder? Nein, so etwas mache ich nicht. Du kannst gerne deine Position hierbehalten."

„Nein, nein du verstehst das falsch. Du bist die neue Herrin hier im Haus und daran lässt sich gar nichts ändern. Ich bin lediglich deine rechte Hand und stehe dir immer zur Verfügung. Du nimmst mir nichts weg, ich freue mich endlich mit einer Frau zusammen arbeiten zu dürfen."

„Aber so was kann ich doch gar nicht, ich stehe dir höchstens im Weg herum. Ich möchte auch nicht im Mittelpunkt stehen, es reicht mir aus, wenn ich meine Ruhe hab und kann mich von allem raushalten." Maria schnappte nach
Luft.

„Das kann ja wohl nicht dein Ernst sein? Nein, das kommt gar nicht in Frage. Wenn du das alles noch nicht kennst, ist das gar kein Problem. Ich werde dir alles erklären und immer an deiner Seite stehen. Aber du bist jetzt die Lady von

Hampshire und dementsprechend musst du auch deinen Angestellten die Arbeit einteilen. Du musst deinen Pflichten nachgehen, daran führt kein Weg vorbei." Chantal war fassungslos.

Nichts hatte sie immer mehr gehasst als irgendwo im Mittelpunkt zu stehen. Außerdem war sie ja überhaupt keine Mrs. Hampshire und wollte es auch gar nicht sein. Sie wurde ja schließlich zu allem gezwungen und wollte am liebsten hier nur weg. Aber das wusste ja keiner. Alle dachten sie wäre überglücklich und beneideten sie wohlmöglich auch noch. Doch es blieb ihr keine andere Wahl. Sie musste ihre Rolle überzeugend spielen.

„Also gut, natürlich werde ich tun, was von mir erwartet wird. Doch ich muss dich warnen. Ich werde dir bestimmt keine große Hilfe sein, denn ich habe so etwas noch nie gemacht. Es wäre aber sehr nett von dir, wenn du mir helfen würdest und wir alles zusammen gestalten könnten."

Maria überschlug sich fast vor Freude, denn sie hatte in den letzten zwei Jahrzehnten dieses Haues geführt, war über Chantals Großzügigkeit überglücklich.

„Ich danke dir, du bist zu gütig zu mir. Ich werde dir bestimmt alles beibringen was ich weiß. Du wirst sehen, nach kurzer Zeit wirst du dieses Haus genau so lieben wie ich auch." Nachdem dass alles geklärt war gingen die beiden hinunter zur Küche, in der rege Beschäftigung herrschte. Einige junge

Frauen waren damit beschäftigt, Brot und süße Kuchen zu backen, über der großen Feuerstelle wurde von einem kräftigen Jungen ein komplettes Schwein gegrillt. Andere wuschen Gemüse, um es hinterher zu schmoren.

Es duftete himmlisch in dieser Küche und Chantal strahlte übers ganze Gesicht.

„Oh Gott, wie appetitlich. Weißt du, wie lange wir keine richtige Mahlzeit mehr zu uns genommen haben?"

„Ja, das kann ich mir nach so einer langen Schiffsreise gut vorstellen. Da habt ihr doch nur getrocknetes Fleisch und bestenfalls Fisch bekommen. Nun ja, das ist ja jetzt Gott sein Dank erst einmal vorüber und heute Abend wird richtig geschlemmt."

„Wieso wird hier eigentlich so viel gekocht? Haben wir denn so viele Angestellte, dass man direkt ein ganzes Schwein grillt?" Maria lachte laut und riss ihren Mund dabei weit auf. „Aber nein du Dummerchen, wir feiern heute Abend euch zu Ehren. Weil unser Herr wieder nach Hause gekommen ist und das auch noch mit einer reizenden Ehefrau. Wir sind alle überglücklich, dass ihr hier seid und das wird mit allen Freunden und Nachbarn fröhlich gefeiert."

„Heute Abend? Aber das geht doch nicht. Ich bin doch gar nicht dafür vorbereitet und ich weiß doch gar nicht was ich da tun soll. Und ich habe auch kein passendes Kleid. Was zieht man hier denn so an?"

„Es wird wunderbar, mach dir bitte keine Sorgen. Heute werde ich hier alles leiten und wenn du dich von der langen Reise noch zu erschöpft fühlst, kannst du dich ja gerne heute Mittag noch hinlegen und etwas schlafen. Und wenn du wirklich nichts Passendes zum Anziehen hast, dann habe ich eine vortreffliche Idee."

Chantal atmete tief ein und genoss nur den Duft des vor ihr brutzelndem Essen.

Ihr war eigentlich im Moment egal was sie sagte und sie wollte auch nicht darüber nachdenken, ob sie heute Abend auf irgendein Fest musste.

„Maria? Ich habe Hunger, ist es möglich schon jetzt etwas zu essen?"

„Ja natürlich, dein Frühstück ist doch schon längst vorbereitet."

„Nein, nein, ich möchte nicht frühstücken. Ich hätte gerne ein Stückchen von dem Schwein, wenn es möglich ist." Maria schaute sie lächelnd an und ahnte etwas von dem, was wohl niemand wusste.

„Ja natürlich, du kannst hier tun und lassen was du möchtest. Du wirst dich noch daran gewöhnen, das du hier die
Herrin im Hause bist."

Es war Chantal egal was alle über sie dachten. Sie hatte teuflischen Hunger und musste jetzt unbedingt etwas essen. Sie nahm sich ein großes Stück von dem schmackhaften Braten, dazu aß sie geschmortes Sauerkraut und einen Kloß.

Sie setzte sich dabei mitten in die Küche an einen großen Tisch. Die vielen Leute die um sie herumschwirrten, störten sie nicht. Schon lange fühlte sie sich nicht mehr so wohl wie heute. Das Essen schmeckte ihr hervorragend und sie ließ sich jeden Bissen auf der Zunge zergehen.

Als sie damit fertig war nahm sie sich etwas Schokoladenpudding aus einer großen Schüssel, die direkt vor ihr auf dem Tisch stand. Sie aß einige Kekse und zu guter Letzt etwas sauer eingemachtes Gemüse. Maria war die ganze Zeit über in der Küche beschäftigt, bemerkte doch den ungewöhnlichen Hunger, den Chantal um diese Uhrzeit hatte. Sie konnte sich ganz genau vorstellen, was mit der jungen Braut los war, doch sicher war sie sich noch nicht. Als Chantal fertig war, stand sie auf und schaute zum Fenster hinaus. Sie sah den riesigen Garten der sich hinter dem Haus erstreckte. Er war so groß, dass sie nicht einmal sehen konnte, wo die Grenze des Grundstückes war.

„In London hatte ich auch einen kleinen Garten vor meinem Haus. Ich habe ihn sehr geliebt, denn im Sommer bestand er aus einem Meer von Blüten."

Traurig schaute Chantal durch die Fensterscheibe.

„Aber Chantal, warum wirkst du denn so traurig? Du bist doch noch gar nicht so lange hier, du wirst doch sicher bald nach London zurückkehren können. Sag mir, hast du vielleicht Heimweh nach deinem Zuhause und deiner Familie?" Chantal schaute nun noch trauriger nach draußen und sprach mit heiserer Stimme.

„Ich habe keine Familie mehr. Meine Eltern sind nun schon lange tot und sonst habe ich niemanden außer meinem Onkel. Aber du hast recht, ich habe Heimweh, ich war noch nie in meinem Leben soweit und solange von zu Hause entfernt."
Maria nahm Chantal mütterlich in den Arm und drückte sie ein wenig an sich. Sie hatte ehrliches Mitleid mit ihr und wusste zuerst nicht, was sie nun sagen sollte.

„Aber Schätzchen, das wusste ich nicht, es tut mir leid. Ich kann mir bestimmt nicht vorstellen, was du schon alles durchgemacht hast. Aber wenn es dir hilft, dann möchte ich dir sagen, dass ich ab heute immer für dich da sein werde. Wir kennen uns zwar noch nicht sehr lange, aber ich habe dich schon jetzt in mein Herz geschlossen. Vielleicht werden wir beide uns einmal ganz nahestehen und du kannst lernen, hier bei uns in Kalifornien glücklich zu sein.

Außerdem hast du doch noch deinen Mann, der dir immer zur Seite stehen wird. Glaub mir, ich kenne Trey, er wird alles tun, damit du dich hier wohl fühlst, dir jeden Wunsch von den Lippen ablesen. Er wird sein Leben für dich geben, denn er liebt dich."
Chantal sah so verzweifelt aus, dass Maria es kaum noch ertragen konnte.

„Bitte, sei doch nicht mehr so sehr traurig. Weißt du, was wir beide machen?"

Chantal schaute Maria mit tränengefüllten Augen an und wollte eigentlich nicht wirklich wissen, was sie nun vorhatte.

„Wir zwei gehen jetzt in die Stadt und kaufen dir neue Kleider, Schuhe und alles was dein Herz begehrt. Das wird uns bestimmt ein wenig ablenken. Ich bin mir sicher, dass uns die anderen Angestellten einige Stunden entbehren können. Auf sie ist Verlass und sie werden auch ohne uns alles zu unser vollsten Zufriedenheit erledigen."

Mit diesen Worten nahm Maria sie in den Arm und schob sie vorsichtig in Richtung Tür.

Obwohl Chantal eigentlich gar keine Lust dazu hatte, ging sie mit, denn sie fragte sich, was sie sonst hier tun sollte. Außerdem würde sie dann Trey nicht über den Weg laufen und das wollte sie im Moment unbedingt verhindern. Chantal ging schnell nach oben zu ihrem Schlafzimmer, um sich reisefertig zu machen. Als sie im Zimmer ankam erinnerte sie sich an die letzte Nacht, ein heißer Schauer durchflutete ihren Körper.

Sie versuchte diese Gedanken zu verdrängen, nahm sich einfach ein weißes Dreiecktuch aus einer ihrer Truhen, um es sich um die Schultern zu binden. Dann verließ sie das Zimmer ohne das Bett der gestrigen Nacht auch nur mit einem Blick zu würdigen.

Sie ging schnell die große Haupttreppe hinunter und wurde von Maria bereits erwartet.

„Bist du fertig? Ach, das wird ein herrlicher Einkauf, du wirst sehen."

„Ja bestimmt, ich freue mich auch, ich war bestimmt schon Jahre nicht mehr in der Stadt, um mir neue Kleidung zu kaufen."

„Ja, das sieht man allerdings an den Schnitten deiner Kleider. Wer trägt so etwas eigentlich noch in London? Ich habe immer gedacht, ihr seid alle so modebewusst oder etwa nicht?"

Bei dieser Frage hielt sie die Tür der Kutsche auf, die gerade vor dem Haus gehalten hatte und gebot Chantal mit einer Handbewegung einzusteigen.

„Nun ja, sicherlich sind die jungen Damen in meiner Heimat modebewusster als ich. Ich muss zugeben, ich habe nie viel Wert auf Neuigkeiten gelegt. Ich habe mich ausschließlich mit meiner Schule befasst und für mich gibt es nichts Aufregenderes als ein gutes neues Buch."

Maria schüttelte nur mit dem Kopf und dachte sich, dass sie das ändern würde.

„Also gut meine Liebe, für heute Abend brauchen wir etwas besonders Schönes für dich. Denn heute Abend werden dir zu Ehren alle Nachbarn und Freunde eingeladen. Du musst dich von deiner besten Seite zeigen und natürlich werde ich dafür

sorgen, dass du die Schönste heute Abend bist. Obwohl ich da ja nicht so viel beitragen muss."
Chantal schaute Maria erstaunt an und platzte ganz plötzlich mit der Frage heraus.
„Wie meinst du das? Dass ich die Schönste sein werde?"
„Na, dass du eben die Schönste sein wirst."
„Aber das ist doch nicht wahr, das weißt du genau so gut wie ich. Außerdem möchte ich auch nicht irgendwie auffallend aussehen. Ich werde auf keinen Fall irgendein kunterbuntes tiefdekolletiertes Kleid anziehen."
„Das brauchst du ja auch gar nicht, wir werden ein Kleid finden das deine Schönheit unterstreicht und dich nicht lächerlich macht."
Chantal verdrehte ihre Augen und schnaufte dabei wie ein kleines Kind vor sich her. Sie verschränkte ihre Arme vor der Brust und schaute durchs Fenster, bewunderte die malerische Landschaft. Sie hatte keine Lust mehr sich die Gedanken zu machen was sie tun sollte und was nicht, denn Trey schrieb ihr ja sowieso alles vor und wenn sie heute Abend nicht standesgemäß gekleidet war, würde er sie wohlmöglich wieder in ein Fass stecken, um sie zu erziehen. Noch nie zuvor hatte sie so schöne blumenreiche Felder gesehen. Wo man nur hinschaute grünte es, exotische Vögel und riesige Obstplantagen machten diesen Ort zu malerisch um wahr zu sein. Die kleine Stadt sah wie ein Gemälde aus. Alle Häuser

waren hier schneeweiß, überall waren grüne oder blaue Holzklappen vor den Fenstern angebracht. Die Menschen hier waren freundlich, sahen zufrieden und gesund aus.

Chantal erinnerte sich an ihr Zuhause, wo meistens Nebel und graues Wetter den Tag beherrschte. Die Menschen in London, zumindest in der Stadt, waren meistens unzufrieden und alles schien dort fad. Sie erinnerte sich auch an ihren Onkel und daran, was Trey ihr über ihn erzählt hatte. Als er ihr damals erzählte, das ihr Onkel ihre Großeltern ermordet haben sollte, hatte sie es für eine unverschämte Lüge gehalten. Doch Trey war hier ein angesehener Mann und schien doch sehr gütig zu sein. Was war, wenn er die Wahrheit gesagt hatte, wenn da mehr hinter steckte als irgendein kleiner Racheakt. Wieso wollte er denn wirklich unbedingt zu ihrem Onkel und wieso gestaltete sich dies so schwierig? Wieso ist er ihn denn nicht einfach besuchen gegangen und machte so einen Riesenwirbel?

Chantal verstand das alles nicht, noch nicht.
Denn sie hatte sich fest vorgenommen, alles heraus zu bekommen. Na, wie auch immer, nun war sie hier und hier war es wirklich wunderschön. Nach Hause würde sie bestimmt eines Tages zurückkommen, doch bis dahin würde es eine lange Reise werden.

Egal wie, sie musste jetzt einen klaren Kopf behalten, denn sie wollte so schnell wie möglich nach London.

Nach ungefähr einer halben Stunde waren sie angekommen.

„So mein liebes, komm und steig aus, ich helfe dir." Maria ging voraus und hielt die Tür des Wagens fest, wobei sie ihr freundlich eine Hand reichte um aussteigen zu können.

„Vielen Dank, Maria."

Chantal strahlte nun über das ganze Gesicht, denn der wolkenlose Himmel schien hellblau, ein frischer Sommerwind wehte ihr ins Gesicht.

„Wo gehen wir jetzt hin?"

Doch bevor sie eine Antwort bekam standen sie auch schon vor der Tür eines kleinen Modegeschäftes.

„Komm herein, wir werden hier heute viel Spaß haben." Maria ging vor und öffnete die Tür. Ein kleiner dunkelhäutiger Mann trat ihnen entgegen und schaute sie freudestrahlend an.

„Maria, welch eine Freude, dich hier begrüßen zu dürfen." Im gleichen Augenblick ging er auf Chantal zu und nahm ihre Hand.

„Und sie sind sicherlich die Herrin dieses Landes, sie sind wirklich so schön wie die Menschen hier sagen. Seien sie herzlichst willkommen."

Maria drehte mit den Augen bei der ganzen Schmeichelei, die er so von sich gab.

„Tscherno, ich kann mir gut vorstellen das du begeistert bist, aber bitte zeig uns jetzt deine neuesten Kollektionen. Denn wir haben heute noch sehr viel zu tun für den Ball heute

Abend, wenn du verstehst was ich meine."

„Ja natürlich, ich verstehe. Bitte folgen sie mir doch einfach ja?" Der überaus glückliche und auch sehr sympathische junge Mann ging einige Stufen hinauf zu seinen Verkaufsräumen, wo Kleider in Hülle und Fülle hingen. Das ganze obere Geschoss des Hauses war zu einem Raum umgebaut, die eine Seite bestand komplett aus Fenstern. Das helle Sonnenlicht strahlte durch die offenen Luken und ließ die Farben der prächtigen Kleider noch stärker wirken. Der ganze Raum war mit dunklem Holz ausgekleidet und der feine Stuck unter der Decke gab dem Raum einen königlichen Hauch, so wie Chantal es in diesem kleinen Örtchen niemals erwartet hätte.

„Treten sie doch näher Doña."

„Wie bitte?"

„Er nennt sie Herrin des Hauses, das ist hier eine große Ehre für eine Frau, wenn man so genannt wird."

„Oh ehrlich, vielen Dank Tscherno."

„Also, lange genug herum geschwätzt, wir müssen jetzt anfangen. Denn der Abend kommt bestimmt, zeig uns deine schönsten Kleider."

Tscherno tat wie ihm befohlen und präsentierte die schönsten Kleider in den herrlichsten Farben und Schnitten. Doch anstatt Chantal sich äußerte, entschied Maria unentwegt, dass eine sei zu grell, das andere mache zu blass und das andere wäre einfach hässlich.

Chantal probierte ein Kleid nach dem anderen und war schon völlig erschöpft. Doch Maria konnte einfach keines finden, das der blonden Chantal hervorragend stand.

„Es ist zum Verzweifeln, Tscherno, also bitte jetzt streng dich mal an und suche uns hier ein Kleid von deinen hundert heraus das passend ist, wir haben wirklich nicht den ganzen Tag Zeit."

Der kleine Mann stand mitten im Raum und starrte über seine Kleider hinweg, da hob er auf einmal seinen Finger in die Luft und sagte:

"Einen Augenblick, ich weiß genau welches. Es ist erst letzte Woche fertig geworden und hängt noch in meinem Atelier. Ich hatte es für den diesjährigen Ball der englischen Königin angefertigt. Ich habe mir überlegt es vielleicht an eine der Prinzessinnen verkaufen zu können. Aber ich glaube, dass es einfach wie für sie geschaffen ist, Doña. Mit diesen Worten verschwand er einige Stufen hinunter in ein Hinterzimmer. Chantal drehte sich verwirrt herum und schaute Maria an.

„Ein Kleid das für eine Prinzessin gemacht wurde? So ein Quatsch, das ist ja wohl völlig überzogen! Ich bin keine Prinzessin und möchte auch gar nicht so aussehen."

„Warte es doch erst einmal ab, vielleicht ist es ja ganz schön und du fühlst dich darin pudelwohl."

„Nein auf gar keinen Fall..." mitten im Satz erschien Tscherno wieder und stellte das Kleid, das einer Puppe übergezogen war, mitten in den Raum. Die Sonne schien durch das Fenster direkt auf das Kleid, der feine Staub, der im Raum umherschwirrte, glänzte wie Diamanten und umhüllte das elfenbeinfarbene Kleid.

Die vielen weißen und silbernen Pailletten reflektierten das starke Sonnenlicht, der Raum, in dem sie sich befanden, erschien wie in einem Traum.

Völlig fasziniert, von der Schönheit des Kleides gefesselt, fanden die beiden Frauen keine Worte mehr und starrten es einfach nur an. Voller Stolz auf sein neuestes Werk reckte sich der hochbegabte Schneider und war sich der Sprachlosigkeit der beiden Damen vollstes bewusst.

„Nun, wenn ich bitten darf. Sie können es jetzt anprobieren. Wenn mich meine Augen nicht täuschen, dann ist es sogar genau ihre Größe."

Tscherno machte sich daran die Bänder am Rückenteil des Kleides zu öffnen, um es dann von der Puppe nehmen zu können.

Chantal war von der Schönheit des Kleides so gefesselt, das sie nichts mehr sagte und auch nicht widersprechen konnte. Sie stand auf, ging auf den Mann zu, berührte das Kleid vorsichtig und hob den einen Ärmel kurz an. Dann trat Maria näher und nahm Tscherno das Kleid ab, um es Chantal überziehen zu können. Mit einigen geübten und schnellen Handbewegungen war Chantal angekleidet, Maria verschnürte es am Rücken. Als Maria damit fertig war ging sie einige Schritte zurück, um Chantal betrachten zu können.

Sie sah einfach himmlisch aus. Das Kleid saß ihr wie angegossen, der seidene Stoff untermalte nur ihre makellose Schönheit. Es war am Oberkörper eng geschnitten, der Ausschnitt war nicht zu tief. Die Ärmel gingen ungefähr bis zum Ellenbogen und waren zum Ende hin etwas ausgestellt. Von der Taille ab wurde es nach unten hin immer breiter und endete in einem Meer von feinstem Stoff.

Chantal betrachtete sich in dem großen Spiegel und war sichtlich fasziniert.

„So ein schönes Kleid habe ich noch nie getragen."

„Ja, das kann ich mir gut vorstellen," sagte Maria belustigt. „Na hör mal, so schlecht ist meine Garderobe aus London nun auch wieder nicht."

„Na ja, wenn man sich in einem Kloster vorstellen möchte, dann ist deine Kleidung bestimmt von Vorteil," antwortete sie frech und schaute sie dabei mit gefalteter Stirn an.

„Oh, du bist ja gemein, meine Kleidung ist immer anständig und..."

„...und einhundert Jahre alt. Es wird Zeit, dass du ein wenig moderner wirst und deine Schönheit unterstreichst." Mit diesen Worten lächelte Maria sie an und strich ihr freundlich eine Haarsträhne über die Schulter.

Skeptisch betrachtete Chantal sich im Spiegel und fragte: "Sag mal, meinst du wirklich, dass ich so auf diesen doofen Ball gehen kann heute Abend?"

„Ja natürlich kannst du das. Du siehst bezaubernd aus, wenn ich erst mal mit deinen Haaren fertig bin dann wirst du wahrscheinlich wie ein Engel aussehen. Außerdem, wieso meinst du, dass es heute Abend nicht schön wird? Du bist doch mit deinem Liebsten da und er wird wahrscheinlich tot umfallen, wenn er dich sieht. Da bin ich mir ganz sicher. Außerdem bist du heute Abend der Ehrengast, dann lernst du erst einmal alle unsere Nachbarn und Freunde des Hauses kennen. Es wird dir bestimmt Spaß machen, du wirst sehen."

Chantal zuckte nur mit den Schultern und sagte nichts mehr, was sie immer tat, wenn sie etwas dachte, dass eigentlich niemand hören sollte. Denn wenn Maria nur ahnen könnte, das sie ja in Wirklichkeit gar nicht Treys Frau war und dass er sie auch gar nicht liebte?

Wenn sie wissen würde, dass alles nur ein böser Betrug war, damit Trey seine bescheuerten Pläne verwirklichen konnte. Dann würde sie sicherlich nicht so reden und sich über alles freuen. Doch Chantal wusste natürlich, das sie all dies für sich behalten musste und auch, dass sie mit Maria unmöglich darüber sprechen konnte.

Nachdem das Kleid eingepackt, noch jede Menge anderer Kleider ausgesucht, Schuhe, Handschuhe, Handtaschen, Haarspangen und Kosmetik, machten sie sich wieder auf den Weg nach Hause.

„Wieso mussten wir eigentlich nirgendwo bezahlen?"

„Sie kommen alle zur Plantage um sich ihr Geld bei Pitt dem Buchhalter zu holen. Es wäre viel zu gefährlich für uns mit so viel Geld herum zu laufen."

„Meinst du nicht, Trey wird schimpfen, wir haben ja ein Vermögen ausgegeben."

Maria lachte in sich hinein.

„Weißt du nicht, dass dein Mann wahrscheinlich reicher ist als der Prinz von Wales?"

„Was?"

Maria nickte nur.

„Ja, und wenn du erst mal mit Trey in Paris, Mailand oder Madrid bist, wird er wahrscheinlich wirklich ein Vermögen für dich ausgeben. Du glaubst ja gar nicht, wie großzügig mein kleiner Trey ist."

Darüber musste sie prustend lachen.

„Dein kleiner Trey?"

„Ja, mein kleiner Junge. Ich lernte ihn kennen als er 15 Jahre alt war und seitdem kümmere ich mich um ihn wann immer ich ihn gesehen habe."

„Was heißt das? Wie meinst du das?"

„Das ist eine Geschichte, die er dir lieber selber erzählen soll." Auf den Weg zurück schlief Chantal aus lauter Erschöpfung ein und hatte einen kurzen aber sehr intensiven Traum.

*Sie lief alleine über eine felsige Gegend am Meer entlang, es war Nacht und es stürmte fürchterlich. Der Wind peitschte ihr ins Gesicht, ihr weißes Kleid war zerrissen. Irgendjemand folgte ihr und rief immer und immer wieder ihren Namen. Chantal hatte panische Angst, rannte immer schneller. Plötzlich wurde es immer stiller, als sie am Ende einer Landzunge angekommen war, sah sie direkt auf das offene Meer und den sternenklaren Himmel hinaus. Sie blickte in die Sterne, ihr erschien eine Gestalt in Menschenform. Jemand sprach zu ihr, doch sie konnte die Worte kaum verstehen. Chantal war völlig verwirrt, rief immer wieder wer da sei und was er sagte. Als sie nach ihrem Vater rief wurde die Gestalt deutlicher, sie konnte tatsächlich die Gestalt ihres Vaters erkennen. Er sagte Worte, die wie: „Hüte dich vor deinem Onkel" anhörten. Immer und immer wieder dieselben Worte. Chantal fing an zu weinen, wollte näher zu ihrem Vater. Sie streckte ihre Hände aus, rief immerzu seinen Namen. Bis alles um sie herum in einem Wirbel von Farben verschwand.*

Maria schüttelte Chantal, wiederholte ihren Namen zum dritten Mal. Mit tränennassem Gesicht öffnete sie ihre Augen, wusste im ersten Augenblick nicht was geschehen war.

„Chantal geht es dir gut? Was ist denn nur los? Du bist kurz eingenickt, ich wollte dich nicht wecken, weil ich gedacht habe eine kurze Pause würde dir guttun. Aber dann hast du mit einem Mal deinen Vater gerufen und geweint. Was hast du denn nur geträumt?" Chantal war schnell wieder bei Besinnung, es war ihr peinlich, dass sie in der Kutsche eingeschlafen war.

„Nein, nein. Ich weiß auch nicht wieso ich eingeschlafen bin. Das muss wohl am Wetter hier liegen, es ist ziemlich heiß und ich bin das Klima nicht gewöhnt."

Chantal schwieg einen Moment, sah dabei aus dem Fenster auf die an ihr vorbei rasenden Landschaftsbilder.

„Mein Vater ist schon vor langer Zeit gestorben und meine Mutter ebenfalls." Maria machte ein zerknittertes Gesicht, nahm Chantal in die Arme und hielt sie ganz fest.

„Ich weiß, und es tut mir von ganzen Herzen leid. Ich weiß gar nicht, was ich jetzt dazu sagen soll, denn es würde deinen Schmerz wahrscheinlich sowieso nicht lindern." Chantal lächelte Maria traurig an und drückte ihr dankend die Hand.

„Ist schon gut Maria. Es ist schon sehr lange her und ich habe mich an den Gedanken gewöhnt alleine zu sein. Ich weiß auch nicht, warum ich ausgerechnet jetzt von meinem Vater träume. Aber mach dir keine Gedanken, es geht mir gut."

„Und du bist dir sicher, dass du nicht krank bist oder so? Wenn wir gleich zu Hause sind, mache ich dir erst einmal ein schönes Bad und du kannst dich für den Rest des Tages ausruhen. Ich hoffe, dass du bis heute Abend wieder erholt bist und an dem Fest teilnehmen wirst". Chantal dachte für eine Sekunde, dass dies nun die beste Gelegenheit wäre, um sich vor dieser Massenveranstaltung zu drücken. Doch diesen Gedanken verwarf sie sofort wieder, denn dann würde Maria wahrscheinlich tot umfallen. Außerdem würde ihr lieber Herr Gemahl sie sowieso zwingen mit auf den Ball zu gehen. Ob sie nun Lust hätte oder auch nicht. Vielleicht würde sich ja sogar eine Gelegenheit ergeben, ihn eins auszuwischen. Und Chantal grinste schadenfroh zum Fenster hinaus.

„Chantal?"
„Ja Maria, ich werde heute Abend auf diesen Ball gehen und du musst mir helfen, dass ich besser aussehe denn je." Maria hopste vor lauter Vergnügen in der Kutsche und Chantal dachte, dass sie gleich umfallen würden.

„Das mache ich, glaub mir, wenn ich mit dir fertig bin, wirst du alles in den Schatten stellen."

Es dauerte nicht mehr lange und sie waren am Eingang der Alleem, angekommen, die von der Landseite her zum Haus führte. Es war eine breite sandige Allee die von alten groß gewachsenen Bäumen gesäumt war. Rechts und links erstreckten sich die Gärten in denen hier und da Gärtner mit großen weißen Hüten arbeiteten. Überall gab es Blumen und Chantal fühlte sich zum ersten Mal seit langer Zeit wohl in ihrer Haut. Es war ein herrliches Anwesen, Chantal war davon überzeugt, dass man hier ein sehr schönes Leben führen konnte. Doch als sie wieder an Trey dachte, verdunkelten sich ihre Gedanken, sie wusste, dass sie erst gar nicht anfangen brauchte dieses Land zu mögen. Denn wenn er seinen Plan, welchen auch immer, durchgeführt hatte, hieß das für sie, dass sie sich verabschieden durfte. Chantal blickte starr in Gedanken versunken auf das Land hinaus. Die Kutsche holperte nun über eine kleine Holzbrücke und Chantal ließ sich von nichts aus ihren tiefen Gedanken reißen.

Mit starren Augen strich sie sich vorsichtig über ihren Bauch und fragte sich, wie ihre Zukunft aussehen würde und vor allen Dingen die ihres Kindes, das sie unter ihrem Herzen trug. Maria, die ihre Nachdenklichkeit bemerkt hatte, sagte nichts, sondern schwieg und dachte sich ihren Teil. Die Kutschte hielt vorsichtig und sie waren am Haus endlich angekommen. Wobei Chantal bemerkte wie groß doch das Grundstück von Trey war.

„Komm Chantal, wir haben jetzt keine Zeit herum zu trödeln gehen wir hinauf in dein Zimmer."

An der Haustür angekommen empfing der Portier die beiden und veranlasste zwei Burschen das Gepäck der Damen abzuladen.

„Mrs. Evants? Maria? Sie werden dringend in der Küche gebraucht und auch in der großen Halle haben die jungen Mädchen Probleme mit den Tischen und der Sitzordnung."
Maria drehte sich herum und fragte:
„Also möchtest du das erledigen oder soll ich mich darum kümmern?" Chantal brachte nur ein müdes Lächeln zu Stande und schüttelte mit dem Kopf.
„Nein danke, ich freue mich von ganzen Herzen, wenn du mir das alles hier abnehmen würdest. Ich bin noch furchtbar von der langen Reise geschwächt und möchte mich gerne ausruhen."
Marias Augen glänzten und sie rief mit einer raschen Handbewegung eine Dienstmagd herbei.
„Geh bitte sofort in das Zimmer der Herrin und bereite ein heißes Bad mit Öl und Rosenblätter vor." Das Mädchen verschwand sofort und tat was Maria ihr aufgetragen hatte.
„Also, ich hoffe, dass du jetzt alleine zurechtkommst. Sobald ich fertig bin komme ich zu dir, dann machen wir es uns richtig gemütlich in deinem Zimmer, ja?"
„Ja gerne und Dankeschön für deine Unterstützung, ich werde das alles noch lernen, nur nicht heute."

Mit diesen Worten liefen die beiden langsam auseinander und verschwanden beide in verschiedene Richtungen. Chantal ging die breite Treppe hinauf, die mit rotem Teppich ausgelegt war und bewunderte dabei die vielen Gemälde an den Wänden. Den riesigen Kronleuchter in der Mitte, der den ganzen Saal erhellte. Oben angekommen, ging sie nicht in die Richtung ihres Zimmers, sondern in die andere Richtung und betrachtete die unzähligen Kunstwerke. Trey hatte einen guten Geschmack und teuer schien der auch zu sein. Aber anscheinend kann er sich diesen Luxus ja leisten, da er ständig arme Menschen ausraubte. Sie versuchte dabei die plötzlich auftauchenden Erinnerungen der langen Schiffsreise zu verdrängen.

Sie ging den Flur bis zum Ende, an dem sich eine große reich verzierte Holztür befand.

Kurzentschlossen legte sie eine Hand auf den großen kalten Tür Knauf und drückte ihn fest hinunter. Sie erstarrte als sie das Zimmer betrat, denn es war das Arbeitszimmer von Trey. Der sich in diesem Moment darin aufhielt, mit einigen Herren an einem Tisch saß und Zigarren rauchte. Alle Augen waren schlagartig auf sie gerichtet, denn sie war ein überraschender Gast.

Schnell versuchte sie sich zu entschuldigen und den Raum rückwärts wieder zu verlassen. Sie fühlte sich als hätte sie etwas Schlimmes verbrochen.

Doch Trey sprang von seinem Stuhl auf, kam schnellen Schrittes auf sie zu. Er fasste sie noch rechtzeitig bevor sie hinter der Tür verschwinden konnte.

„Liebes geh doch nicht weg, du störst uns doch nicht und ich möchte dich liebend gerne meinen besten Freunden vorstellen."

Chantal war von seiner übertriebenen Freundlichkeit sowohl überrascht als auch verärgert. Doch sie verstand sein Spiel sofort und spielte mit. Sie schaute ihm böse in die Augen jedoch so, dass nur er diesen verächtlichen Blick sehen konnte. Er war sichtlich amüsiert, führte sie in die Mitte des Raumes, während alle andern Herren aufgestanden waren um sie freundlich anzulächeln.

„Ihr müsst entschuldigen, meine Frau ist sehr schnell zu erschrecken. Und da sie mit diesem Haus noch nicht so ganz vertraut ist wusste sie nicht, dass ich hier bin." Trey verbeugte sich belustigt vor ihr.

„Darf ich dir meine liebsten Freunde vorstellen, Chantal?"
Er zeigte zuerst auf einen sehr großen gut gebauten jungen Mann, dessen Schönheit nur noch von seinem Charme übertrumpft wurde. Er war sehr braun, hatte rabenschwarzes Haar. Das Bemerkenswerteste an ihm waren allerdings seine grünen Augen.

„Das ist Hawk, er stammt aus den Stamm der Sioux."

Chantal erschrak, versuchte aber ihre Fassung zu behalten. Hawk bemerkte das natürlich sofort, setzte sein bestes Benehmen ein, verbeugte sich höflich und küsste ihre zarte Hand sanft.

„Machen sie sich keine Sorgen Madam, ich war in Oxford und war auf den besten Schulen in Frankreich und London. Ich bin zivilisiert und werde ihnen bestimmt kein Haar krümmen."

Er lächelte sie bei dieser eigentlichen Unverfrorenheit so charmant an, das Chantal von seiner Originalität begeistert war.

„Ich muss zugeben, dass ich jetzt ein wenig enttäuscht bin," antwortete sie zuckersüß und drehte sich zu ihrem angeblichen Mann herum.

„Aber überrascht bin ich keinesfalls darüber, dass mein Mann einen Indianer als Freund hat. Da er ja schließlich der größte Pirat der Meere ist."

Chantal reckte sich siegesbewusst und lächelte die Herren bis über beide Ohren an. Die alle auf diese freche Antwort nicht gefasst waren, sie zuerst stumm und mit großen Augen ansahen.

Dann brach Hawk in gellendes Gelächter aus und hielt sich amüsiert den Bauch fest.

„Wie ich sehe Trey, passt ihr beide vorzüglich zusammen. Eine Kämpfernatur erkenne ich sofort, nur so eine junge Dame kann an deiner Seite existieren."

Hawk, der Chantals Hand immer noch nicht losgelassen hatte, sah ihr freundlich in die Augen und sagte.

„Bemerkenswert, meine Liebe, ich bin mir sicher, dass wir beide uns in Zukunft gut verstehen werden."

Trey war sichtlich über ihre Unbefangenheit überrascht, freute sich aber, dass sie so offen und freundlich war. Trotzdem war ihm nicht entgangen, dass sie nicht so glücklich und zufrieden war wie sie vorgab. Denn er wusste genau, dass sie alles tun würde, nur um aus dieser verflixten Situation zu kommen. Er war sich sicher, dass sie nichts außer Abscheu für ihn empfand. Diese Gedanken stimmten Trey traurig, wieso verstand er selber nicht. Trey rüttelte sich aus seinen Gedanken und starrte auf Hawks Hand. Dann nahm er den Arm seiner angeblichen Frau und sprach mit seinem Freund in einem ironischen Ton.

„Du kannst sie jetzt wieder loslassen, sonst verwachst ihr beide noch miteinander und das wollen wir nun wirklich nicht."

Hawk grinste seinen Freund an und versuchte ihn noch ein bisschen mehr zu necken, dass taten die beiden immer. „Mach dir keine Sorgen, ich werde sie schon nicht aufessen."

„Ha, ha, ha, du bist ja mal wieder äußerst witzig. Also Chantal, Diego kennst du ja bereits vom Schiff." Sie lächelte Diego an und nickte freundlich.

„Und das ist Harris, auch ein sehr guter Freund von mir, der schlaue Kopf in unserem Bunde. Er verwaltet mein Haus und kümmert sich um alle finanziellen Dinge." Er zeigte auf einen schlanken, rothaarigen jungen Mann, der eine Brille mit runden Gläsern trug. Sein Haar war so dicht und sah so widerspenstig aus, dass es wohl nur schwer zu bändigen war. Es hing ihm wirr um den Kopf herum, was ihn eigentlich nur noch intelligenter aussehen ließ.

Harris schaute Chantal an und wurde dabei puterrot.

„Willkommen. Mrs. Evants ich freue mich sehr sie kennen zu lernen."

Dabei nickte er höflich und schaute etwas unsicher auf den Boden. Chantal reicht ihm ihre Hand und nickte freundlich zurück.

„Endlich mal ein normaler Mensch in diesem Haus, ich bin sehr erfreut."

Dann ließ sie seine Hand los und lächelte Hawk frech ins Gesicht. Alle vier Herren sahen sie nun erstaunt an, brachen dann in gellendes Gelächter aus. Chantal drehte sich zu Trey herum und sah ihn Ironisch freundlich an.

„So mein Liebling, ich habe euch nun lange genug bei euren geschäftlichen Dingen aufgehalten und möchte mich jetzt gerne meinen Pflichten widmen. Wenn du mich bitte entschuldigen würdest, ich habe noch jede Menge zu erledigen."

Verwundert hob er eine Augenbraue an.

Dann wandte sie sich wieder an die anderen Herren und verneigte sich höflich, bevor sie sich umdrehte um den Raum zu verlassen.

Trey war in Gedanken versunken und schaute ihr hinterher wie sie erhobenen Hauptes zur Tür schritt. Er war so sehr von ihr fasziniert, dass er mit halb offenem Mund dastand und nichts mehr sagen konnte.

Chantal öffnete die Tür und verschwand so schnell wie sie auch aufgetaucht war.

Sie lehnte sich von außen an die Wand, atmete tief aus und schloss für einen Augenblick die Augen.

„Mein Gott wann hat dieses Spiel endlich ein Ende? Wie soll ich so nur weiter lügen und so tun, als ob ich diesen blöden Affen lieben würde. Ich bin doch nur Mittel zum Zweck, er spielt dieses Spiel auch noch mit Begeisterung und amüsiert sich über mich. Ich muss etwas unternehmen und darf hier nicht länger mitspielen."

Dann öffnete sie wiederwillig ihre Augen und ging den langen Korridor entlang, den sie gekommen war. Am Ende des Flures angekommen öffnete sie die Tür zu ihrem Zimmer und trat ein.

„Ach Lady, da sind sie endlich. Maria hat mir gesagt, dass ich ihnen beim Baden helfen soll und ich soll ihre Haare waschen, trocknen und legen.

Wenn sie wünschen werde ich sie massieren und mit Rosenduft einreiben. Außerdem habe ich schon ihr Kleid aus der Schachtel genommen, damit es sich aushängen kann. Ich werde es wohl noch ein wenig nachbügeln müssen denn es ist durch den kurzen Transport leider etwas kraus geworden, aber das macht nichts. Mögen sie eigentlich lieber Rosen oder Lilien? Denn ich muss noch ihre Blumen besorgen, um ihre Haare zu schmücken."

Chantal kannte dieses Mädchen nicht, doch irgendwie erinnerte sie sie an Jannice. Die auch immer so viel redete ohne zu bemerken, dass man ihr kaum zuhörte.

Dann nahm das junge Mädchen ein großes weißes Badetuch und legte es über einen Ständer der neben der wohlduftenden Wanne stand.

„Sagen sie Lady, wollen sie sich gar nicht ausziehen? Wir haben ja gar nicht mehr so viel Zeit und wir haben noch so viel zu erledigen und wenn sie noch länger hier herumstehen, dann wird das Wasser noch kalt."

Chantal starrte das junge Mädchen ungläubig an und sprach zu ihrer eigenen Verwunderung sehr ruhig.

„Sag mal, welche Frage soll ich eigentlich zuerst beantworten? Holst du eigentlich zwischen den Zeilen auch mal
Luft?"

Chantal ließ sich durchaus ansehen, dass sie erbost war und stand nun fordernd vor ihr.

Das Mädchen schaute sofort nach unten, machte einen Knicks und entschuldigte sich für ihr Benehmen.

„Entschuldigen sie bitte Lady, ich weiß auch nicht was immer in mich fährt, wenn ich nervös bin. Es ist immer das gleiche mit mir, ich gehe allen Menschen auf die Nerven, weil ich immer zu viel rede und immer zu viele Fragen auf einmal stelle. Bitte schmeißen sie mich jetzt nicht raus, denn das würde mir Maria bestimmt nicht verzeihen, ich wollte sie nicht beleidigen."

„Es ist schon gut," sagte Chantal nun etwas lauter.

„Also das ist ja unglaublich, jetzt halte endlich deinen Mund."

„Ja Entschuldigung."

Warnend schaute Chantal sie nun nur noch an.

„Also das letzte Wort musst du auch noch haben?" Chantal schüttelte ihren Kopf und ließ sich auf das große Bett fallen. Dann betrachte sie das Mädchen und fragte:

„Sag mal, wie heißt du eigentlich? Und ich möchte nur deinen Namen wissen, nichts Anderes."

Schüchtern schaute sie wieder auf den Boden und antwortete gekniffen:

„Lena, liebe Lady."

„Ich heiße nicht Lady. Du darfst mich gerne Chantal nennen, so wie das hier alle tun. Wie alt bist du und wieso bist du hier?"

„Ich bin 17 Jahre alt und schon seit meiner Geburt hier. Man hat mich damals einfach vor die Tür von ihrem Ehemann abgelegt und er hat mich aufgenommen." „Das hat er getan?" Chantal war etwas verwundert. „Ja, Lady. Ich meine Chantal, sie haben einen sehr großzügigen und gutmütigen Mann. Er hat mich aufgenommen und immer gut behandelt, hat mich eingekleidet, ich hatte immer ein gutes Zuhause. Er schickt mich und die anderen sogar in die Schule."

Chantal schaute nachdenklich auf ihr neues Kleid das mitten im Raum hing und sprang plötzlich auf.

„Ich will jetzt nichts mehr von all dem hören, hilf mir nun mich anzukleiden. Oder nein, ich möchte erst noch kurz baden."

Chantal machte Anstalten sich auszuziehen und Lena half ihr dabei. Sie stieg in die noch lauwarme Wanne und benutzte das kostbare Rosenduft Öl, das sie auch schon vom Schiff her kannte. Lena wusch ihr das Haar und massierte dabei ihren Kopf. Chantal genoss diesen Luxus und wäre aus lauter Wohlbefinden fast eingeschlafen.

„Ich bin fertig Chantal," sagte das junge Mädchen zufrieden mit ihrer soeben verrichteten Arbeit.

„Was? Oh, ja ich stehe jetzt sofort auf." Chantal fuhr sich mit der Hand durch das noch handtuchnasse Haar.

„Ach du hast es schon gebürstet? Ich muss wohl für einen Augenblick eingeschlafen sein."

„Ja das bist du, da habe ich schon mal deine Haare gekämmt und so gut es ging getrocknet. Aber wir sollten jetzt so langsam anfangen, denn Maria wird bestimmt gleich erscheinen und wenn ich dann noch nicht fertig bin..." Da sprang die Tür auch schon auf und Maria trat herein.

Hektisch klatschte sie in die Hände und stellte sich vor die Wanne.

„Was ist denn hier los? Lena? Wieso bist du noch nicht angefangen? Alles muss man alleine machen. Steh auf und gehe jetzt in die Küche, da wirst du nun dringender gebraucht und mach deinen obersten Knopf zu."

Mit diesen Worten zerrte sie an des Mädchens Kleidung und machte den Knopf zu, der so eng saß, dass Lena rot wurde. Dann machte sie einen leichten Knicks, schaute Chantal sich verabschiedend an und verließ den Raum.

„Hach, endlich sind wir beide jetzt alleine und ich habe genug Zeit für dich."

Chantal stand auf und Maria hielt ihr ein großes Badetuch bereit, in das sie sich wickelte.

„Sag schon. Bist du nervös?" Marias dicker Busen wippte dabei vor lauter Vorfreude und Aufregung.

Chantal konnte ein Kichern nicht unterdrücken und verdrehte ihr Augen.

„Nein, das bin ich nicht, wieso sollte ich es denn, es ist doch nur ein Fest."

Chantal setzte sich vor den Spiegel und Maria rubbelte ihr Haar fast ganz trocken.

„Na, ja es ist ja schließlich dein erstes Fest hier und alle sind so neugierig auf dich. Schließlich hat ja niemand damit gerechnet, dass Trey eine Braut mit nach Hause bringt und dazu auch noch eine Fremde. Verstehe das bitte nicht falsch aber ich möchte nur damit sagen, dass dich ja hier niemand kennt und einfach alle gespannt auf die Herrscherin des Landes sind, die auch noch komplett neu hier ist. Die Männer werden wahrscheinlich alle dahinschmelzen und die anderen Frauen vor Neid platzen." Maria lachte in sich hinein, Chantal hörte ihr aufmerksam zu.

Denn von dieser Seite hatte sie ihre sowieso völlig unmögliche Situation noch gar nicht betrachtet. Sie musste gleich tatsächlich mehreren hundert Menschen die liebende Ehefrau vorspielen. Oh, Gott!

„Toll Maria. Du hast es geschafft, jetzt bin ich nervös, wieso andere Frauen?"

„Ja, kannst du dir denn nicht vorstellen, dass Trey hier einer der besten Partien im Lande ist. Er sieht gut aus, hat ein großes Herz und ist auch noch wohlhabend. Jede Frau hier war hinter ihm her und nun sind alle ihre Herzen gebrochen," lachte sie in sich hinein.

Chantal war von ihren und auch den anderen Aussagen sehr überrascht, denn sie hatte Trey als wilden Kotzbrocken kennen gelernt, der sie gequält und versucht hatte, sie umzubringen. Sie konnte das alles nicht glauben, es erschien ihr wie ein Albtraum, der überhaupt kein Ende nahm. Ihre Situation war prekär, zumal sie in anderen Umständen war und dies niemand wissen sollte. Sie hoffte, dass hier so schnell wie möglich alles vorbei sein würde, dass sie dann rechtzeitig verschwinden konnte.

Ja, genau das würde sie tun. Alles um den Schein zu wahren und dann bei der richtigen Gelegenheit verschwinden oder darauf hoffen, dass Trey sie tatsächlich frei lassen würde.

„Chantal? Sag mal, was ist eigentlich mit dir los? Hörst du mir überhaupt zu? Wo bist du nur immer mit deinen Gedanken? Bist du denn nicht glücklich? Es wird bestimmt ein wundervoller Tag für dich, du musst doch so glücklich sein, dass du Trey für dich gewonnen hast."

Mit einem tiefen Seufzer und einem kläglichen „Ja" antwortete sie traurig.

Maria stand hinter Chantal und blickte ihr durch den Spiegel tief in die Augen.

"Chantal, sag mir die Wahrheit, warum bist du so endlos traurig? Warum bist du nicht glücklich und was stimmt nicht mit dir? Ist es wegen des...?"

„Wegen was? Was meinst du denn?" fragte Chantal irritiert.

„Weiß Trey es noch nicht? Willst du ihn damit überraschen?"

„Womit?" Chantal ahnte, was sie meinte, tat aber so, als ob gar nichts wäre.

„Chantal Liebes, du kannst es mir ruhig anvertrauen, ich werde niemanden von deinem kleinen Geheimnis erzählen. Ich habe es mir schon heute Morgen gedacht. Der Appetit, den du hattest, der war ehrlich nicht normal."

Chantal wurde sehr nervös und rutschte auf ihrem Stuhl hin und her.

„Ich meine damit, dass du ein Kindchen erwartest." Chantal schaute auf den Boden und konnte einfach nicht fassen, was sie da gerade hörte.

„Nein ich bin nicht schwanger. Wie kommst du denn nur darauf," sagt sie schüchtern und konnte Maria dabei nicht in die Augen sehen.

Dann beugte Maria sich um Chantal herum und drückte sie ein wenig.

„Du brauchst dir keine Sorgen zu machen. Wenn du nicht möchtest, dass er es schon jetzt erfährt dann werde ich auch ganz bestimmt nichts sagen. Ich bin mir sicher, du hast deine Gründe oder hast du vielleicht Angst?"

Chantal schaute Maria nun mit riesig glasigen Augen an und brachte nur ein zaghaftes Nicken zustande.

„Du brauchst keine Angst zu haben. Ich werde bestens auf dich aufpassen, mach dir bitte keine Sorgen. Wir haben hier auch einige sehr gute Geburtshilfen, die mit Sicherheit alle schnell zur Stelle sein werden, wenn es dann so weit ist. Viele junge Frauen haben beim ersten Kind panische Angst, aber die brauchst du nicht zu haben. Und wenn du es erst Trey erzählst dann..."

Chantal griff schnell Marias Hand und drückte sie sehr fest.

„Nein, nein, das darf er auf keinen Fall erfahren. Ich meine, jetzt noch nicht. Ich möchte, dass er es noch nicht erfährt. Bitte, du musst mir versprechen, das ganz alleine ich entscheiden darf, wann er es erfährt."

„Ja sicher, mach dir keine Sorgen, meine Lippen sind verschlossen. Aber er wird es bestimmt bald bemerken, denn lange kannst du es nicht mehr verstecken."

„Ja ich weiß, aber es soll trotzdem eine Überraschung werden. Ich möchte es ihm erst sagen, wenn ich mir ganz sicher sein kann, dass alles gut gehen wird."

„Aber das wird es, du musst nur in Gott vertrauen."

„Ja, ich danke dir dafür, dass es unser kleines Geheimnis bleibt."

„Ja, mach dir keine Sorgen, aber jetzt müssen wir wirklich anfangen dich fertig zu machen."

Chantal hatte nun panische Angst, denn sie wusste, dass Trey es irgendwann erfahren würde. Spätestens dann, wenn sie nach London zurückreisen würde.

Als die anderen beiden jungen Herren auch das Arbeitszimmer von Trey verlassen hatten, setzten sich Trey und Hawk noch auf die Terrasse zusammen, um sich einen Brandy zu genehmigen. Die Sonne leuchtete hellrot und begann bereits zu sinken. Es war immer noch sehr heiß, man konnte die Grillen im Hintergrund zirpen hören. Ein lauer Wind wehte und die beiden Freunde schauten melancholisch in die Ferne.

„Ach, ich liebe mein zuhause ganz einfach. Niemals könnte ich hier weggehen und all das hinter mir lassen. Ich war ehrlich lange weg und ich habe hier alles sehr vermisst." Hawk nahm einen kleinen Schluck, stellte sein Glas auf den Tisch und schaute seinen Freund fragend an.

„Also, dann erzähl mir doch mal wie du an ein so wundervolles Wesen gekommen bist? Und welcher Teufel hat dich geritten, dass du geheiratet hast?"

Trey schaute seinen besten Freund an und zuckte leicht mit den Schultern.

„Sie ist überhaupt nicht meine Frau."

Hawk schaute zwar verwundert, gab aber trotzdem keine Antwort darauf, denn er wollte, dass Trey weiterredete. Er war von seinem Freund so einiges gewöhnt und war gar nicht so überrascht, wie er es hätte sein sollen.

„Ich habe sie dazu gezwungen mir zu folgen und diese Farce mitzuspielen. Sie liebt mich nicht einmal."

Das, was Hawk am meisten verwirrte, war, dass sein Freund sich anscheinend darüber Gedanken machte, dass diese Frau ihn nicht liebte! Sehr merkwürdig.

„Wieso denkst du, dass sie dich nicht liebt? Für mich sah das heute Nachmittag aber anders aus und warum zwingst du sie? Du kannst doch alle haben, die du willst!"

Trey verzog nun bitter sein Gesicht und nahm noch einen großen Schluck, bevor er antwortete.

„Sie ist die Nichte des Mannes, der meine Eltern kaltblütig ermordet hat."

Hawk schaute ihn verwundert an und runzelte die Stirn.

„Woher willst du das wissen? Ich meine, dass liegt ungefähr 20 Jahre zurück, du hast niemanden wirklich gesehen außer diesem Mann mit dem Holzbein. Woher weißt du überhaupt wer er ist?"

„Ich weiß es ganz einfach. Ich habe lange genug nach ihm gesucht und durch einige Zufälle, guten Spionen und viel Glück habe ich ihn ausfindig gemacht und dabei auch noch eine ganz andere Sache aufgedeckt."

„Was meinst du? Was für eine andere Sache? Das alles ist ja unglaublich."

„Ja ich weiß, dass es unglaublich klingt. Aber ich werde alles tun, um diesen Scheißkerl zu bestrafen. Ich werde ihn finden und wenn es das letzte ist was ich tun werde. Das weißt du doch genau Hawk. Du kennst mich am besten und weißt genau, das ich nicht eher ruhen werde, bevor ich diesen Bastard erledigt habe."

„Ja, ich kann dich gut verstehen, aber was meinst du denn noch erfahren zu haben?"

„Chantal wusste bis vor einiger Zeit noch nicht einmal, dass sie einen Onkel hat. Ihre Eltern waren beide durch Krankheit gestorben und ihr Vater hat ihr niemals von der Existenz seines Bruders erzählt. Denn der hat dessen gemeinsame Eltern auf dem Gewissen."

„Was? Du meinst also, dass dieser Onkel Chantals Großeltern und auch deine Eltern ermordet hat?"

„Ja, und noch viele andere Menschen. Er war immer ein skrupelloser böser Mensch, der immer nur nach Macht und Reichtum strebte. Er hat seine Eltern damals des Erbes wegen getötet. Ich weiß nicht warum aber er hatte wohl Mitleid mit seinem sechs Jahre jüngeren Bruder und hat ihn in einem Internat in London untergebracht. Irgendwann ist der sowieso nur spärliche Kontakt zwischen den beiden Brüdern abgebrochen. Der in London lebende hatte wohl zu großen Hass und auch große Angst vor dem großen Bruder. Also verschwieg er ihr sogar seiner Ehefrau, erst durch mich hat Chantal davon erfahren."

„Und wie hast du ihr das alles erzählt?"

Trey grinste etwas bubenhaft, so als ob er ihr einen großen Streich gespielt hätte. Aber dann wurde sein Blick wieder ernst.

„Ach, das ist eine andere Geschichte. Auf jeden Fall musste ich sie mit Gewalt mitnehmen. Und sie glaubt auch nicht, dass ihr Onkel alle diese Menschen getötet haben soll. Sie hält mich für den Bösen und hasst mich abgrundtief."

„Wieso zum Teufel denkst du eigentlich, dass sie dich hasst? Hat sie dir das etwa gesagt? Was hast du denn eigentlich mit der Kleinen angestellt? Sie wird doch nicht, ohne sich zu wehren, einfach mit einem Wildfremdem mit einem Hirngespinst mitgegangen sein."

„Nein, das tat sie auch nicht, sie hat zwei meiner besten Männer getötet."

„Sie hat was? Wie denn? Haben sie sich alle aus verzweifelter Liebe zu ihr das Leben genommen?" Trey musste lachen.

„Nein, sie hat sie im Alleingang mit dem Degen getötet."

„Bemerkenswert."

„Bemerkenswert? Hast du einen Schaden? Meine besten Männer?"

„Kein Wunder, dass sie nicht von dir beeindruckt ist, aber wieso hasst sie dich denn so? Normalerweise müsste sie vor Reue vor dir kriechen"

„Ich habe sie gebührend dafür bestraft und ihr Temperament gezügelt."

Hawk schüttelte nur noch mit dem Kopf und verstand die Welt nicht mehr. Sein Freund musste wohl den Verstand verloren haben, anders konnte er sich das Benehmen von ihm nicht mehr erklären.

Trey stand nun auf und reckte sich ein wenig, so als wäre alles in bester Ordnung.

„Ach, wie auch immer. Ich habe mein Leben lang nach diesem Dreckskerl gesucht, nun ist mir jedes Mittel recht, ihn zu strafen. Chantal wird die Sache heil überstehen, dann werde ich sie wieder nach Hause schicken."

„Und was erzählst du dann den Leuten hier?"

„Dass wir uns haben scheiden lassen. Ist mir doch egal, was ich dann erzähle, irgendwas! So und nun lass uns nicht mehr über sie sprechen, ich habe heute Abend meine Heimkehr zu feiern. Da möchte ich all dass, für einen Abend gerne vergessen. Mich ein wenig amüsieren, denn ich war meinem Triumph noch nie so nah und fühle mich dementsprechend glücklich."

Auch Hawk stand auf, lächelte seinen Freund an und versprach ihm, dass, egal was kommen würde, er ihm beistehe.

Dann machten die beiden sich in ihre Zimmer auf, um sich für den Abend frisch zu machen.

Der große Saal war mit vielen bunten Girlanden festlich geschmückt. Die drei großen Kristallleuchter funkelten in allen Farben und zauberten ein wunderschönes Licht in den Raum. Er war menschenvoll, zwanzig Musiker sorgten für die gute Stimmung.

Auf der Fenster Seite stand ein riesiges Büffet, das sich über mehr als zehn Meter an den Fensterbänken entlang erstreckte. Die Sonne ging gerade unter, tauchte den Garten dahinter in goldrote Farben. Alle waren Festlich gekleidet, die feinen Damen trugen die schönsten Kleider in den herrlichsten Farben. Die Männer imponierten mit maßgeschneiderten Anzügen. Alle Gäste waren guter Dinge, unterhielten sich angeregt oder tanzten bereits wie Figuren in einem Märchen.

Auch Trey war schon unter den Gästen, um viele seiner langjährigen Freunde und Nachbarn zu begrüßen. Er ging von einem zum anderen Pärchen, vergebens hielt er dabei nach Chantal Ausschau.

Es war nun einige Zeit vergangen, so langsam wurde er ein wenig ungeduldig. Er fragte sich, ob sie nicht doch wieder einmal den Dickkopf spielte und einfach nicht auftauchen würde. Wie sollte er das nur seinen Gästen erklären, die doch alle so auf die Herrin des Hauses gespannt waren?

Aber nein, das würde er auf keinen Fall durchgehen lassen, er würde sie persönlich aus ihrem Zimmer zerren und wenn es sein musste, dann nackt.

In der Zwischenzeit war Maria mit den letzten Handgriffen an Chantals Kleid beschäftigt.

„Oh Chantal, du bist ja so wunderschön. So wunderschön wie du bist habe ich noch keine andere Frau, in dieser Stadt gesehen. Wie kann es sein, dass du noch keinen Mann in London bekommen hast?"

Chantal wurde wieder einmal rot und verstand die Welt nicht mehr. Immer war sie die graue Maus gewesen, die niemand beachtete. Geschweige denn mit ihr ausgehen wollte und nun sagte ihr eine Frau dass sie schön sei.

„Du übertreibst, ich fühle mich total unwohl und ich sehe aus wie eine aufgetakelte Ziege. So gehe ich da auf gar keinen Fall herunter. Die werden mich bestimmt alle auslachen, dann werde ich vor lauter Nervosität die bescheuerte Treppe runterfallen, Trey steckt mich dann bestimmt wieder in ein Fass."

Ganz kurz schaute Maria sie an, als hätte sie den Verstand verloren.

„Ach, jetzt rede nicht so ein blödes Zeug, los, los mit dir, ab nach unten."

Chantal hatte keine Sekunde sich zu wehren, ihr blieb einfach gar nichts anderes übrig, als sich von Maria aus ihrem Zimmer heraus schieben zu lassen. Alles in Chantal wehrte sich dagegen, ihr war so unwohl, dass sie sich am liebsten übergeben hätte.

Am Ende des Flures stoppte sie und drehte sich zu Maria herum.

„Ich habe Angst, ich kann da nicht hinuntergehen. Ich bin viel zu spät dran, alle werden mich anschauen, ich sehe total lächerlich aus."

„Chantal, du siehst traumhaft schön aus, ich weiß nicht, wer dir dein Leben lang eingeredet hat, dass du nicht schön bist. Aber du musst dir keine Sorgen machen, dass dich irgendjemand hier auslachen wird. Alle Menschen, die da unten stehen, warten nur auf dich und sind dir freundlich gesinnt. Es sind alles Freunde und Nachbarn deines Mannes, sie sind alle glücklich, dass er endlich verheiratet ist. Du bist nun die Herrscherin dieses Landes, alle werden dich wie eine Königin behandeln.

Also, gehe da jetzt runter, laufe einfach gerade, langsam, einen Schritt nach dem nächsten und lächeln.

Außerdem wird Trey sofort zu dir kommen, sobald du nur den Raum betreten hast. Es ist seine Pflicht, dich allen persönlich vorzustellen."

Mit diesen Worten und ohne jegliche Vorwarnung gab Maria ihr einen vorsichtigen aber bestimmenden kleinen Stoß. Jeder, der unten im Saal stand, konnte sie nun deutlich sehen.

Nun gab es kein Zurück mehr, sie warf Maria noch einen kurzen feindseligen Blick zu. Die wie ein Honigkuchenpferd grinste und ihre beiden Daumen drückten.

Mutig bewegte sie sich zur Mitte der Treppe und ging sehr vorsichtig die vielen Stufen hinunter. Sie lief kerzengerade und lächelte sanft. Innerlich verkrampfte sie, hatte panische Angst, dass sie diese steile Treppe hinunterfallen würde. Aber sie riss sich zusammen, ihre Blicke suchten verzweifelt nach Trey. Hawk stieß seinen besten Freund mit den Ellbogen in die Rippen und starrte zur Treppe.

Trey war gerade dabei, sich etwas von dem köstlichen Büffet zu nehmen und verschüttete deswegen fast die Bratensoße.

„Was???"

Böse schaute er Hawk an, bis er seinem erstarrten Blick folgte und Chantal auf der Treppe erblickte.

Sprachlos sah er sie an, brachte keinen Ton heraus.

„Na los!!!" stieß Hawk ihn wieder in die Rippen.

"Denkst du sie bleibt da noch eine Ewigkeit stehen? Jetzt setzt dich in Bewegung und hol deine Frau da weg, sonst bin ich in drei Schritten bei ihr."

Stumm stellte Trey seinen Teller irgendwo hin und bahnte sich seinen Weg durch die Menge. Sein Herz raste vor Verlangen und Besitzanspruch. Jeder Mann und jede Frau im Saal machte ihm Platz und sah tiefe Leidenschaft in seinen Augen. Chantal war gerade auf der vorletzten Stufe angekommen, als Trey mit seinem mächtigen Körper vor ihr erschien. Er machte eine leichte höfliche Verbeugung und bot ihr seinen Arm an. Die Luft brannte, die Zeit schien stehen zu bleiben, die Erde drehte sich schneller, im Saal schien nicht genug Luft zum Atmen, als sich ihre beiden Blicke trafen.

Niemand sprach nur ein Wort, die Musik verblasste, jeder Gast schien die Luft anzuhalten.

Trey ließ sie nicht aus den Augen, in Sekunden überflog er ihr Kleid, die weibliche Figur, ihre zarten Brüste, die im Ansatz zu erahnen waren.

Sanft umschmeichelte Rosen- und Lilienduft ihre zierliche Person. Sie wirkte zerbrechlich wie eine Porzellanpuppe, ihre Haut wie makelloser Satinstoff.

Doch plötzlich dachte er daran, wie sie kämpfte, wie unerschrocken, mutig und dickköpfig sie war.

Ein breites Lächeln, das dem eines Wolfes glich, breitete sich von einem zum anderen Ohr aus.

Unruhiges Getuschel schwappte wie eine Welle durch den Saal. Die Menschen erschauerten bei ihrem Anblick und senkten ehrfürchtig ihre Blicke.

Chantal verstand die Welt nicht mehr, wie betäubt folgte sie ihm in die Mitte des Saals.

Man machte ihnen Platz, sie hatten die ganze Tanzfläche für sich allein, die Musik setzte ein.

Es schien als würde Trey sie nicht führen, sondern tragen, wie auf Wolken schwebten sie durch den Saal. Sagten kein Wort, schauten sich einfach nur tief in die Augen, sodass jeder sehen konnte, wie sehr die beiden sich doch liebten. Da es unhöflich war, ein sich so liebendes Paar die ganze Zeit über anzustarren, gesellten sich nach und nach andere Pärchen auf die Tanzfläche.

Trey ging mit ihr von einer Menschengruppe zur anderen und stellte sie als seine liebe Ehefrau vor.

Alle waren von ihr begeistert, Chantal verlor so langsam ihre Unsicherheit und wurde etwas lockerer.

Trey wusste, dass es verrückt war, aber er war so stolz wie nie und konnte seine Blicke kaum von ihr wenden.

Plötzlich spielte die Kapelle einen Walzer, er entschuldigte sich bei Freunden, die sich mit Chantal unterhielten und schleifte sie aufs Tanzparkett.

Chantal war sichtlich überrascht, ließ sich einfach mitführen und leistete keinen wiederstand. Sie hatte nicht damit gerechnet, dass sie noch einmal mit ihm tanzen musste, war dieser eine Tanz nicht Pflicht genug gewesen? Hatten sie den Schein nicht genug gewahrt? Sie war sich sicher, dass sie gute Arbeit geleistet hatte und alle hier denken würden, sie wären tatsächlich verheiratet.

„Ich dachte schon, du würdest mich bis auf die Knochen blamieren. Aber wie ich sehe können selbst Wilde sich ein wenig zivilisiert benehmen."

Trey lachte leise und nahm die Herausforderung an.

„Ach, und ich habe nur gebetet, dass du überhaupt tanzen kannst. So kampflustig, wie du sonst immer bist, hätte ich das eigentlich nicht für möglich gehalten. Sag mir, hast du einen Dolch unter deinem bezaubernden Kleid?"

Chantal schaute ihn nun verächtlich an und lächelte zwischen zusammengepressten Lippen.

„Nein, habe ich nicht! Es wundert mich, dass du hier kein riesiges Regenfass aufgestellt hast, um mich da hinein zu stopfen."

„Noch gibt es ja keinen Grund dafür, meine Liebe. Aber wer weiß was der Abend noch so bringt?"

„Oh, du Teufel!" sagte sie zwar leise, aber Trey bemerkte sofort, dass sie die kalte Wut packte.

„Hör zu Chantal, ich möchte heute nicht mit dir streiten. Ich möchte heute auch nicht, dass wir ekelig zueinander sind. Ich war lange von zu Hause weg, ich möchte heute meine Heimkehr feiern. Lass uns die ganzen Menschen hier nicht enttäuschen und uns bis auf die Knochen blamieren." „In Ordnung, wir beide legen einen Waffenstillstand ein, was aber nicht heißen soll, dass ich dich jetzt mag."

„Wie charmant du sein kannst," sagte er sarkastisch und lächelte breit.

Dann wurde er ernst, nahm sie ein wenig fester in den Arm, schaute ihr tief in die Augen. Sie tanzten als hätten sie ein Leben lang nichts Anderes getan.

„Weißt du, dass du heute Abend atemberaubend schön aussiehst?"

Chantal war etwas verblüfft über dieses Kompliment, denn das hätte sie nun wirklich nicht von ihm erwartet. Ernst schaute sie ihn an und fragte sich, ob er das jetzt gerade ehrlich meinte.

„Ich habe schon mit vielen Frauen getanzt, aber keine war so schön wie du. Dieses Kleid ist einfach umwerfend und du siehst darin aus wie ein Engel."

Stumm schauten die beide sich an und tanzten. Alles um sie herum verschwand und die Zeit schien stehen zu bleiben. Chantal war auf einmal wie verzaubert, sie dachte nicht mehr an die schlimmen Dinge, die sie mit ihm erlebt hatte. Sie sah nur noch seine vertrauten Augen, sein liebes Lächeln und atmete seinen herben Duft von Moschoos ein. Die Menschen um sie herum fingen auch alle an zu tanzen, doch die beiden realisierten das alles nicht mehr. Sie genossen einfach nur die Gemeinsamkeit, gaben sich ganz ohne Argwohn ihren Gefühlen hin.

Nach einigen Tänzen bemerkte Trey, dass Chantal etwas müde wurde und fragte sie ob sie eine kleine Pause einlegen wollte.

Die beiden gingen zum Büffet um sich zu stärken und um etwas zu trinken.

„Möchtest du ein Glas Sekt, um auf den gelungenen Abend anzustoßen?"

„Ja, warum eigentlich nicht? Ich trinke zwar normalerweise nicht, aber heute könnte ich etwas Alkohol gut vertragen." Trey nahm eine bereits geöffnete Flasche vom Tisch und goss zwei Gläser ein und reichte ihr eines davon.

„Wieso kannst du das heute gut vertragen?" grinste er sie frech an.

„So unmöglich bin ich doch heute auch nicht, oder?"

„Nein, so unmöglich bist du heute ausnahmsweise Mal nicht. Aber ich habe noch nie an einem Abend wie heute teilgenommen und glaub mir, auf der Treppe war es die Hölle."

Trey lachte belustigt in sein Glas hinein.

„Wie meinst du denn das schon wieder? War mein Handkuss so unangenehm?"

„Nein. Aber ich musste dieses Kleid tragen, dann hast du mir tausend Menschen vorgestellt und zu guter Letzt bist du auch noch so unheimlich freundlich zu mir. Glaub mir, das reicht für einen Abend."

„Wer sagt denn eigentlich, dass ich immer so ein Ekelpaket bin? Denkst du denn tatsächlich, ich wäre ein ungebildeter, ungehobelter und böser Mensch?"

Chantal schaute ihn lächelnd und frech an. So als wollte sie ihm sagen, ja das bist du.

Trey rümpfte die Nase und schaute sie durch zugekniffene Augen an.

„Also gut, ich war in der Vergangenheit sehr ungezogen zu dir."

„Ach ungezogen nennst du dein Verhalten?"

„Also gut, ich war grausam."

„Soll das etwa eine Entschuldigung sein?" fragte sie zuckersüß.

„Nein, das soll es nicht. Ich wollte nur erklären, das ich normalerweise nicht so mit jungen Damen umgehe."

„Ach, bist du denn darin so geübt? Das hätte ich mir denken können. Dir liegen die Frauen hier bestimmt zu Füßen, ich möchte nicht wissen, wie vielen Frauen ich hier das Herz gebrochen habe. Aber keine von denen kennt dich wirklich, nur ich habe deine andere Seite kennengelernt. Oder knebelst und misshandelst du alle Frauen, bevor du sie vergewaltigst?"

„Das habe ich nicht getan, du warst, wenn auch etwas kratzbürstig, sehr leidenschaftlich, da kann man wohl kaum von Vergewaltigung reden."

Chantal wollte gerade Protest einlegen, als Trey ihr auch schon wieder ins Wort fiel.

„Und außerdem, meine Liebe, darfst du nicht vergessen, unter welchen Umständen ich dich kennen gelernt habe. Du standst auf dem Schiff vor mir wie eine Wildgewordene und hast wie eine Verrückte mit dem Degen um dich geschlagen.

Irgendwie musste ich dich doch bändigen, sonst hättest du noch meine ganze Mannschaft kaputtgeschlagen." Beschämt schaute sie auf den Boden, denn sie wusste genau, dass er in allen Punkten Recht hatte. Trey schaute sie liebevoll an und hob sein Glas.

„Wenn wir beide auch nicht wirklich verheiratet sind, dann möchte ich wenigsten mit dir auf eine vielleicht gute Zusammenarbeit anstoßen. Oder eine in Zukunft mögliche Freundschaft?"

Trey stieß mit ihr an und trank, Chantal nippte nur kurz, um das Glas dann schnell verschwinden zu lassen.

Irgendwie war sie mit seinem Trinkspruch nicht zufrieden, er verletzte sie, auch wenn sie nicht sagen konnte wieso. Es tat ihr einfach weh zu hören, dass er tatsächlich nichts von ihr wollte außer einer guten Zusammenarbeit. Sie ließ sich überhaupt nichts anmerken, tat so, als ob ihr diese Distanzierung nur recht war. Sie lächelte ihn freundlich an, versuchte dabei so kühl und unberührt wie nur möglich zu wirken.

„Ja, genau und danach, wenn du alles erledigt hast, werde ich wieder zurück in mein geliebtes London reisen." Auch Trey konnte diese Aussage nicht gut ertragen. Es verletzte ihn zutiefst, wenn er daran dachte, dass sie tatsächlich eines Tages wieder nach London reiste. Es zerriss ihm das Herz, noch niemals zuvor hatte er eine Frau so begehrt. Jedoch wusste er, dass sie ihn verabscheute. Denn es schien ihr nichts auszumachen, dass er mit ihr auf Dinge wie Freundschaft und gute Zusammenarbeit angestoßen hatte. Er erhoffte sich dabei eigentlich eine emotionale Reaktion hervorzurufen, die ihm dann zeigte, dass ihr doch etwas an ihm lag.

Aber das war ihm nicht gelungen, sie tat einfach so, als wäre noch niemals etwas zwischen ihnen passiert. Normalerweise liefen ihm die jungen Damen hinterher und waren am Erdboden zerstört, wenn er nach kurzer Zeit kein Interesse mehr für sie zeigte. Aber bei Chantal war das ganz anders, sie war kühl und abweisend, sie schien absolut nichts für ihn zu empfinden.

Eines verstand er dabei überhaupt nicht, denn normalerweise, wenn man ein noch jungfräuliches Mädchen zur Frau machte, war sie doch hin und weg vom Partner.

Trey räusperte sich, da er gerade bemerkte, wie lange er sie nun schon anstarrte.

„Hhm, genau Chantal, auf eine gute Zusammenarbeit."
Chantal schaute ihn freundlich an und fragte sich die ganze Zeit, was er wohl eigentlich über sie dachte.

Trey schaute kurz über Chantals Schulter und lächelte.

„Entschuldige bitte, ich muss da noch etwas kurz erledigen, ich komme gleich zu dir zurück."

Mit diesem Satz drehte er sich auch um und verschwand in der Masse.

Chantal war sehr traurig, fühlte sich benutzt, fallen gelassen und sehr einsam.

„Ich bin es selber schuld. Wie konnte ich überhaupt nur mit ihm schlafen? Wieso habe ich mich nur so gehen lassen?

Ich bin nicht mehr als eine billige Hure," sprach sie zu sich selbst. Sie sah die ganzen Menschen, wie sie dastanden, amüsiert und verheiratet.

Von plötzlicher Depression erfasst, fragte sie sich wie alles werden würde. War ihr Kind ein Bastard, nur, weil es keinen Vater hatte? Sie hätte auf der Stelle losheulen können. Überraschend sah sie Trey am anderen Ende des Raumes, wie er eine sehr hübsche und junge Frau begrüßte. Er nahm ihre Hand, küsste sie zärtlich, hielt sie auch weiterhin fest, sie schienen sich angeregt zu unterhalten.

Schmerzender Schrei schoss durch ihr Herz, ließ es rasen vor Wut. Es fühlte sich an, als würde ihr jemand ein Messer ins Herz schlagen.

„Nun? Hast du dein nächstes Opfer gefunden? Aber warte, da mache ich nicht mit, nun kannst du sehen, wo du mit deinem blöden Plan bleibst. Absprache hin, Versprechen her, ich gehe jetzt," sagte sie so leise, dass nur sie selbst es hören konnte.

Sie drehte sich kurz im Raum herum, um den nächsten Ausgang fest zu stellen. Blindlings drängte sie sich durch die Menge, stand plötzlich im Freien. Sie war auf der Terrasse, von wo aus sie den riesigen Garten und dahinter das Meer sehen konnte, in dem der große Mond sich spiegelte. An der Seite der Terrasse befand sich eine Treppe, die in den Garten führte und Chantal eilte sie hinunter. Sie rannte wie von Sinnen durch den großen Garten und schaute sich nicht einmal dabei um.

Sie bekam es mit der Angst zu tun, denn die ganzen Gefühle, die sie bis dahin unterdrückt hatte, stiegen jetzt in ihr hoch. Es waren so viele schreckliche Dinge passiert, die alle in Sekunden durch ihren Kopf schossen.

Wie begierig Trey diese schöne Frau anschaute, sie trug sein Kind unter dem Herzen. Wie konnte sie nur so naiv gewesen sein? Warum hatte sie sich nur mit ihm eingelassen? Auch selbst, wenn sie nach London zurückkehren würde, wäre sie eine gefallene Frau. Niemand würde sie mehr respektieren, denn sie müsste ein uneheliches Kind zur Welt bringen.

Nun stand Chantal am Ende des Gartens, ein endlos langer Strand erstreckte sich vor ihr in beide Richtungen. Ohne zu wissen, wo sie überhaupt hinwollte, rannte sie nach links, den Strand entlang und hoffte ein Wunder würde geschehen. Aber nichts dergleichen geschah, außer dass es anfing leicht zu regnen.

Es war zuerst ein leichter Sommerregen, der jedoch von Minute zu Minute stärker wurde. Es setzte ein leichter Wind ein, der ebenfalls immer stärker wurde. Er bäumte sich zu einem regelrechten Sturm auf, Chantal war bereits bis auf die Haut durchnässt. Ihre Haare hingen ihr wild um den Kopf, ihre

Frisur hatte sich schon lange gelöst. Völlig außer Atem suchte sie unter einer der vielen Palmen Schutz vor Regen und Wind. Sie fing an zu weinen, war so verzweifelt wie noch nie in ihrem Leben. Nichts schien klappen zu wollen, kein Weg schien ihr aus diesem unendlichen Albtraum. Auf dem Boden sitzend lehnte sie sich an den Baum, ihr Haar flog wild herum, sie konnte kaum noch etwas sehen.

Dunkelheit, Regen und Sturm verschleierte alles um sie herum. Das einzige, was sie noch ganz genau sehen konnte, war der Mond, der so hell schien und auf sie herab starrte, als wolle er sie bestrafen.

Bestrafen für alle ihre Sünden. Chantal weinte nun noch mehr, fand keinen Ausweg mehr aus ihrer Traurigkeit. Sie stand auf und riss ihre Arme weit auseinander.

„Was willst du denn von mir? Wenn es da oben einen Gott gibt, warum hilfst du mir dann nicht?" schrie sie aus Leibeskräften und wusste dabei ganz genau, dass sie keine Antwort erwarten brauchte.

„Mutter! Vater! Warum seid ihr denn nicht für mich da? Warum zum Teufel kümmert ihr euch denn nicht um mich?" Sie schien wie von Sinnen, ging direkt auf das offene Meer zu. Ging immer und immer weiter, bis sie fast bis zum Hals im salzigen, eisig kaltem Wasser stand. Eine große Welle kam direkt auf sie zu und überschwappte sie. Sie tauchte wieder auf, spürte aber keinen Boden mehr unter den Füßen. Sie schrie, weinte, fluchte, machte aber keine Anstalten wieder ans Ufer zu schwimmen.

„Holt mich doch endlich!" schrie und weinte sie.

Bis sie das Gewicht des schweren Kleides nicht mehr halten konnte und unterging.

Ihr ganzes Leben rauschte an ihr vorbei. Sie sah sich als Kind mit ihrem Vater spielen, sah ihre Mutter, wie sie sie liebevoll in den Arm nehmen wollte. Doch die entfernte sich auf einmal wieder, Chantal strampelte mit ihren Armen und Beinen, um wieder in ihre Nähe kommen zu können. Doch das half nichts, irgendetwas zog so fest an ihr, dass sie einfach nicht vorankam.

Dann schien ihr Körper zu implodieren, sie spürte das Wasser um sich herum sprudeln, wie sich das Salz durch ihre Lungen fraß. So lange bis sie in ein ganz tiefes schwarzes Loch fiel und an nichts Anderes mehr dachte außer an Trey. Nach mehreren Stunden erwachte sie langsam und hörte ein kleines Feuer neben sich knistern. Als sie ihre Augen öffnete sah sie Trey neben dem Feuer hocken, beobachtete ihn dabei, wie er versuchte es weiter in Gang zu bekommen. Dann erinnerte sie sich daran was passiert war, ihr wurde auf einmal klar, dass Trey es war, der sie in ihrer Illusion aus dem Wasser gezogen hatte.

„Du hast mir zum zweiten Mal das Leben gerettet." sagte sie so leise und noch erschöpft, dass er sie kaum hören konnte. Rasch kam er näher zu ihr, streichelte ihr sanft über die Stirn.

„Du bist immer noch eiskalt," sagte er nachdenklich, hielt seine Hand an ihre Schläfe.

„Wo bin ich?" fragte sie leise und schaute sich dabei ein wenig um.

„Wir sind in einer Höhle, die hier direkt am Strand liegt. Es schien mir die einzige Möglichkeit, uns vor dem Sturm zu retten."

Chantal schüttelte sich ein wenig, denn ihr war unglaublich kalt.

„Wie hast du mich eigentlich gefunden?" fragte sie mit bebender Stimme.

„Hör auf Fragen zu stellen, du bist sehr geschwächt, du musst dich jetzt schonen."

„Mir ist so kalt!" Sie schloss ihre Augen und versuchte ein Schütteln ihres Körpers zu verhindern.

Als Trey sie aus dem Wasser zerrte und mit ihr hierherkam, dachte er, es wäre zu spät. Er zog sie direkt aus und hing ihre Kleidung an einen Felsvorsprung zum Trocknen auf. In der Höhle lagen überall riesige getrocknete Bananenblätter, die er rasch zusammensammelte, um daraus ein weiches Unterbett für sie zu bauen. Da er Chantal mit seinem Pferd hinterher geritten war, konnte er glücklicherweise mit einer dicken Decke dienen, die er in der Satteltasche gefunden hatte. Er schürte schnell ein Feuer, rubbelte ständig an ihren Armen oder Beinen, um sie ein wenig mehr zu wärmen. Die ganze Zeit über bangte er um ihr Leben, hoffte, dass sie gleich wiedererwachen würde. Zum zweiten Mal fürchtete er nun um sie und die Angst, sie zu verlieren, war nun noch stärker als damals, als sie vom Schiffsmast gestürzt war. Chantal fing wieder an zu zittern, Trey wusste nicht mehr, was er machen sollte um sie zu wärmen.

Doch dann hatte er eine Idee, blitzschnell sprang er auf und zog sich nackt aus. Chantal, die schon längst wieder ihre Augen geschlossen hatte, bemerkte dies gar nicht. Er legte sich zu ihr, nahm sie in den Arm und deckte sie beide zusammen zu.

Heiße Erinnerungen stiegen sofort in ihm auf, aber das wollte er nun wirklich nicht.

Er wollte sie einfach nur wärmen, hoffte, dass sie gleich wieder wach werden würde. Lange lag er neben ihr wach, betrachtete ihr fein geschnittenes Gesicht, das in der dunklen Höhle nur von dem Feuerschein angestrahlt wurde. Und dennoch kam es ihm so vor, als würde ihre zarte Haut leuchten, ihr blondes Haar sah aus wie fein gesponnenes Gold. Zärtlich streichelte er ihr Gesicht, schmiegte sich so eng er nur konnte an sie, um sie zu wärmen. Nach einiger Zeit wurde es endlich so warm und gemütlich in dieser kleinen Höhle, dass er bei dem leise prasselnden Feuer aus lauter Erschöpfung auch einschlief.

Seit dem Tod seiner Eltern fühlte er sich noch nie so glücklich wie heute.

Sie schliefen beide bis in den frühen Morgen tief und friedlich. Chantal erwachte zuerst und öffnete vorsichtig ihre Augen. Schnell erinnerte sie sich an den gestrigen Abend. Sie konnte sich schnell ein Bild machen, wie sie wohl hierhergekommen war, denn schließlich lag sie in Treys Armen. Sie schaute sich ein wenig um und war völlig begeistert. In so einer wunderschönen Höhle war sie noch nie gewesen. Überhaupt hatte sie noch niemals eine Höhle von innen gesehen, außer auf Bildern in ihrer Schule.

Die Höhle war ca. 100 qm groß, in der Mitte der Höhlendecke befand sich ein Riesen Loch, an dem Pflanzenranken herunterhingen. Einige der Ranken hingen bis fast auf den Fußboden. Doch das Verblüffendste war, dass sich direkt darunter ein kleiner Teich befand. Er war gefüllt mit kristallklarem Wasser, der Sand darin, so wie auch in der restlichen Höhle, war schneeweiß.

Die ersten Sonnenstrahlen schienen durch die Decke und trafen auf den Türkis leuchtenden Teich. Die Höhle erschien ihr wie in einem Traum. Sie bemerkte, dass Trey nackt neben ihr lag und erschrak so sehr, dass sie sich räusperte.

Vorsichtig zog sie die wärmende Wolldecke etwas höher, um ihre nackte Brust zu bedecken.

Sie hielt einen Moment inne, denn noch nie hatte sie die Möglichkeit gehabt, ihn völlig ungeniert und unbeobachtet zu betrachten.

Sein Oberkörper war nicht zugedeckt, sie versuchte erst wegzuschauen, denn eigentlich gehörte es sich nicht, einen nackten Mann so anzustarren. Doch sie bewunderte seinen muskulösen Körper, sein wunderschönes Gesicht so sehr, dass sie nicht anders konnte. Ihre Blicke wanderten von seinen wie gemalten Augenbrauen über die gerade Nase. Sie betrachtete das ausdruckstarke Kinn, seinen starken Brustkorb bis hinunter zum Rand der Wolldecke.

Die zu ihrem Bedauern das versteckte, das sie ohnehin noch nie richtig betrachtet hatte. Sie war versucht, die Decke ein wenig anzuheben, um einen Blick auch von dem Rest dieses furchtbar attraktiven Mannes zu erhaschen. Doch dann ermahnte sie sich, sie versuchte an ihre gute Erziehung zu appellieren und sich zusammen zu reißen. Dann machte sie ganz langsame Bewegungen, um sich von der Palmenblättermatte zu heben. Sie hatte ihr Kleid an einem Felsvorsprung hängen sehen, hoffte jetzt es zu erreichen um es anzuziehen, bevor Trey erwachte.

Sie wollte auf keinen Fall nackt vor ihm liegen oder stehen, wenn er erwachte.

Als sie sich gerade so halbwegs von ihm weggedreht hatte und sich auf einen ihrer Ellenbogen stützte, legte sich schlagartig ein gewaltiger Arm um sie.

Er war wach und er hatte bemerkt, dass sie sich davonschleichen wollte.

Ihr stockte der Atem und sie hoffte inständig, dass er nicht mitbekommen hatte, wie sie ihn kurz zuvor angestarrt hatte.

„Wo willst du denn jetzt schon wieder hin?" fragte er mit noch verschlafener leiser Stimme und ließ dabei seine Augen geschlossen.

Er klang dabei so ermüdet von ihrer ständigen Weglauferei, dass es ihr schon fast leidtat.

Dann drehte sie sich vorsichtig um und schaute ihn an. Er hatte seine Augen immer noch geschlossen, doch als er bemerkte, dass sie ihn anschaute, öffnete er ein Auge.

Schloss es wieder und lachte ein wenig in sich hinein.

„Wieso lachst du mich eigentlich immer aus? So langsam fühle ich mich von dir richtig beleidigt. Und überhaupt..." Trey öffnete nun beide Augen und drückte sie einfach so fest an sich, dass sie nicht weiterredete.

„Musst du eigentlich immer streiten? Es ist früh am Morgen, ich habe gerade meine Augen auf und du fängst schon wieder an."

Im ersten Augenblick war sie mundtot und antwortete nicht.

„Wieso bist du eigentlich schon wieder weggelaufen? Hat dich irgendetwas im Festsaal gestochen?"

Jetzt war es so weit, Chantal rastete innerlich aus.

„Du bist das größte, unverschämteste Arschloch, das ich jemals in meinem ganzen Leben kennen gelernt habe! Was fällt dir ein? Erst verschleppst du mich, dann verführst du mich und zu guter Letzt tauschst du mich für irgend so ein billiges Flittchen ein. Glaubst du, ich habe dich gestern nicht gesehen? Denkst du, ich bin so blind, auch noch blöd, dass ich mir das alles gefallen lasse? Dann nimm dir doch die andere und lass mich laufen, du kannst doch einfach irgendeine beliebige nehmen um dir bei deinen blöden Plänen zu helfen."

Treys Grinsen wurde von Satz zu Satz breiter.

„Sag mal, bist du eifersüchtig? So langsam versteh ich das, immer, wenn du eifersüchtig bist, verlierst du völlig die Kontrolle. Du scheinst mich ja richtig zu mögen."

Chantal trat ihn vor sein Schienbein und schrie ihn aus Leibeskräften an.

„Reiiiiz mich nicht, oder ich bring dich um, du verdammter Scheißkerl!"

Dann verschloss er ihr mit seiner Hand den Mund, konnte ein Lachen kaum unterdrücken.

„Wen meinst du eigentlich? Was für ein Flittchen?" Chantal schrie mit zugehaltenem Mund herum und Trey verstand natürlich kein Wort.

„Also, wenn du jetzt aufhörst zu schreien, dann lass ich dich los und höre dir ganz genau zu. Aber wenn du hier nur herumschreist und mich verbal beschimpfst, dann kommen wir bestimmt kein Stück weiter."

Sie nickte nur gehorsam, Tränen ließen ihre Augen wie hellblaue Saphire glänzen.

Er ließ ihren Mund frei und schaute sie erwartungsvoll an.

„Ich habe dich gestern mit dieser Frau gesehen."

„Welche Frau?"

„Nachdem du mich alleine an diesem Buffet hast stehen lassen. Du bist zu dieser jungen hübschen Dame gegangen, musstest unbedingt mit ihr flirten. Da bin ich eben gegangen."

„Und wieso, wenn ich fragen darf?"

„Ja, wieso wohl? Denkst du, ich lasse mir das gefallen?" „Was denn? Was gefallen lassen? Ich denke, du hast mich und ich bin dir egal."

„Ja, weil ich..., weil du..., weil du einfach schrecklich bist. Und."

„Also, jetzt fang nicht wieder an zu schreien. Wir können unsere Differenzen ja wohl wie erwachsene Menschen klären. Oder? Also, jetzt gib mir mal bitte eine klare und deutliche

Antwort darauf, warum du gestern Abend mal wieder durchgebrannt bist."

„Wieso denn mal wieder?"

Trey schaute sie nur ernst an.

„Ich sage nur „Ruderboot" auf dem atlantischen Ozean!"
„Ja dann bin ich eben schon mal abgehauen, aber das war ja aus einem ganz anderen Grund."

„Ach ja? Und warum bist du dann gestern abgehauen? Du warst gestern rasend vor Eifersucht, gib es doch einfach zu."
„Nein, das war ich nicht!! Wieso denkst du eigentlich, dass du der Traum aller jungen Frauen bist?"

„Ach, komm schon. Hör doch mal auf mich zu beleidigen. Du hast mich gestern mit einer anderen gesehen und darum bist du weggelaufen. Und das soll keine Eifersucht sein?" Trey trieb Chantal fast in den Wahnsinn, denn er provozierte sie so sehr er nur konnte.

„Du gemeines..." schon wieder wollte sie anfangen ihn zu beleidigen und schon wieder hielt er ihr den Mund zu.

„Also, da du deine Gefühle ja sowieso nicht äußern kannst, will ich dir jetzt mal was erklären. Die Frau, die du gestern bei mir gesehen hast, war keine andere als die Ehefrau von
Hawk."

Chantals Augen weiteten sich und die Situation fing an unangenehm zu werden.

„Und da du ja, nur, weil ich einer anderen Frau die Hand geküsst habe und ich mich mit ihr drei Minuten unterhalten habe, was du im Übrigen bemerkt hättest, wenn du nicht sofort weggerannt wärst,

also, da du nach drei Minuten weggerannt bist und dann auch noch bei Regen und Sturm schwimmen gegangen bist. Nehme ich jetzt mal ganz stark an, dass du irgendwelche Gefühle für mich hegst. Es sieht so aus, als wärst du eifersüchtig und daraus schließe ich, da ich ein intelligenter

Mensch bin, dass du mich zumindest gerne hast." Chantal wurde ganz ruhig und blass, denn zum ersten Mal musste sie sich selber eingestehen, dass sie ihn wirklich mochte. Sie hatte ihn sogar sehr gerne. Eigentlich müsste sie ihn ja hassen, aber das tat sie nicht. Im Gegenteil, vielleicht lag es aber auch einzig und allein daran, dass sie sein Kind unter den Herzen trug.

„Es tut mir leid," sagte sie mit heiserer Stimme.

„Was tut dir leid?" fragte er fordernd.

„Alles, ich wollte nicht weglaufen. Und ich danke dir, dass du mich immer irgendwo rettest. Ich wäre bestimmt schon lange tot, wenn du nicht immer da gewesen wärest."

Mit hochgezogenen Augenbrauen schaute er sie lächelnd an und zeigte ihr mit einer Geste, dass er mehr hören wollte.

„Was zum Teufel willst du denn noch von mir hören? Etwa, dass ich dich mag?"

„Das wäre zumindest ein Anfang."

„Nein!"

„Chantal? Du bist mir eine Erklärung schuldig."

„Wieso denn? Ich will aber nicht, was soll ich denn noch alles sagen? Das war doch schon sehr nett von mir." Dann sah Trey sie einfach liebevoll an, nahm sie wieder in seine Arme und sprang einfach über seinen eigenen Schatten.

„Chantal, noch nie habe ich eine Frau in meinem Leben so sehr wie dich begehrt. Du hast mich vom ersten Tag an, an dem ich dich sah, fasziniert. Ich liebe deine Kraft, deinen Dickkopf, deine kämpferische Natur und dein dennoch zartes Wesen. Ich weiß, dass ich sehr vieles falsch gemacht habe, aber ich möchte dich darum bitten mir etwas Zeit zu geben, um alles wieder gut zu machen."

Chantal bekam es mit der Angst zu tun.

Sie liebte ihn, aber das konnte sie ihm unmöglich sagen. Noch nie hatte ein Mann sie geliebt und sie wollte auch niemanden lieben.

Die Angst davor, ihn am Ende wieder zu verlieren so wie damals ihre Eltern, war einfach zu groß.

„Nein, nein du lügst! Du willst mich doch nur für deine Rache. Du willst mich nicht. Und außerdem..." Dann küsste er sie einfach auf den Mund.

Sie zögerte nicht eine Sekunde und erwiderte ihn sofort. Es war ein sehr leidenschaftlicher Kuss, beide verschmolzen miteinander und vergaßen jegliche Diskussion. Sanft streichelte er ihr durch das blonde Haar. Er berührte ihren Hals, wo er ihr Blut pulsieren spürte. Sie atmete tief und er spürte wieder diese elektrisierende Spannung.

Er drückte sich ganz nah an sie, da beide nackt waren, spürte sie sofort wie sehr er erregt war.

Sie genoss seine zärtlichen Liebkosungen und gab sich einfach ihren Gefühlen hemmungslos hin. Es war einfach sich fallen zu lassen, es war so, als ob sie schon ein Leben lang mit einander vereint gewesen seien.

Sie liebten sich leidenschaftlich, die ganze Welt ringsum schien zu verschwinden.

Die Wolldecke war schon lange weggerutscht, winzig kleine Schweißperlen glänzten auf ihren Körpern.

Die beiden lagen mittlerweile neben dem kleinen Teich, in dem sich die Sonnenstrahlen in funkelnde Diamanten zu verwandeln schienen.

Eine leichte Brise wehte durch die Deckenöffnung, die hellgrünen Ranken ließen vereinzelnd die Sonne durchblicken. Leises Rauschen der Blätter erfüllte die kleine Grotte mit Musik.

Chantal fühlte sich wie im Himmel, bäumte sich bei seinen fordernden Bewegungen auf.

Auch er verlor alle seine Sinne und sah nur noch sie. Es pulsierte in ihm, er konnte ein leises Stöhnen nicht mehr unterdrücken.

Nach einer gewissen Zeit und einem gemeinsamen Höhepunkt sank er langsam zu ihr auf den Boden. Völlig erschöpft versuchte er sich ein wenig zu beruhigen, suchte einen kleinen Augenblick, um seine Kräfte zu sammeln. Sie lagen bis zur Hüfte in dem warmen Wasser des türkisenen Teiches. Ihre Oberkörper lagen in dem weißen Sand, der überall an ihren Körpern klebte.

Einige Minuten lang war es ganz still, in denen die Sonne durch das Grün der offenen Decke schien.

Chantal fühlte sich auf einmal sicher und geborgen, so wie sie sich seit dem Tod ihrer Eltern nicht mehr gefühlt hatte. Sie nahm ihren ganzen Mut zusammen, um ihm das zu sagen was sie schon vor langer Zeit hätte tun sollen.

„Trey?"

„Ja, mein liebes?"

„Hast du mich irgendwie lieb?"

Treys Körper spannte sich an, denn noch nie hatte er einer Frau gesagt, dass er sie liebte. Doch dann lächelte sanft über ihre naive Frage und gehorchte einfach seinem Herzen.

„Ja, ich habe dich sehr lieb."

„Dann hast du aber eine komische Art, das zu zeigen. Irgendwie habe ich das nicht mitbekommen."

Er erwartete zwar eine andere Antwort, doch wundern tat ihn bei ihr nichts mehr.

Trey brach in gellendes Gelächter aus, denn er amüsierte sich köstlich über ihren Sarkasmus. Dabei bemerkte er gar nicht, wie verzweifelt sie tatsächlich war.

Doch da sie nicht einmal kicherte, sah er sie an und bemerkte, dass es ihr Ernst war. Er hatte ja keine Ahnung, was sie bedrückte und versuchte immer noch ein wenig lustig zu sein.

„Es tut mir leid, dass ich dir nicht direkt den Hof gemacht habe, aber als ich dich kennen gelernt habe, warst du mir etwas zu wild."

Er grinste dabei bis über beide Ohren, wenn er an die Szene mit ihr auf dem Schiff dachte.

„Trey, es gibt da etwas, das ich dir unbedingt sagen muss." Sie klang sehr ernst und traurig.

Seine Neugier war geweckt.

Chantal schluckte zuerst, denn sie wusste nicht, was sie eigentlich dazu brachte, ihm das zu erzählen. Worauf hoffte sie eigentlich? Darauf das er sich freute und sie dann wirklich heiratete?

„Was denn Chantal? Sag mir doch, was dich bedrückt, empfindest du denn nichts für mich?"

„Doch," sprudelte es aus ihr heraus, konnte dabei kaum ihre bebende Stimme unterdrücken.

Sie sah ihm tief in die Augen, wollte etwas sagen, doch dann vergrub sie ihren Kopf unter der Decke.

Trey nahm sie in den Arm und hielt sie einfach nur fest. Dann spürte er ein leichtes Zittern und hörte ein leises Schluchzen.

Er schob die Decke zur Seite, hob ihren Kopf an, so dass sie ihm direkt ins Gesicht sehen musste.

„Du weinst ja! Was hast du? Willst du etwa nach Hause? Ist es das, hast du Heimweh?"

Chantal schluckte und schluckte und schüttelte einfach nur mit ihrem Kopf.

„Nein. Ich bin..."

"Was bist du?" fragte er nun energisch.

Sie schluchzte nun noch mehr und presste ihr Gesicht an seinen Hals, weil ihr die Tränen peinlich waren. Niemals hätte sie es für möglich gehalten, ihm solche Gefühlsausbrüche zu zeigen. Aber sie konnte sich nicht mehr halten. Zu lange schon musste sie die Starke spielen und ihre Gefühle verbergen. Nun war sie einfach so weit, dass sie es nicht mehr aushielt.

Er konnte nichts Anderes tun außer sie zu trösten und sie fest zu halten.

Wusste nicht, was er nun tun sollte, denn er liebte sie und wollte sie nicht verletzen.

Doch wie konnte sie nur so viel weinen?

Trey verstand die Welt nicht mehr.

Er hatte doch die Liebe zwischen ihnen beiden deutlich gefühlt. Hatte er sich so sehr getäuscht?

Er musste sich geirrt haben, diese Erkenntnis zerschmetterte ihn, er war völlig am Boden zerstört.

„Chantal, bitte hör auf zu weinen. Bitte glaub mir, wenn ich hier alles erledigt habe, werde ich dich umgehend nach London schicken.

Ich werde dich nie wieder belästigen und werde meine Pläne beschleunigen damit du bald wieder nach Hause kannst."

Chantal dachte, dass sie nicht richtig hören würde. Hatte er gerade nicht gesagt, dass er sie liebhatte? Und nun wollte er sie wieder auf schnellstem Wege loswerden? Erzählte er jeder seiner Affären, dass er sie liebhatte? Und hatte es für ihn keine Bedeutung?

Es drehte sich alles bei ihr im Kopf, sie wusste nicht, was sie glauben noch was sie nun sagen sollte.

Doch sie war einfach zu ausgelaugt, um nun irgendwas zu sagen oder irgendwie reagieren zu können.

Sie hielt es für besser, nun erst einmal gar nichts zu sagen und ihr Geheimnis für sich zu behalten.

Nickend stimmte sie ihm zu und vermied somit einen nächsten Tränenausbruch.

Es war eine bedrückende Situation, doch keiner von beiden hatte den Mut, die Wahrheit auszusprechen.

Weder Trey, der sie abgöttisch liebte und sie am liebsten für immer behalten würde, noch Chantal besaß den Mut, ihm zu sagen, dass sie ihn liebte und dass sie ein Kind von ihm erwartete.

Sie machten sich beide etwas vor, waren sich dessen nicht bewusst, dass sie im Begriff waren, sich für immer zu verlieren.

Als sie erschöpft, schmutzig und gekennzeichnet von ihrem Leid, zur Plantage von Trey zurückkamen, wurden sie bereits von allen erwartet.

Maria kam ihnen auf halbem Weg der langen Auffahrt entgegengelaufen und schlug die Hände über dem Kopf zusammen.

„Um Gottes willen Chantal, was ist denn nur passiert?" Chantal sagte nichts, denn sie war zu ermattet und hatte auch keine Lust irgendeine dumme Erklärung zu finden. Maria nahm sie sofort in ihre Obhut, schob sie zum Haupteingang, um sie nach oben auf ihr Zimmer zu führen. Als Trey auf der Veranda des Hauses ankam empfing ihn Hawk, der bis über beide Ohren grinste.

„Na, du hättest ja wenigstens mir Bescheid sagen können, dass ihr beide noch ein heimliches Stelldichein geplant habt."

Trey schaute ihn nur entrüstet an und schüttelte mit dem Kopf.

„Nun sag schon, wart ihr in der Meerjungfrauen Bucht?" „Nein, das waren wir nicht. Und jetzt lass mich bitte alleine, ich brauche Zeit zum Nachdenken."

Hawk tat natürlich nicht, was sein bester Freund von ihm verlangte, denn er spürte, dass irgendetwas nicht stimmte. Er folgte ihm ohne ein Wort zu sagen ins Herrenzimmer und Trey hielt ihn auch nicht davon ab.

Hawk kannte seinen Freund nun lange genug um zu wissen, dass er jemanden zum Reden brauchte und das tat er ausschließlich mit ihm.

In seinem Arbeitszimmer ging Trey direkt zum Spirituosenschrank, goss sich einen Weinbrand ein und nahm einen großzügigen Schluck.

Er gab Hawk auch ein Glas und setzte sich nach draußen auf die Veranda. Hier war schon immer sein Lieblingsplatz gewesen, man hatte einen phänomenalen Blick auf das offene Meer. Nirgendwo sonst fühlte er sich so eins mit der Natur, seinen Eltern so nahe.

„Was ist denn nur los mit dir? Seitdem du hier angekommen bist, habe ich dich noch nicht einmal lächeln gesehen. Du bist doch sozusagen frisch verheiratet und Chantal ist so wunderbar," sagte Hawk wohlwissend, dass er seinen Freund damit nur reizte.

Es platzte einfach so aus ihm heraus, er hatte sowieso keine Geheimnisse vor Hawk. Dies hier war die allerbeste Gelegenheit, es ihm unter vier Augen zu sagen.

„Zum Teufel, ich bin nicht verheiratet und werde es auch niemals sein. Das weißt du ganz genau! Sie liebt mich auch nicht! Wir hatten gestern keinen romantischen Abend. Sie ist abgehauen, weil sie mich beobachtet hat, als ich mit deiner Frau gesprochen habe."

Hawk lächelte, denn er wollte aus seinem Freund herauskitzeln, was er freiwillig nicht preisgeben würde.

„Und was hast du mit meiner Frau sonst noch so getan, dass deine Frau vor Eifersucht das Weite gesucht hat?" Er schaute seinen Freund sehr böse an und brüllte mit mehliger Stimme.

„Ich habe mich nur in aller Öffentlichkeit mit ihr unterhalten. Und deswegen ist Chantal ausgerastet und direkt bis ins Meer gerannt."

„Wohin ist sie gerannt? Wieso wollte sie baden gehen?" „Wenn du jetzt nicht dein Schandmaul hältst, bringe ich dich um!" Hawk konnte sein Lächeln nur schwer verstecken.

„Ist ja schon gut. Aber warum denn ins Meer?"

Trey versteifte sich bei dem Gedanken, dass er sie beinahe zum zweiten Male verloren hätte. Doch er konnte einfach nicht verstehen was mit ihr los war, erst war sie rasend vor Eifersucht und einige Stunden später weinte sie so sehr, wollte nur noch nach Hause.

Erst verbringt sie eine unglaubliche Liebesnacht mit ihm, im nächsten Moment schien es so, als würde sie absolut nichts für ihn empfinden.

„Ich will jetzt nicht mehr darüber reden, was gestern geschehen ist. Ich werde jetzt meine Pläne in die Tat umsetzen und sie dann wegschicken, so wie sie es wünscht."

„Aber Trey, so kannst du das doch nicht machen, du musst doch wenigstens mit ihr reden."

„Nein, wenn eine Frau lieber in den Tod geht als bei einem Mann zu bleiben, dann sollte dieser Mann sie auch nicht versuchen fest zu halten. Ich habe alles versucht um sie zu halten. Ich habe ihr sogar Geständnisse gemacht." „Was für Geständnisse?" fragte er sehr neugierig.

„Das geht dich gar nichts an, sie ist mir egal, soll sie doch machen was sie will und dann kann ich auch endlich wieder mein altes Leben führen."

Hawk stellte sich vor seinem Freund auf, legte seine Hände auf dessen Schultern und schaute ihm tief in die Augen.

„Chantal ist wunderbar, du solltest wissen, dass man so ein Mädchen wie sie nicht alle Tage findet."

Wütend schlug Trey die Hände von seinen Schultern und drehte sich weg.

„Nein, sie liebt mich nicht, nun lass mich allein, rede nicht mehr mit mir darüber. Ich will nichts hören von ihrer Liebe die nicht existiert, außerdem ist sie nicht die einzige Frau." Mit diesen Worten verließ er die Veranda und ließ Hawk ratlos alleine.

Chantal war völlig erschöpft und hatte Maria freundlich weggeschickt. Obwohl die sich unheimlich um sie sorgte und nicht eher gehen wollte, bevor Chantal schlafen ging. Aber Chantal konnte im Moment keine Gesellschaft ertragen. Sie wollte unbedingt alleine sein, um ihre Gedanken zu ordnen.

Die letzten Ereignisse waren sehr widersprüchlich und sie hatte noch immer nicht alles verdaut.

Trey war ein echtes Monster, erst verführte er sie, dann wollte er sie wieder loswerden und nach Hause schicken. Aber Chantal dachte sich, dass sie es nicht anders verdient hatte. Schließlich hatte sie sich einem fremden Mann völlig willenlos hingegeben und es auch noch genossen. Ein sanftes Lächeln umspielte ihren Mund, als sie sich an die zärtlichen Minuten mit ihm erinnerte. Er war ja so zärtlich, noch nie war sie mit einem Mann zusammen gewesen. Doch dann erinnerte sie sich daran, dass sie schwanger war und ihr Gesicht versteinerte sich schlagartig.

Was sollte sie nur tun? Was sollte sie Trey nur sagen? Sollte sie es ihm überhaupt sagen?

Er wollte doch sowieso nichts von ihr wissen und dass würde alles nur noch komplizierter machen.

Irgendwie fühlte sie ein leichtes Blubbern im Bauch und konnte sich kaum vorstellen, dass in ihrem Körper ein neues Leben heranwuchs.

Gedankenverloren streichelte sie sich über ihren Bauch und bemerkte bereits eine leichte Wölbung.

Irgendwie freute sie sich darüber, dass sie schwanger war, ein Lächeln huschte über ihr Gesicht. In England war ihr niemals in den Sinn gekommen, ein eigenes Kind haben zu wollen.

Aber wahrscheinlich lag es daran, dass sie nie den richtigen Mann getroffen hatte.

In der Grotte war ihr bewusstgeworden, dass sie Trey liebte. Und auch über ihre Schwangerschaft hatte sie sich einen Bruchteil von Sekunden gefreut, denn sie hatte die absurde Idee, dass er sie vielleicht wirklich heiraten könne. Aber das, was er sagte, war alles erstunken und erlogen. Er war ein gemeines Schwein, das ohne jegliche Art von Gefühlen die Menschen um sich herum anlog.

Chantal brach in Tränen aus, konnte die Situation, in der sie war, nicht begreifen. Zuerst war es ein kleines Wimmern, dann schüttelte sie ein regelrechter Krampf.

Sie schmiss sich wie ein kleines Kind auf das riesige Bett und ließ ihren Tränen freien Lauf. Sie legte sich auf die Seite und zog die Beine an, schaukelte hin und her. Es war zum Verzweifeln, es gab keinen Ausweg für sie, sie war eine gefallene Frau.

Ohne ein Klopfzeichen, ohne Vorwarnung, ging die Zimmertür auf und Trey trat herein.

Chantal erschrak, sie war nicht darauf gefasst, dass er auf einmal im Zimmer stehen würde.

Sie hörte abrupt auf zu weinen, wusch sich mit dem Ärmel ihres Kleides die letzten Tränen vom Gesicht.

„Was willst du hier?" fauchte sie ihn an.

„Entschuldige bitte, aber das ist mein Zimmer, falls du es vergessen haben solltest."

Mit diesem Satz drehte er sich um und ging zu einem Schrank, wühlte dort in einer Schublade herum. Er zog ein kleines gerahmtes Bild hervor, ging auf Chantal zu und hielt es ihr hin.

„Schau dir dieses Bild an," sagte er und sah sie dabei ernst an. Chantal fragte sich, was er nun wohl wieder vorhatte, wieso er nicht mit ihr über den gestrigen Abend reden wollte. Sie hielt ein Bild in den Händen, auf dem vermutlich ein Ehepaar zu sehen war. Denn so wie der Mann auf dem Foto seine Frau ansah, konnte er sie nur lieben.

Die Frau war bildschön, sie hatte ein vollkommenes Gesicht. Chantal blickte auf, sah Trey in die Augen, die Ähnlichkeit zwischen den beiden war nicht zu übersehen.

„Ja, es sind meine Eltern," sagte er ohne dass sie überhaupt fragen musste.

„Als ich noch sehr jung war, überfiel dein Onkel mit zwei weiteren Personen unser Haus."

Er stoppte kurz und holte tief Luft.

„Ich wurde Zeuge, wie er zuerst meinem Vater und dann meiner Mutter die Kehle durchschnitt."

Er wurde ganz blass, er schien die alten Bilder vor sich zu sehen.

„Ich war damals noch zu jung um Rache zu nehmen und bin einfach davongelaufen. Ich bin auf ein Schiff geflüchtet, denn er war auch hinter mir her, da ich alles gesehen hatte." Er hielt für einen Augenblick inne bevor er weitersprach. „Doch ich konnte mich retten und bin viele Jahre durch die Welt gereist. Ich habe viel gesehen und erlebt, doch ich habe niemals meinen Durst nach Rache verloren."

Er schien zwanzig Jahre zurückversetzt, ging zum Fenster, wo er hinaus auf die offene See starrte.

„Ich brauchte viel Geld um meine Pläne in die Tat umzusetzen, bin im Laufe der Zeit Pirat geworden. Ich habe immer und überall nach einer Spur zu deinem Onkel gesucht. Ich wusste ja nicht, wie er heißt und wo er herkommt. Doch mit viel Geduld, Geld und einem glücklichen Händchen habe ich ihn und auch dich ausfindig gemacht."

Langsam drehte er sich zu ihr herum, sein Gesicht sah aus wie aus Stein gemeißelt.

„Ich verlange von dir kein Mitgefühl und auch keine tröstenden Worte. Du kennst deinen Onkel nicht einmal, also mach mir auch nicht das Leben schwer, indem du meine Pläne zu durchkreuzen versuchst. Wir werden morgen aufbrechen um zu deinem Onkel zu reisen."

Chantal erschrak und setzte sich gerade hin.

„Schon morgen?"

Trey sah sie unbeeindruckt an.

„Ja, morgen und ich erwarte von dir, dass du meine Ehefrau spielst und nichts tust um mich zu stören. Wenn du deine Arbeit getan hast, schicke ich dich so schnell wie möglich unversehrt nach Hause.

Tust du es nicht, dann wirst du es bereuen, jemals geboren worden zu sein."

Böse drehte er sich herum, verließ den Raum, wobei er die Tür mit einem lauten Rums zu schmiss.

Chantal war sprachlos, saß auf dem Bett und starrte die soeben zugeschlagene Tür an.

Dann nahm sie das Kopfkissen vom Bett und schleuderte es gegen die Tür.

„Oh du Scheusal, das kann doch wohl nicht dein Ernst sein," sagte sie zu sich selbst.

„Warte ab du Hund, wenn du ehrlich glaubst, dass ich dir auch nur eine Träne nachweinen werde, dann hast du dich fürchterlich geirrt. Ich werde deinen unmenschlichen Plan mitspielen, dann werde ich hier verschwinden und du wirst niemals von deinem Kind erfahren, du Bastard!"

Wohlwissend dass sie den letzten Trumpf in der Hand hielt, stand sie auf und stellte sich kerzengerade vor ihr Bett. Die Tatsache, dass er sie nicht wollte, tat ihr sehr weh, aber diese Gefühle wollte sie nicht zulassen. Sie wollte ihn einfach nicht lieben, weil sie genau wusste, dass diese Liebe keine Zukunft hatte. Sie wollte jetzt nur noch hier weg, ihr Kind in London austragen, wo sie es dann alleine großziehen und lieben würde.

Egal was alle andern davon halten würden, ihr war es auch egal, dass sie dann eine gefallene Frau sein würde. Die Leute sollten sich doch das Maul über sie zerreißen und reden bis sie umfallen würden.

Sie hatte früher nicht viele Freunde und so sollte es auch bleiben. Die einzigen Freunde, die sie hatte, würden auch weiterhin zu ihr halten.

Ach wie sehr vermisste sie Emma, die sie damals behütet hatte wie ihr eigenes Kind. Auch Jannice war eine sehr gute Freundin von ihr, beide würden sie nicht im Stich lassen. Chantal war sich sicher, dass sie von der beiden genügenden Unterstützung bekommen wird und niemals alleine sein würde. Obwohl sie eigentlich unglücklich war, freute sie sich nun, dass sie bald wieder zu Hause sein würde.

„Also Trey, dann werde ich dir jetzt zeigen, dass auch ich hart sein kann und wir werden ja sehen, wer am Ende gewinnt."

Nach einiger Zeit beruhigte sie sich und fing an, ihren Koffer für die Reise zu packen.

Sie ließ sich sehr viel Zeit dabei, denn sie war unentwegt in Gedanken versunken.

Alles kam ihr so vor wie in einem Traum, sie würde gleich aufwachen und zu Hause sein.

Von dem vielen Grübeln bekam sie Kopfschmerzen und ihr wurde auch schon wieder übel. Das alles war viel zu viel für ihre Nerven.

Da ihre Koffer halbwegs gepackt waren, legte sie sich für einen Augenblick ins Bett, um etwas die Augen schließen zu können. Doch sie war so unendlich erschöpft von dem ganzen Krach und den Strapazen, dass sie sehr tief einschlief.

Trey versuchte sich hingegen abzulenken, verbrachte den ganzen Tag damit, alle Vorbereitungen für Ihre Abreise zu organisieren.

Die Kutsche musste vorbereitet werden, damit am nächsten Morgen nur noch das Gepäck verladen werden musste. Maria packte eine große Truhe mit Lebensmitteln, da sie einige Tage unterwegs sein würden. Auch an Geschenke für Chantals Familie hatte sie gedacht, sie wusste ja nicht, dass es im Grunde genommen Feinde waren.

Er war die ganze Zeit unterwegs. Da er selbst keine einzige Mahlzeit zu sich genommen hatte, bemerkte er auch nicht, dass Chantal den ganzen Tag nicht zu sehen war. Als er am späten Abend nach Hause kam, ging er direkt in die Küche, um sich von Maria ein Mahl zubereiten zu lassen. Er hielt sich sehr gerne bei Maria in der Küche auf, hier war es urgemütlich, er fühlte sich bei ihr wie ein Sohn.

Wenn sie kochte, erzählte er ihr immer seine ganzen Pläne und Sorgen.

Maria hatte sich gar nicht gewundert, dass Trey noch so spät in die Küche kam. Im Gegenteil sie hatte mit ihm gerechnet. Das tat er immer, wenn er den ganzen Tag unterwegs gewesen war und viel um die Ohren gehabt hatte.

„Na mein Junge, ich habe schon auf dich gewartet," sagte sie und holte dabei einen Gemüsekuchen aus dem Backofen, den sie für ihn warmgehalten hatte.

Trey setzte sich an den großen Küchentisch, an dem ohne Probleme vierzehn Menschen Platz nehmen konnten. Maria breitete ein weißes Leinentuch vor ihm aus und legte ihm Teller und Besteck zurecht. Dann gab sie ihm ein Stück von dem Gemüsekuchen, weißen Wein und ein Stück frisch gebackenes Weißbrot.

„Du bist die beste Frau auf dieser Erdkugel," sagte er und fing sofort an zu essen.

Maria lachte und setzte sich zu ihm an den Tisch.

„Trey?"

„Mampf?"

„Du sollst nicht mit vollem Mund sprechen."

„Pfuldigung."

„Du bist wie mein eigener Sohn, ich freue mich sehr, dass du endlich geheiratet hast."

Er aß einfach weiter und schaute sie gar nicht erst an, denn er konnte sich genau vorstellen was jetzt kam.

„Ich weiß gar nicht, wo ich anfangen soll, denn ich bin doch sehr überrascht über dein Verhalten."

„Wie meinst du das denn schon wieder?" fragte er seelenruhig und kaute vergnügt auf seinem Gemüsekuchen herum. „Na, so kenne ich dich ja gar nicht, so geht das nicht. So wie du mit ihr umgehst, so behandelt man keine Dame und erst recht nicht seine junge Ehefrau."

Maria schaute besorgt aus der Wäsche und wollte eigentlich nur hören, warum die beiden sich aus dem Weg gingen.

„Wieso, was mache ich denn schon mit ihr?"

„Du weißt doch ganz genau was ich meine. Ihr geht euch aus den Weg, sprecht kaum mit einander und seht beide traurig aus."

Trey schaute nun von seinem Essen hoch und rollte mit den Augen.

„Es ist alles in Ordnung, mach dir bitte keine Sorgen." „Weißt du eigentlich, dass sie sich schon den ganzen Tag hier nicht hat blicken lassen?"

Trey sprang sofort auf und wollte zu seinem Zimmer, doch Maria hielt ihn am Arm fest.

„Sie ist nicht weggelaufen, sie schläft schon den ganzen Tag. Ist doch kein Wunder bei den Strapazen, die sie auf sich nehmen musste."

Er setzte sich wieder und schaute sie böse an.

„Sie musste Strapazen auf sich nehmen? Wer zum Teufel ist denn mitten in der Nacht abgehauen? Ich oder sie? Das ist ja mal wieder typisch, ihr Frauen haltet immer zusammen, egal ob ihr Fehler macht oder nicht."

„Dann überlege dir mal bitte, warum sie abgehauen ist."

„Ich habe mich nur mit der Frau meines besten Freundes unterhalten."

„Sie wusste aber nicht, dass sie die Frau von Hawk ist." „Na und, dann hätte sie ja vielleicht mal abwarten können, bis ich sie einander vorstelle."

„Du warst aber schon vorher ein Ekelpaket zu ihr, hast sie mit deinem Egoismus total fertiggemacht."

„Wie bitte? Ich habe doch gar nichts gemacht!" schaute er sie völlig ratlos an.

„Na eben, das ist ja was ich meine, du tust ja gar nichts für sie. Denkst du ehrlich, dass mir nicht aufgefallen ist, dass du ihr aus dem Weg gehst? Sag mir doch einfach, was hier gespielt wird und dann kann ich euch beiden vielleicht helfen."

„Ach, du verguckst dich da, sie hat nur Heimweh und das ist alles. Bei uns ist alles in Ordnung, das ich heute den ganzen Tag nicht hier war, hat nur etwas damit zu tun, dass ich alles für die Reise morgen vorbereiten muss. Und wenn wir bei ihrem Onkel waren, reisen wir danach auch direkt wieder nach England."

„Was? Ihr seid doch gerade erst angekommen! Wieso denn nach England, ich habe gedacht, ihr bleibt jetzt hier wenigstens bis Chantal das...."

Sie verstummte augenblicklich, denn sie hätte beinahe Chantals Schwangerschaft preisgegeben. Doch das wollte sie nicht, denn sie hatte ihr versprochen, es ihm nicht zu erzählen, weil sie das selber tun würde. Doch warum hatte sie es nicht schon lange erzählt? Chantal musste doch wissen, dass sie in so einem Zustand nicht noch einmal die beschwerliche Reise bis nach England auf sich nehmen durfte.

„Was wolltest du gerade sagen?" fragte er gelangweilt. „Ach, es ist ja sowieso zwecklos mit dir zu diskutieren, du warst schon als kleiner Junge ein Dickkopf und das wirst du wohl auch immer bleiben."

Trey war inzwischen mit dem Essen fertig, war auch zu erschöpft, um jetzt noch irgendetwas zu diskutieren. Außerdem war es egal, denn sie liebte ihn nicht und er würde sie bald wieder zurückschicken.

Er stand auf und nahm Maria in den Arm.

„Weißt du was? Mach dir doch einfach keine Sorgen, ich bin glücklich und werde es auch immer sein. Und um Chantal werde ich mich schon kümmern."

Traurig schaute Maria ihn direkt in die Augen, spürte dabei ganz genau, dass irgendetwas nicht stimmte. So verhielten sich frisch gebackene Verheiratete nicht.

„Du machst mir ehrlich gesagt Sorgen. Ich kann dir nur sagen, dass Chantal etwas Besonderes ist, wenn du sie verlieren solltest dann war es dein kostbarster Besitz, das kann ich dir sagen."

Trey bemerkte die Tränen in Marias Augen und verstand nicht, warum sie nur so an Chantal hing.

„Ich werde jetzt nach oben gehen und mich um meine Frau kümmern. Damit du dir auch keine Sorgen machen musst und ich verspreche dir, dass ich sie sehr gut behandeln werde."

Mit diesen Worten verließ er die Küche, ging in die große Empfangshalle, von der die große Treppe nach oben führte. Zu der Frau, die oben in seinem Zimmer schlief, die er mehr als alles auf dieser Erde liebte.

Wehmütig stapfte er die Stufen hinauf mit dem schmerzenden Gedanken, dass sie ihn hasste.

Vorsichtig öffnete er die Schlafzimmertür um sie nicht zu wecken.

Leise schlich er an ihr Bett heran und beobachtete sie. Sie schlief tief und fest, nur der Schein des Kaminfeuers erhellte ihr wunderschönes Gesicht. Die weiße Bettwäsche schmeichelte ihrem Teint, ließ sie wie auf Wolken schweben. Traurig atmete er tief ein und wieder aus, denn er dachte, er würde sie niemals für sich gewinnen können. Zuviel hatte er ihr angetan, als das sie ihm jemals verzeihen würde. Er bereute es, wollte alles wieder gut machen, sie so schnell wie möglich zurück in ihr geliebtes London bringen. Das war es, was sie sich anscheinend mehr als alles wünschte. Als er kurz über ihr Kleid schaute, bemerkte er, dass sie noch genauso angezogen war wie heute Morgen und fragte sich wie man nur so lange schlafen konnte. Er machte sich Gedanken um ihre Gesundheit, versuchte sie so langsam wie möglich auszuziehen.

Sie schlief so tief, das sie nicht erwachte. Dann zog auch er seine Kleidung aus und legte sich ganz vorsichtig hinter sie. Er genoss den Augenblick der Zweisamkeit, nahm sie liebevoll in den Arm.

Völlig ruhig, vergaß er die Strapazen der letzten Wochen. Lauschte einfach nur ihrem ruhigen Atem, schloss seine Augen und schlief friedlich ein.

Langsam öffnete sie ihre Augen, sie war sehr wohl wach geworden. Doch sie ließ sich nichts anmerken, sie wollte einer Konfrontation mit ihm aus dem Wege gehen. Ein sanftes Lächeln umspielte ihre rosigen Lippen und Tränen flossen über ihre Wangen.

„Ich liebe dich," dachte sie, schloss ihre Augen wieder und schlief in seinen starken Armen wieder ein.

In dieser Nacht waren sie beide zufrieden, schliefen tief und fest. Sie lag immer noch in seinem Arm, als die Sonne bereits aufgegangen war.

Chantal war zuerst wach, wusste nicht so recht, ob sie sich nun bewegen sollte oder nicht.

Als sie versuchte, sich ganz leise davon zu stehlen, packte Trey sie im Schlaf und hielt sie fest.

„Trey?"

Dann klopfte sie ihm vorsichtig auf die Schulter.

„Trey, bitte lass mich, ich muss dringend aufstehen."

Aus seinem Traum gerissen schaute er sie mit schwachen Augen an.

„Wo willst du denn so früh schon hin?" „Ich muss zur Toilette," log sie.

„Chantal, ich möchte mich mit dir nicht mehr streiten. Bitte lass uns wenigstens Frieden schließen."

Sie nickte nur, obwohl ihr ganz andere Dinge auf der Zunge lagen. Sie wollte ihm ihre Liebe gestehen, ihm sagen das sie schwanger war, dass sie seine Frau werden wollte. Aber ihr Stolz, die Angst abgewiesen zu werden, hinderten sie daran.

Trey ließ sie überraschenderweise los. Sie quälte sich aus dem Bett, obwohl sie am liebsten den ganzen Tag bei ihm gelegen hätte. Auf der Toilette im Nebenzimmer versuchte sie sich so leise wie nur möglich zu übergeben und wusch sich danach Gesicht und Zähne. Als sie zurück ins Zimmer kam, war er auch aufgestanden.

Ohne irgendetwas zu sagen kleideten sie sich an. Packten noch die letzten Dinge, die sie für ihre letzte Reise mitnehmen wollten.

Als seine Piraten alle Gepäckstücke verladen hatten, ging es auch schon los.

Maria stand vor dem großen Haupteingang des Hauses und verabschiedete sich von ihren Lieben. Sie konnte einige Tränen kaum unterdrücken, denn sie vermisste Trey schon jetzt. Sie beschwerte sich, dass sie schon wieder viel zu früh aufbrachen.

Doch insgesamt war die Atmosphäre sehr schön, denn sehr viele Menschen waren gekommen, um sich von ihnen zu verabschieden. Alle Bediensteten des Hauses, die Stallburschen sowie der Gärtner.

Chantal schaute aus der langsam anfahrenden Kutsche heraus. Erinnerte sich wehmütig an den Tag, an dem sie von London abgereist war, sich niemand von ihr verabschiedet hatte, außer Jannice. Irgendwie musste Trey ja doch ein guter Mensch sein, denn sonst würden die Menschen hier ihn nicht so verehren.

Wie auch immer, sie saß ganz alleine in der Kutsche, Tom saß vorne und zügelte die Pferde.

Trey und auch Hawk, der sie begleitete, ritten voraus und machten keine Anstalten, sich Chantal etwas zu nähern, um ihr ein wenig Gesellschaft zu leisten.

Irgendwie war es ihr peinlich, dass Hawk mit ihm ritt, denn Trey hatte ihm bestimmt erzählt, wieso sie mal wieder abgehauen war. Das mit seiner Frau fand er bestimmt höchst amüsant.

Aber das war ihr jetzt auch egal, denn sie würde hier sowieso bald verschwinden und dann müsste sie niemanden mehr wiedersehen.

Sie machte es sich so gut es ging in der Kutsche gemütlich, schaute sich gelegentlich die Landschaft an.

Gegen Abend hielten sie endlich an, um ein Lager aufzuschlagen. Sie waren irgendwo inmitten der Wildnis, von Zivilisation war hier keine Spur.

Chantal hatte gedacht, dass sie nachts in einem Hotel übernachten würden, doch wie sich herausstellte, hatte sie sich da gründlich geirrt.

Sie stieg aus der Kutsche und freute sich, endlich wieder einen Fuß auf die Erde setzen zu dürfen. Ihr tat der Rücken weh, sie hätte sich am liebsten in ein weiches Bett gelegt. Stundenlang in dieser harten, unbequemen Kutsche durchgerüttelt zu werden war bestimmt nicht gut für sie und ihr Kind. Sie hätte sich eigentlich viel mehr schonen müssen, sie hatte ihrem Baby schon viel zu viel zugemutet. Inständig betete sie, dass es ihrem Baby gut gehen würde. Der Himmel war bereits abendrot, sie atmete die frische Luft tief ein. Sie sah, dass die beiden dabei waren das Lager aufzuschlagen, fragte sich, was sie nun tun sollte.

Doch da kam auch schon Hawk auf sie zu.

„Na, hast du die Fahrt gut überstanden? Wir haben uns gedacht, dass wir jetzt schon unser Lager aufschlagen, da du bestimmt müde bist."

Es war ihr ein wenig unangenehm mit ihm zu sprechen, aber sie versuchte sich zusammen zu reißen.

„Müde? Ach wegen mir hättet ihr doch nicht jetzt schon euer Lager aufschlagen müssen."

Hawk lächelte sie freundlich an und damit sie sich nicht wie ein Baby behandelt fühlte, fügte er noch hinzu:

„Na ja, wir sind natürlich auch sehr erschöpft, es war ein langer Tag, morgen geht es mit dem Sonnenaufgang weiter."

„Wieso denn diese Eile? Ist es eigentlich noch sehr weit? Wo fahren wir eigentlich hin?"

„Nein, es ist überhaupt nicht sehr weit, wir werden wohl in drei Tagen da sein. Es geht in den Norden, dein Onkel lebt auf einer riesigen Plantage, so wie alle hier."

„Aber, wenn es nicht so weit von Treys Anwesen entfernt ist, warum hat er meinen Onkel dann nicht schon früher aufgesucht? Ich meine, er hätte sich doch nicht solche Mühen machen müssen, nur um heraus zu bekommen, ob er der Mann ist, den er sucht."

Hawk schaute sie bedenklich an.

„Ich glaube, dass dein Onkel niemals vor die Haustür geht, niemand hat ihn in den letzten Jahren gesehen. Keiner weiß warum, aber nach irgendeinem tragischen Unfall hat er sich nie wieder blicken lassen. Also muss Trey in sein Haus, um ihn sehen zu können. Dein Onkel jedoch empfängt keinen Besuch, Trey hat keine Chance, ihn irgendwie zu Gesicht zu bekommen."

Chantal schaute ihn ungläubig an.

„Ach, wieso hält ihn das denn davon ab?"

„Wie meinst du das?"

„Na, damals hat er doch auch bekommen was er wollte und das mit grober Gewalt."

Hawk lachte ein wenig in sich hinein, denn er hatte von Trey genauestens mitgeteilt bekommen, was Chantal so auf dem Schiff getrieben hatte.

„Irgendwie glaube ich, dass du einen absolut falschen Eindruck von meinem Freund gewonnen hast. Eigentlich ist er überhaupt nicht brutal, er tötet auch nicht willkürlich oder zerstört etwas..."

„Ach ja? Dann hättest du deinen besten Freund mal auf dem Schiff erleben müssen. Sie haben uns überfallen, das Schiff in Brand gesteckt und die Menschen umgebracht."

„Aber das war doch gar keine Absicht, auf eurem Schiff ist eine Kanonenkugel explodiert, darum hat es bei euch gebrannt. Und bevor der Kampf losging, hatte Trey dem Kapitän auf deinem Schiff eine faire Chance gegeben sich zu ergeben."

„Ach, fair nennst du das also? Willkürlich Menschen zu überfallen und dann erwarten, dass sie sich ergeben. Du bist nicht viel besser als Trey, ihr beide passt ja wirklich gut zusammen."

„Nun mal langsam, du brauchst mich nicht zu beleidigen. Er hatte niemals vor, jemanden auf deinem Schiff zu töten, die Situation ist einfach eskaliert."

Chantal wusste, nicht was sie denken sollte, irgendwie fühlte sie sich schuldig, sie hat immerhin zwei Menschen getötet. Doch andererseits war es ja schließlich Notwehr. Und wer weiß, so wie die Menschen Trey behandelten, musste er einfach ein guter Mensch sein. Vielleicht hatte Hawk ja Recht und wir alle waren an diesem furchtbaren Tag mit Schuld.

„Vielleicht hast du Recht, jetzt ist es sowieso egal, denn man kann den Tag nicht mehr ungeschehen machen."

„Ja, ihr beide solltet versuchen miteinander auszukommen, ich bin mir sicher, dass Trey dir nichts zu leide tun wird, er ist ein Mann, der immer sein Wort hält."

Trey trat mit einem Kessel in der Hand zwischen die beiden.

„Entschuldigt bitte, wenn ich euch unterbreche, aber wir sollten das Lager aufgeschlagen haben, bevor es dunkel wird." Er drehte sich zu Chantal und zeigte mit dem Kessel in der Hand in eine Richtung.

„Dort drüben ist ein kleiner Fluss, würdest du bitte Wasser holen, damit wir uns gleich einen Kaffee kochen können? In der Zeit machen wir hier den Rest und schüren schon einmal das Feuer."

Ohne Widerworte nahm sie den Kessel in die Hand, schaute ihm dabei so verzweifelt in die Augen, dass auch er nichts mehr sagen konnte.

Drehte sich auf dem Absatz um und ging in die Richtung, in die Trey gezeigt hatte.

Die beiden Männer schauten ihr hinterher.

„Sie ist eine wundervolle Frau," bemerkte Hawk, ohne seinen Freund dabei anzuschauen.

„Ja, das ist sie, aber sie hasst mich und daran lässt sich wohl auch nichts mehr ändern."

„Das glaube ich nicht, sie scheint mir einfach nur ziemlich durcheinander. Versetz dich doch mal in ihre Lage! Sie hat niemanden, denn sie vertrauen kann und du willst jetzt wohlmöglich auch noch ihren einzigen Verwandten umlegen."

„Aber du weißt doch ganz genau, warum ich diesen Dreckskerl suche. Vielleicht ist er es ja auch gar nicht und ich werde ihm kein Haar krümmen."

„Ja und dann? Hast du schon einmal darüber nachgedacht, dass du dann den liebevollen Ehemann spielen musst, dass sie dich und deine junge Frau auch nicht so schnell wieder weglassen? Und wenn sie sich alle ganz gut verstehen und Chantal der Liebling der Familie wird? Was soll sie denn dann erzählen? Dass du sie verlassen hast oder vielleicht, dass du gestorben bist? Ihr Ruf ist dann hinüber, kein anständiger Mann wird sie je heiraten wollen."

Hawks Worte trafen ihn wie ein Schlag ins Gesicht und er wusste, dass er Recht hatte.

„Ja, aber ich will ja auch gar nicht, dass irgendjemand sie heiratet."

Hawk schaute seinen Freund mit großen Augen an.

„Bist du völlig verrückt geworden?"

„Was soll ich denn jetzt machen? Es ist ja sowieso zu spät um ihre Ehre zu retten und ich konnte ja auch nicht ahnen, dass ich mich in sie..."

„In sie was? ...Verliebe?"

„Nein, das ist es nicht." Hawk unterbrach seinen Freund barsch.

„Hör auf, mir irgendwelche Märchen zu erzählen, ich sehe doch was los ist. Wenn ich eines weiß, dann ist es, dass du dich noch nie, wie ein Volltrottel benommen hast. Natürlich bist du verliebt, denkst du etwa, dass dir so etwas niemals passieren würde, nur, weil du eine grausame Jugend hattest?"

Hawk hatte Recht, trotzdem wollte er all dies einfach nicht hören.

„Ach lass mich in Ruhe, ich kann meine Probleme selber lösen. Außerdem geht dich das gar nichts an."

Mit diesen Worten drehte er sich zur Feuerstelle, um es richtig in Gang zu bringen.

„Also ist unsere Unterhaltung hiermit wohl beendet," sagte Hawk zu sich selbst und ging zu den Pferden, um die Satteltaschen zu leeren.

Chantal saß am Ufer und schaute sich den Sonnenuntergang an. Sie schwebte in Erinnerungen und fragte sich, was Jannice wohl machen würde. Oft hatten sie vor ihrem Haus auf der Bank gesessen und sich den Sonnenuntergang angeschaut.
Der ganze Himmel war rot und orange, die warmen Sonnenstrahlen spiegelten sich im Fluss wieder. Es war noch immer sehr warm, Chantal war versucht in dem Fluss baden zu gehen, doch die Angst nackt entdeckt zu werden, war doch zu groß. In Gedanken verloren hörte sie plötzlich eine leise Stimme.
„Chantal?"
Sie drehte sich herum und sah Trey hinter sich stehen. Sie fragte sich, wie lange er wohl schon hinter ihr war, sie hatte ihn überhaupt nicht gehört.
„Darf ich mich zu dir setzen?"
Chantal war zwar ein bisschen verblüfft, nickte aber dennoch. Trey setzte sich zu ihr, mit genügend Abstand, um ihr auch auf keinen Fall zu nahe zu kommen.
Er schaute zur Sonne und betrachtete, was Chantal zuvor gesehen hatte. Auch sie schaute wieder zur Sonne und sagte nichts. Zu zweit genossen sie das Abendrot, bis Trey schließlich das Schweigen brach.
„Ich wollte mich bei dir entschuldigen."
Verwundert schaute sie Trey an und fragte sich, was er jetzt wohl wieder von ihr wollte.

„Es tut mir leid, dass alles so gelaufen ist. Ich kannte dich nicht und du warst mir auch ehrlich gesagt zuerst egal." Sie hob verwundert ihre Augenbrauen und schaute ihn provozierend an.

„Aber dann habe ich dich kennen gelernt, ich weiß, dass du eine bemerkenswerte Frau bist. Ich habe dich schlecht behandelt, weil ich eine ungeheure Wut in mir trage und das schon seit vielen Jahren. Ich bin so von Hass erfüllt, dass ich nichts mehr gesehen habe außer meinem Rachedurst." Chantal konnte einfach nichts sagen, sie fühlte sich selber schlecht, sie hatte ja schließlich genug zu dem ganzen durcheinander beigetragen.

„Ich weiß, dass ich mein Verhalten gar nicht entschuldigen kann, aber ich möchte dich trotzdem darum bitten." Sie wusste, dass sie nun etwas erwidern musste, ihr lag so viel auf dem Herzen, dass sie es kaum noch aushielt.

„Ich wundere mich etwas über deinen Sinneswandel." „Wenn ich dich in einer normalen Situation kennen gelernt hätte, dann wäre es bestimmt nicht so weit gekommen."

„Wie meinst du das?"

Er schaute etwas verlegen auf den Fluss, denn das, was er meinte, wollte er eigentlich nicht aussprechen, um ihr Unbehagen zu ersparen.

„Na ja, ich meine mit uns beiden."

Eigentlich rechnete er jetzt damit, dass sie wieder anfing ihn zu beschimpfen und fluchend davonlief.

Doch sie tat nichts dergleichen und schaute ebenfalls beschämt zum Horizont.

„Du musst dich nicht dafür entschuldigen, dass wir beide miteinander geschlafen haben. Schließlich habe ich mich ja nicht dagegen gewehrt, im Gegenteil."

Trey sah sie an, sie spürte das auch, hatte aber nicht den Mut, ihm ins Gesicht zu schauen.

„Ich weiß, dass du eine anständige Frau bist, dass du vor mir noch nie etwas mit einem Mann gehabt hast," versuchte er ihr Gewissen zu beruhigen.

Sie schwieg einen kurzen Augenblick und nahm ihren ganzen Mut zusammen.

„Ich danke dir für deine freundlichen Worte und möchte dir versichern, dass du dir keine Gedanken mehr machen brauchst. Ich habe viele Fehler gemacht, ich hätte dich nicht so provozieren und ständig weglaufen sollen."

Dann hielt sie für einen Augenblick inne und war versucht, ihm die Wahrheit zu sagen.

„Ich würde es gerne ändern, weil ich nicht mit dir verheiratet bin, aber das geht leider nicht. Es war sehr schön mit dir zusammen und ich bereue nichts."

Dabei wurde sie puterrot und schaute verlegen auf den Boden.

„Ich könnte dir jetzt was vormachen und dir sagen, dass ich nichts dafürkonnte. Das du alleine dafür verantwortlich bist, dass ich mit dir geschlafen habe. Doch wie dir sicherlich nicht entgangen ist, habe ich es sehr genossen und kann dir sowieso nichts vormachen. Ich würde mich höchstens lächerlich machen."

Trey machte diese Aussage sehr glücklich, am liebsten hätte er sie tröstend in die Arme genommen.

„Bitte schau mich an Chantal," bat er sie und nahm vorsichtig ihre Hand in die seine.

Selbstbewusst schaute sie ihm in die Augen, hatte keine Angst mehr, sich irgendeine Blöße zu geben.

„Bitte verzeih mir und lass uns endgültigen Frieden schließen."

Sie nickte ihm zu, machte sich einfach keine Hoffnung mehr. Jetzt war es endgültig, akzeptierte einfach was geschehen war und verstand, dass es nichts für ihn bedeutete.

„Ja, ich bin einverstanden," sagte sie
ziemlich niedergeschlagen.

„Und ich möchte mich auch für alles entschuldigen, was ich dir angetan habe."

„Du hast mir doch nichts angetan."

„Doch, ich habe genug angestellt, um zu wissen, dass wir beide nun quitt sind."

Sie stand ruckartig auf, sie hatte Angst in Tränen auszubrechen und wollte nun nicht mehr darüber sprechen.

Auch er stand auf, ohne ein weiteres Wort zu sagen bewegte sie sich mit dem Kessel voller Wasser zum Lager zurück. Hawk hockte neben dem Feuer und war damit beschäftigt, einen Hasen zu häuten, den er wohl gerade erst gefangen hatte.

„Na, da seid ihr ja endlich! Wenn das noch länger mit euch gedauert hätte, dann wären mir bestimmt noch weiße Haare gewachsen."

Er versuchte die Situation ein wenig aufzuheitern, denn er konnte sich ganz gut vorstellen, wie den beiden zumute war. Doch leider lachte keiner, beide setzten sich stattdessen neben das Feuer und schwiegen.

Trey stellte den Kessel auf einen Stein, der im Feuer lag, und machte sich daran, eine Dose mit Bohnen zu öffnen. Hawk fühlte sich unwohl in dieser bedrückenden Atmosphäre und räusperte sich ein wenig.

Keiner der drei am Lagerfeuer Sitzenden hatte irgendetwas zu sagen.

Sie aßen die Bohnen, den gegrillten Hasen und tranken danach den Kaffee.

Chantal war die erste, die Anstalten machte sich schlafen zu legen.

„Wo soll ich mich denn schlafen legen?", zerbrach sie das eiserne Schweigen.

Trey schaute sie melancholisch an und stand ebenfalls auf.

„Wir haben ein kleines Zelt für dich aufgebaut," dabei zeigte er in eine Richtung und ließ sie dabei nicht aus den Augen.

„Hawk und ich werden hier draußen am Lagerfeuer schlafen und auf dich aufpassen."

Sie lächelte ihn an und fragte mit naiver Stimme.

„Wieso hast du etwa Angst, dass ich wieder davonlaufe? Und du mich dann aus irgendeiner Situation retten musst?"

„Ja, nein, ach was weiß ich? Wir haben Frieden geschlossen und ich hoffe, dass du deshalb auch nicht mehr wegläufst. Aber wir halten hier nicht Wache wegen dir, sondern weil wir in rauen Zeiten leben und es immer noch umherirrende Indianer gibt die wegen ein paar Dollar oder Gewehre Menschen töten."

„Das ist doch nicht dein Ernst? Willst du mir etwa Angst machen, damit ich mich heute Nacht nicht mehr nach draußen traue?"

„Nein, das ist mein Ernst und du solltest dich wirklich in Acht nehmen."

„Ich glaube dir kein Wort," sie drehte sich prompt um und ging zu ihrem Zelt.

„Ganz schön mutig die Kleine," sagte Hawk und sah seinen Freund belustigt an.

Trey ging zum Feuer zurück und setzte sich im Schneidersitz neben seinen Freund.

Sie erörterten wie sie im Hause Evants vorgehen wollten, was danach mit deren Familie und auch Chantal passieren sollte. Die Diskussion dauerte die halbe Nacht, sie sprachen nicht ein einziges Mal über die Beziehung zwischen Trey und Chantal.

Die Fahrt dauerte noch zwei weitere Tage und Nächte, die genau so langweilig und ohne Zwischenfälle verliefen wie der erste.
Am Tag ließ Trey sie soweit es ging in Ruhe, in den Pausen sowie an den Abenden hatte er sich höflich und distanziert verhalten.
Chantal hätte sehr zufrieden sein können, doch sein Desinteresse an ihr reizte sie von Stunde zu Stunde mehr. Ihr war nun klar, dass er sie nicht wollte, dass alles, was passierte, für ihn nichts weiter bedeutete. Es frustrierte sie und sie fühlte sich benutzt. Ärgerlich über ihre eigene Dummheit, sich einem Mann hin zu geben und von ihm auch noch ein Kind zu erwarten. Sie nahm sich fest vor, sich nichts anmerken zu lassen und bald nach London abzureisen um ihr eigenes Leben zu führen.
Als sie am dritten Tag morgens aufgestanden waren und gefrühstückt hatten, war Chantal gerade damit beschäftigt das Geschirr zusammen zu packen, als er zu ihr trat. „Chantal, darf ich dich kurz stören? Ich möchte mit dir einige
Dinge besprechen."

Chantal drehte sich um und schaute ihn trotzig an, denn sie konnte die Wut die sie in den letzten Tagen aufgebaut hatte, kaum noch verbergen.

„Was willst du?" fuhr sie ihn barsch an.

Etwas verwirrt über ihre Feindseligkeit versuchte er dennoch, gute Miene zum bösen Spiel zu machen.

„Wir werden heute Mittag bei deinem Onkel ankommen." Sofort spürte sie Angst in sich aufkeimen, war nun nur noch auf das Wohl ihres Onkels bedacht.

„Schon so schnell? Ich meine, ich habe gedacht, es wäre weiter weg und ich hätte noch ein wenig Zeit, um mich mit dieser Situation anzufreunden."

„Nein Chantal, wir haben nicht mehr viel Zeit, darum möchte ich dich nun um etwas bitten." Verwundert schaute sie ihn an.

„So? Was soll ich denn tun? Ihn etwa umbringen?"

Trey bemerkte sehr wohl ihren Sarkasmus, wusste, dass er nun eine andere Richtung einschlagen musste, damit sie nicht gleich wieder aus der Haut fuhr.

„Jetzt hör mir mal zu, meine Eltern wurden ermordet und ich suche den Mörder schon mein halbes Leben. Sollte er es sein den ich suche, dann wird er teuer für seine Gräueltaten bezahlen und du wirst mich nicht daran hindern. Irre ich mich aber und dein Onkel sollte ein ganz anderer sein, dann hat er nichts zu befürchten. Wir werden einige Tage dort verbringen, dann werden wir plötzlich abreisen müssen, weil mich dringende geschäftliche Dinge erwarten."

„Ach, und dann, wenn ich wieder zu Hause bin, schreibst du ihm in meinem Namen, dass du leider verstorben bist und ich Witwe. Und wenn er es doch ist, dann metzelst du ihn nieder, machst seine Frau zur Witwe und ich habe dann auch keine Gelegenheit mehr, meinen Ruf als ehrbare Frau zu retten."

Trey wollte sich nicht mit ihr streiten, denn dafür war nun keine Zeit mehr, sie musste funktionieren oder alles war umsonst. Bedrohlich stellte er sich vor sie, seine Augen funkelten vor Wut.

„Du wirst dich wie meine Frau benehmen, ob es dir passt oder nicht. Und dann, wenn du deine Rolle perfekt gespielt hast, werde ich dich wieder wegschicken und dafür sorgen, dass dein Ruf nicht ruiniert ist. Solltest du dich allerdings nicht an unsere Abmachung halten, dann wirst du dafür dein

Leben lang bezahlen."

Chantal war außer sich vor Wut, doch sie erinnerte sich schlagartig an das Kind, das in ihr heranwuchs und versuchte sich zu beherrschen.

„Also gut du Tyrann, ich werde tun, was du von mir verlangst und danach möchte ich unverzüglich diesen Kontinent verlassen."

„Dein Willen soll geschehen," sagte er mit kalter Stimme und ging so schnell weg wie er gekommen war.

Chantal stand da und versuchte sich zu beruhigen. Es nutzte ja nichts, sie musste einfach hier weg. Trey durfte niemals erfahren, dass sie ein Kind von ihm erwartete, denn dann würde er es ihr bestimmt wegnehmen und sie alleine nach Hause schicken.
Den Bruchteil einer Sekunde hielt sie diese Idee für ihre einzige Rettung.
Doch dann spürte sie die Liebe, die sie bereits für ihr Kind empfand, wusste, dass sie es niemals und zu keinem Preis der Welt wieder hergeben würde. Auch wenn sie dafür in ihrem Land als gefallene Frau leben musste.
Sie machte sich daran, die letzten Dinge in die Kutsche zu packen. Ohne nur ein Wort zu sprechen, stieg sie ein und knallte die Tür zu. Sie wollte jetzt alleine sein, brauchte Zeit zum Nachdenken, bevor sie ihren angeblichen Onkel treffen würde.
Die Stunden vergingen und Chantal wurde immer nervöser. Sie fragte sich die ganze Zeit, was sie sagen sollte und wie sie sich benehmen wollte. Was Trey machen würde, wenn er ihn beim ersten Zusammentreffen als Mörder Identifizieren würde. Würde es direkt einen Kampf geben? Und wenn ja, für wem würde ihr Herz bangen.
Könnte sie es ertragen, wenn Trey dabei getötet werden würde, sie niemals die Chance gehabt hatte, ihm von seinem

Kind zu erzählen? Sollte sie ihm doch noch sagen, dass er Vater wurde?

Fragen über Fragen und Chantal wusste keine zu beantworten.

Überraschend kam Trey an die Kutschentür heran geritten und Chantal steckte neugierig ihren Kopf durch das Fenster.

„Wir sind gleich da, die Festung, die du da hinten siehst, gehört deinem Onkel." Mit diesen Worten zeigte er zur Küste.

Chantal war so fasziniert von dem Anblick, dass sie kein Wort sagte.

Das Gebäude ähnelte einer riesigen Burg, es hatte zwei Wachtürme und eine wenigstens fünfundzwanzig Meter hohe Mauer, die das Gebäude umschloss.

Vor der Mauer befand sich ein Wall, der auch einige Meter breit zu sein schien. Man konnte nur durch das große Tor hineingelangen, dass durch eine Zugbrücke gesichert war. Die Festung stand auf einer kleinen Anhöhe, so ziemlich am Rand einer Klippe. Dahinter musste es steil nach unten abgehen, denn man sah dahinter kein Land, sondern das offenen Meer. Chantal verstand nun, dass Trey keine andere Möglichkeit sah, in dieses Gebäude zu gelangen. Von vorne war es sehr stark befestigt, von der hinteren Seite konnte man es nicht einnehmen. Denn selbst wenn er mit seinem Schiff von der Meerseite her angegriffen hätte, wäre er wohl kaum die steilen Klippen hinaufgelangt.

Der Himmel war wolkenbehangen, die Sonne fand nur an wenigen Stellen Platz, um auf das Land zu scheinen. Möwen kreisten über der Festung und alles in allem wirkte das Gemäuer sehr trostlos und kalt.

Chantal wusste nicht, ob es an dem düsteren Wetter und dem grauen Gestein lag oder ob es ihr einfach nur so erschien, weil sie eine böse Vorahnung hatte.

Ein dicker Schauer lief ihr über den Rücken, sie erinnerte sich nur zu gut an den Überfall der Piraten. Sie konnte sich ganz genau vorstellen, wie Trey vorgehen würde, um das zu bekommen was er wollte. Sie hatte große Angst und wäre am liebsten davongelaufen, doch dafür war es nun wohl zu spät. Sie hätte sich niemals an diesem mörderischen Plan beteiligen dürfen. Sie fragte sich, wie sie nur damit leben sollte, falls ihr Onkel oder dessen Familie getötet wurden. Sie hatte schon so viel Blutvergießen mit ansehen müssen, an dem sie auch noch eine gewisse Mitschuld hatte. Trey war inzwischen wieder nach vorne zu Hawk geritten, der auf dem Kutschbock saß. Die beiden jungen Männer unterhielten sich in ruhigem Ton, was Chantals Angst noch mehr bekräftigte.

Mit einem tiefen Seufzer ließ sie sich einfach in ihrem Sitz zurückfallen und fasste sich mit beiden Händen ins Gesicht. Sie überlegte einen kurzen Augenblick und erkannte, dass sie keine andere Wahl mehr hatte als hier mitzuspielen, um das Leben ihres Kindes zu retten. Still saß sie nun in der Kutsche und wartete einfach darauf, dass sie anhielten und ihr jemand die Tür öffnete. Sie dachte sich, dass alles seinen Lauf nehmen würde und sie nichts ändern könnte. Nach einer kurzen Zeit war es dann auch schon so weit. Chantal spürte, wie die Kutsche irgendwo einbog, der Boden, über den sie fuhren, musste gepflastert gewesen sein, die Holzreifen polterten laut unter dem Fußboden. Dann hielten sie kurz, Chantal hörte, wie Trey womöglich einem Wachmann etwas zurief. Sie konnte die Worte nicht verstehen, nach einigen Sekunden hörte sie die schweren Ketten laufen, die das große Tor hinunter über den Burggraben fallen ließen. Sofort fuhr die Kutsche, in der sie saß, wieder an, sie traute sich nicht, die Gardine zur Seite zu schieben, um nach draußen zu sehen. Als sie schließlich stehen blieben, schlug ihr das Herz bis zum Hals, sie hätte sich am liebsten unter der Sitzbank im Wagen verkrochen. Von draußen erklangen viele Stimmen, sie blieb wie angewurzelt sitzen. Dann öffnete jemand völlig unangemeldet die Tür ihrer Kutsche mit einem lauten Rums und Trey stand vor ihrer Tür.

Chantal erschrak so fürchterlich, dass sie einen kleinen schrei nicht unterdrücken konnte. Trey stand da mit seinem freundlichsten Lächeln, das er nur hatte und streckte ihr seine Hand entgegen.

„Meine Liebe, möchtest du nicht aussteigen, um deine Verwandten zu begrüßen?" fragte er so honigsüß, dass niemand darauf kommen würde, dass sie ihm im Grunde genommen egal war.

„Oh mein Gott." dachte sie

„Jetzt muss ich hier tatsächlich allen etwas vorspielen."

Benommen nahm sie seine Hand und trat aus der Kutsche heraus.

Sie standen mitten in der Burg, umringt von Mauern. Sie hatten direkt vor dem Herrschaftshaus gehalten und Chantal musste ihren Kopf weit nach hinten kippen, um die Hausspitze erblicken zu können. Die Gewalt der Mauern und der Türme hätten sie beinahe erschlagen, so langsam drehte sich alles in ihrem Kopf.

Eine freundliche Frauenstimme riss sie aus dem tiefen Loch, das sie zu verschlingen drohte.

„Liebste Chantal, da bist du ja endlich, wir haben dich sehsüchtig erwartet."

Elisabeth trat vor Chantal, nahm ihre Hände und schaute sie voller Freude an.

Chantal stand noch etwas neben sich, da sie sich nie hätte träumen lassen, wie die erste Begegnung denn nun wirklich werden würde.

„Ich ähm..." kam es mit erstickter Stimme aus ihr heraus.

„Bitte entschuldige Elisabeth, aber Chantal ist etwas schüchtern und außerdem sehr müde von der langen Fahrt hierher."

„Aber natürlich, wie kann ich nur so gedankenlos sein. Ich freue mich einfach so sehr, endlich meine Nichte und ihren Ehemann kennen zu lernen. Bitte kommt doch herein, meine Wachposten haben euch schon von weitem gesehen und ich habe sofort in der Küche Bescheid gesagt, um ein Festmahl vorbereiten zu lassen."

Rasch ging sie die breite Steintreppe hinauf und führte sie durch die Holztür ins Gebäude.

Sie kamen zuerst in der Diele an, die in Sachen Größe und Wuchtigkeit dem Rest des Gebäudes in nichts nachstand.

Es war eine riesige Halle, die sich von dem Haupteingang aus gesehen in die Breite erstreckte. An der rechten und linken Seite der Halle führten Treppen nach oben, die ausschließlich von Fackeln beleuchtet waren.

Doch das Beeindruckteste waren die Fenster, sie nahmen die ganze Wand ein. Acht Fenster, jeweils vier Meter breit und fünfzehn Meter hoch.

Noch nie hatte sie überhaupt so große Fenster gesehen, die dazu auch noch solch einen Anblick boten.

Die Aussicht war einfach atemberaubend, sie sahen direkt auf das offene Meer und Chantal wusste nun, dass sie mit ihrer Vermutung richtiglag. Einzig eine Wiese von zirka dreißig Metern trennte diese Halle vom Abgrund, der mehrere hundert Meter steil hinunterging.

An den Wänden hingen wertvolle Gobelins von erlesener Kostbarkeit, Gemälde zierten den Raum. In der Mitte der Halle lag ein riesiger bunter Teppich, der wahrscheinlich aus dem Orient stammte. Kunstvoll geschnitzte Möbel, wie ein Tisch für mindestens zwanzig Personen, Stühle und Polstermöbel rundeten das Bild eines prunkvollen Raumes ab. Chantal hatte bis heute so etwas noch nicht zu Gesicht bekommen und musste wohl ziemlich überrascht ausgesehen haben.

„Nun meine Lieben, wie ich sehe seid ihr ein wenig überrascht."

Trey war nicht so an den Räumlichkeiten interessiert gewesen wie Chantal, sondern fragte sich die ganze Zeit wo wohl der Herr des Hauses sein mochte.

„Ihr habt ein sehr eindrucksvolles Haus, das kann man nun wirklich nicht leugnen."

Elisabeth lachte ein wenig beschämt und schaute Trey und Chantal belustigt an.

„Ja, das ist wohl wahr, mein Mann hat einen sehr außergewöhnlichen Geschmack und neigte in seinen jungen Jahren zu übertreiben."

„Ach wo wir gerade von ihm sprechen, wo ist denn nun der liebe Onkel von Chantal?"

Elisabeth räusperte sich, ein wenig und schaute verlegen auf den Boden. Dann schaute sie zu Chantal und fragte sich was sie sagen sollte.

„Dein Onkel, mein liebes Kind ist sehr krank, er ist schon seit vielen Jahren querschnittsgelähmt. Er ist an den Rollstuhl gefesselt, er fühlt sich heute leider nicht sehr wohl und liegt im Bett. Er lässt sich entschuldigen und begrüßt euch beide, sobald er sich besser fühlt."
Trey und Chantal schauten Elisabeth ungläubig an, hatten diese Tatsache nicht erwartet.
Auf einmal trat Markus in den Saal und begrüßte alle miteinander schon von weitem. Aufgeregt kam er von der rechten Treppen auf sie zugelaufen.
„Herzlich willkommen liebe Cousine und Cousin." Als er endlich nahe genug war, schüttelte er beiden die Hand und lächelte freundlich.
„Ich bin Markus und möchte mich entschuldigen, dass ich euch nicht direkt vor der Tür schon empfangen habe. Aber ich war heute früh mit einigen Freunden zur Jagd und war gerade zurückgekommen, als ich erfahren hatte, das ihr gleich eintreffen würdet. Ich wollte mich schnell noch frisch machen, sonst hätte ich von Mama später eine Tracht Prügel bekommen."
„Markus!"
Alle lachten über sein lustiges Wesen, die bedrückende Luft war wie weggeblasen. Trey und Chantal fragten auch nicht mehr nach dem Onkel, ihnen war nicht entgangen, dass es der Tante unangenehm war darüber zu sprechen.

„Ich bin Chantal und freue mich sehr, dich endlich kennen zu lernen. Ich kann es noch gar nicht fassen, dass ich euch endlich kennen lernen darf. Es tut so gut zu wissen, dass man Verwandte hat, ich hoffe, dass wir uns gut verstehen werden."
„Aber natürlich, meine Liebe. Wir sind genau so positiv überrascht wie du, nun bin ich nicht mehr die einzige weibliche Person hier und wir werden bestimmt viel Spaß miteinander haben. Aber nun möchte ich euch an den Tisch bitten, das Essen wird gleich fertig sein und ihr seid doch bestimmt hungrig." Trey nickte lächelnd und im nächsten Augenblick kam Hawk zur Tür herein.
„Ach Hawk da bist du ja, ich fing schon an dich zu vermissen." Hawk kam mit langen Schritten auf die kleine Gesellschaft zu und begrüßte zuerst Elisabeth so galant, dass sie ein wenig errötete. Dann begrüßte er Markus mit einem festen Händedruck.
„Darf ich vorstellen, das ist Hawk, mein bester Freund seit meiner Kindheit. Ich habe ihn als Begleiter mitgebracht, da die Fahrt hierher ja einige Tage dauert und wir in etwas rauen Zeiten leben. Man kann ja nie wissen, wem man in der Wildnis so über den Weg läuft," verkündete er mit einem breiten Lächeln, wobei Chantal nicht entgangen war, dass er sie dabei belustig anschaute. „Wie war mein Liebster, man weiß nie, wem man so über den Weg läuft und es ist erstaunlich, wie schnell man irgendjemandem Fremden ausgeliefert sein

könnte." Trey lachte über ihre neckische Aussage, wollte aber hier keine Diskussionen eingehen.

„Du bist hier genauso herzlich willkommen wie Trey und meine Nichte. Seine Freunde sind auch unsere Freunde," sagte Elisabeth, wobei sie Hawks Hand nahm, um ihrer Aussage Ausdruck zu verleihen.

Hawk war sichtlich erfreut über ihre Freundlichkeit, darüber, dass sie wohl keine Vorurteile gegenüber Indianern hatte. Dann traten auch schon die ersten Bediensteten in den Raum ein und deckten den Tisch. Alle drehten sich sofort um und gingen in Richtung duftendes Essen.

Markus rückte einen Stuhl für Chantal zurecht und setzte sich an ihre linke Seite. Trey war guter Laune und setzte sich an Chantals rechte Seite, nachdem er Elisabeth zu Tisch gebracht hatte. Alle waren guter Dinge und freuten sich über das gute Mahl, das sie gleich zu erwarten hatten. Die Diener brachten Kelche und gossen großzügig Rotwein ein. Alle stießen miteinander an und Markus sprach einen Trinkspruch aus.

„Auf dass die Familie Evants und die Familie von Hampshire immer vereint sein mögen." Alle hoben ihr Glas und Chantal schaute Trey vorwurfsvoll über ihren Gläserrand hinweg an. Dann gab es Wild zu essen, Pasteten, Süßkartoffeln und verschiedene Gemüse.

Nach kurzer Zeit schien es, als wären sie alle schon seit langer Zeit gute Freunde. Sie aßen und tranken jede Menge von dem guten Wein. Nur Chantal redete sich heraus und gab vor, dass ihr von der Reise ein wenig übel sei, um keinen Alkohol trinken zu müssen.

Es war ein sehr schöner Abend, da Chantal die einzig nüchterne Person war, konnte sie so einige Dinge mit Belustigung feststellen.

Hawk und Markus unterhielten sich bis ins kleinste Detail über die Jagd. Markus war mehr als begeistert, Ratschläge von einem so erfahrenen Jäger zu bekommen. Sie lachten laut und verstanden sich, als würden sie sich schon eine Ewigkeit kennen, obwohl Hawk so einige Jahre älter war. Chantal saß mit Elisabeth und Trey in einer kleinen Unterhaltung, irgendwie wurde sie das Gefühl nicht los, dass Trey nicht so betrunken war wie er vorgab. Da ihre Tante leicht beschwipst war, nutzte er seine Chance, um so viel über ihren Onkel zu erfahren wie nur möglich. Mit Entsetzen stellte sie fest, dass ihre Tante wirklich so naiv war, dass sie nicht die leiseste Vermutung oder Misstrauen hatte.

Aber warum sollte ihre Tante ihr oder ihrem angeblichen Mann auch misstrauen?

Chantal fühlte sich auf einmal schlecht und durchtrieben. Wie konnte sie bei diesem Lügentheater nur mitspielen und ihre tatsächlichen Verwandten so anlügen? Niemals hätte sie sich vorstellen können, dass es tatsächlich ihre Verwandten waren und dass sie so herzlich aufgenommen werden würde.

Jetzt schon tat es ihr sehr leid, sie hoffte inständig, dass ihre Verwandten niemals herausbekommen würden, was für ein falsches Spiel sie hier trieb, und dass sich doch noch alles zum Guten wenden würde.

Es war schon sehr spät, als Chantal ihre Müdigkeit nicht mehr verbergen konnte. Ihre Augen wurden immer kleiner und sie musste ein ständiges Gähnen unterdrücken. „Ach meine liebe Chantal, du musst sehr angestrengt von der Reise sein."

Elisabeth richtete das Wort an alle anderen und fragte:

„Wenn es euch allen beliebt, würde ich euch gerne eure Unterkünfte zeigen. Morgen nach einem zünftigen Frühstück ist auch noch ein Tag. Vielleicht sollten wir uns für heute erst einmal verabschieden?"

Trey stand auf und verbeugte sich leicht vor ihr.

„Es wäre sehr lieb von dir, uns in unsere Schlafgemächer zu bringen. Ich möchte dir auch an dieser Stelle für deinen freundlichen Empfang und deine Gastfreundlichkeit danken."

„Aber ich bitte dich, Trey, wir sind doch eine Familie, ich bin glücklich, dass wir endlich zueinander gefunden haben." Dann standen auch Elisabeth und die anderen auf. Sie führte sie zur rechten Treppe, das nun sehr dunkel war. Es war schon sehr spät, kein natürliches Licht konnte mehr eindringen. Die Fackeln die an den Wänden hingen, erzeugten eine

unheimliche Atmosphäre, durch den leichten Windzug, der durch den Flur streifte, hörte man das Feuer um sich schlagen. Niemand sprach in diesem Flur auch nur ein Wort, es war so, als hätten alle ein ungutes Gefühl, die Unbekümmertheit, die zuvor in der Halle herrschte, war verflogen. Nach kurzer Zeit waren sie oben am Treppenabsatz angekommen und wir gingen in einen kleinen Flur hinein.
Elisabeth ging voraus und öffnete die erste Tür.
„Hawk? Ich war leider nicht auf einen weiteren Freund des Hauses vorbereitet, doch ich hoffe, dass dir das Gästezimmer hier zusagt, dass du dich wohlfühlen wirst. Meine Hausdame hat es noch gereinigt und etwas gelüftet, weil dieser
Raum schon lange nicht mehr benutzt wurde."
Mit einem freundlichen Lächeln betrat er das Zimmer und schaute sich kurz um.
„Aber das ist doch herrlich, es ist ein wundervolles Zimmer, ich werde mich mit Sicherheit wohl fühlen."
Etwas beschämt und leicht errötet schaute sie ihn an.
„Vielen Dank, es freut mich das zu hören."
Alle lachten ein wenig über ihre Verlegenheit. Markus blieb noch ein wenig bei Hawk, um sich noch weiter mit ihm unterhalten zu können. Nachdem sich alle eine gute Nacht gewünscht hatten, ging Elisabeth mit Trey und Chantal einige Türen weiter. Sie öffnete die Holztür und sie betraten den Raum.

Es war ein sehr lieblich eingerichtetes Zimmer. Man konnte sofort sehen, dass eine Frau ihn eingerichtet hatte, denn die Stoffe die das Bett und die Fenster zierten, waren mit weißen und alt rosa Rosen bedruckt. Die Möbel waren sehr hell und ein warmes Feuer knisterte im Kamin. Ein achtarmiger Kronleuchter mit weißen Kerzen beleuchtete den Raum, ein frischer Blumenstrauß stand auf dem Tisch. Neben dem Kamin stand ein kleiner Teewagen, auf dem einige Erfrischungen und alkoholhaltige Getränke standen. Das Zimmer war für jung verliebte Eheleute eingerichtet, Chantal schämte sich bis aufs Knochenmark.

Ihre Tante musste ja denken, dass sie nun eine heiße Liebesnacht verbringen würden. Wie das bei frisch Verheirateten bestimmt auch üblich war.

Chantal fühlte sich gebrandmarkt, sie war mit einem Mann, den sie nicht kannte, ins Bett gegangen und erwartete nun ein uneheliches Kind.

„Gefällt es dir Chantal?" fragte sie höflich, ein leichtes Lächeln umspielte ihr Lippen.

„Oh ja natürlich, entschuldige bitte, ich bin total in Gedanken versunken. Es ist wunderschön und ich danke dir." Chantal nahm Elisabeth in die Arme und drückte sie fest an sich.

„Oh, ich bin so froh, dass du hier bist, liebe Chantal."

Dann schaute sie zu Trey herüber und Tränen verschleierten ihr ein wenig die Sicht.

„Ich wünsche euch beiden alles Glück der Erde, dass ihr immer glücklich sein werdet und viele gesunde Kinder bekommt." Trey sah Chantal verwirrt an, fragte sich, was sie wohl jetzt denken würde. Chantal bedankte sich bei Elisabeth, nahm sie kurz in den Arm und schaute Trey verlegen über die Schulter ihrer Tante an.

„Ach muss Liebe schön sein, ich weiß noch, als ich deinen Onkel kennen gelernt habe," löste sie sich aus der Umarmung. Verträumt schaute sie für einen Augenblick ins Leere, bis sich ihr Blick wieder verdüsterte.

„Nun ja, ich möchte euch nicht länger von eurer wohlverdienten Nachtruhe abhalten, ich gehe jetzt auch zu Bett. Ihr könnt morgen natürlich so lange schlafen wie ihr möchtet, Frühstück gibt es zu jeder beliebigen Tageszeit. Ich warte unten in der Halle auf euch."

Mit diesen Worten und einem freundlichen Lächeln verschwand sie aus dem Zimmer. Ungläubig schauten die beiden auf die geschlossene Tür. Chantal wusste gar nicht, was sie sagen sollte, nachdem Elisabeth ihre Liebe kurz zuvor so hoch in den Himmel gehoben hatte.

Die Situation war nicht nur peinlich, sondern abscheulich. Wenn Trey wüsste, wie wahr alles war, was ihre Tante gerade gesagt hatte. Wenn er wüsste, das sie bereits schwanger war.

Resignierend ging sie einfach auf das Bett zu, setzte sich und fing an, ihre Stiefel zu öffnen. Sie schmiss das Schuhwerk zu Boden und stand auf, um sich ihr Kleid zu öffnen.

„Was tust du denn da?"

Alles war ihr egal, was gab es noch zu verlieren.

„Ich ziehe mich aus, siehst du das nicht?"

„Ja, aber ich habe gedacht, dass wir...?"

„Dass wir was?" fragte sie kurz angebunden, um allen Diskussionen aus dem Weg zu gehen.

„Wir haben doch Frieden geschlossen, es gibt nichts zu verstecken. Du hast mich ja wohl mittlerweile oft genug nackt gesehen, wozu die Zier? Ich will einfach nur noch in mein Bett."

Mit diesen Worten zog sie sich einfach weiter aus, ging nackt durchs Zimmer, nahm ein Nachthemd aus ihrer Truhe und zog es sich über. Stapfte, ohne ihn zu beachten, zurück zum Bett, legte sich mit dem Rücken zu ihm und deckte sich zu.

Etwas überrascht über ihre Freizügigkeit blieb er mitten im Raum stehen und beobachtete das Geschehen.

Als sie im Bett lag, wäre er am liebsten zu ihr geeilt, um sie zu verführen. Doch er hatte ihr etwas versprochen und war sich darüber im Klaren, dass sie nichts von ihm wissen wollte.

Noch nie im Leben war er so niedergeschlagen, denn er liebte sie.

Nicht der Rachedurst, den er schon sein halbes Leben mit sich führte, beschäftigte ihn, sondern einfach nur der Gedanke, dass er sie niemals besitzen würde. Sein Herz schmerzte, noch nie zuvor hatte er für irgendeinen Menschen so empfunden. Nicht einmal der Verlust der Eltern schmerzte ihn in den letzten Jahren so sehr wie jetzt.

Zu wissen, dass sie bald aus seinem Leben verschwinden würde, brachte ihn fast um den Verstand.

Langsam legte er seine Kleidung ab und legte sich auf seine Hälfte des Bettes.

Stumm starte er zur Zimmerdecke und fragte sich, ob sie bereits eingeschlafen war.

„Chantal, schläfst du schon?"

Sie antwortete nicht, obwohl sie wach war und völlig durcheinander. Sie wollte einfach über nichts reden, weder über ihre Beziehung, noch über diese unmögliche Situation, in der sie sich befand.

„Chantal, bitte lass uns reden, ich möchte dir etwas sagen."

Sie tat so, als wäre sie gerade erst wieder von ihrem kurzen Schlummer erwacht.

„Hm?" ließ sie durch geschlossene Lippen verlauten. „Es tut mir leid, dass ich dich in diese Situation gebracht habe. Ich konnte doch auch nicht wissen, dass deine Familie uns so herzlich aufnehmen würde. Ich habe hier an der Haustür mit einem alten bösen Mann gerechnet. An deine Tante und deinen Cousin habe ich gar nicht gedacht. Woher sollte ich wissen, dass sie uns so herzlich empfangen würden. Als ich den ganzen Abend mit euch zusammensaß, hat mich mein schlechtes Gewissen fast zerfressen."

Chantal antwortete nicht, sondern lauschte einfach nur seinen Worten.

„Verstehst du mich denn nicht? Meine Eltern sind ermordet worden, ich trage diese schwere Last schon seit vielen Jahren mit mir herum. Ich kann den Anblick einfach nicht vergessen, als sie sterbend in ihrem Blut lagen."

Nun drehte Chantal sich um, schaute ihn durch die Dunkelheit an.

„Musst du deswegen mein Leben zerstören?"

„Wieso denn dein Leben zerstören? Ich tu dir doch nichts an, sicher, ich habe dein Leben in den letzten Monaten sehr durcheinander gebracht und schreckliche Dinge getan. Aber ich habe dein Leben doch nicht zerstört. Glaub mir, wenn das hier alles vorbei ist, werde ich alles tun, damit niemand über dich spricht. Du wirst immer als das angesehen werden, was du ehrlich bist."

„So? Was bin ich denn?" fragte sie erbost.

„Eine liebenswerte junge Dame, die sich nichts zu Schulden kommen lassen hat. Ich weiß, dass du kein leichtes Mädchen bist und ich hätte dich niemals..."

Trey verstummte, denn eigentlich wollte er gar nicht von ihnen beiden sprechen.

Chantal war es egal, was er denken würde, sie schämte sich auch nicht mehr für das, was sie getan hatte.

„Jetzt hör mir mal zu." Mit einem Ruck setzte sie sich auf und tippte mit einem Finger auf seine Brust.

„Wenn du denkst, dass ich mich in irgendeiner Weise schuldig fühle, dann hast du dir in den Finger geschnitten. Alles was ich getan habe, habe ich bewusst getan und ich habe es genossen, wie du sicherlich bemerkt hast.

Ich kann dir sowieso nichts vormachen, du warst ja schließlich dabei.

Aber von uns beiden möchte ich gar nicht mehr reden, denn das ist ja sowieso vorbei. Ich finde es nur unmöglich, dass ich meiner Familie hier so ein Theater vorspielen muss, obwohl ich sie gerade erst kennen gelernt habe."

„Ich weiß, Chantal, ich habe es mir doch auch nicht so vorgestellt. Aber findest du es nicht auch reichlich merkwürdig, dass wir deinen Onkel noch nicht einmal zu Gesicht bekommen haben?"

„Er ist eben sehr alt und krank. Das muss man doch verstehen, wir werden schon unsere Gelegenheit bekommen, ihn kennen zu lernen. Und dann wirst du sehen, dass du dich fürchterlich geirrt hast und dass er absolut nicht der Mann ist, den du suchst."

„Wie kannst du dir denn da so sicher sein?" fragte er nun und wurde ein wenig lauter.

„Weil du völlig verrückt bist, du hast dich in etwas herein gesteigert, das nicht existiert."

„Wieso nicht existiert? Willst du etwa sagen, dass ich mir den Mord an meinen Eltern nur eingebildet habe?" Auf einmal dachte Chantal an ihre Eltern und daran, wie schmerzlich der Verlust war. Es muss für Trey ein Riesen Trauma gewesen sein, mit an zu sehen wie seine Eltern umgekommen sind.

„Vielleicht hast du Recht und mein Onkel ist der Mörder deiner Eltern, aber wenn du ihn umbringst, dann bist du nicht besser als er. Du würdest Markus das gleiche antun, was dir angetan wurde. Willst du ihm wirklich auf der gleichen grausamen Art und Weise seinen Vater nehmen?"

„Aber ich kann und werde ihn nicht ungestraft davonkommen lassen. Das kannst du nicht von mir verlangen. Wenn deine Tante behauptet, dass er nun sehr krank ist, glaube ich das, er muss mittlerweile schon sehr alt sein. Aber das rechtfertigt nicht, dass er Menschen ermordet hat. Und falls du es vergessen haben solltest, er ist auch der Mörder deiner Großeltern. Er war es, der das Erbe angetreten ist von dem die Hälfte eigentlich deinem Vater gehört hätte. Er hat deinen

Vater einfach in ein Internat nach England abgeschoben und sich nie mehr bei ihm gemeldet. Was glaubst du, warum dein Vater euch nie von ihm erzählt hat? Weil er, auch wenn er damals noch sehr klein war, alles wusste und vermutlich Angst vor seinem eigenen Bruder gehabt hat."

„Mein Vater war ein großer stattlicher Mann, er hatte vor nichts und niemanden Angst, überhaupt woher willst du das alles wissen?"

„Chantal, ich habe über fünfzehn Jahre nach ihm gesucht. Ich habe ein Vermögen für Informationen ausgegeben, glaub mir, ich sage die Wahrheit. Vielleicht sieht dein Onkel ganz anders aus und er ist es tatsächlich nicht. Aber wenn er es doch ist, dann Gnade ihm Gott."

Chantal wusste genau, dass sie seinen Hass nicht bändigen konnte, dass er sowieso tun würde, was er für richtig hielt.

„Also gut, tu was du nicht lassen kannst, ich kann dich sowieso nicht davon abhalten. Ich spiele dieses Spiel mit, aber wenn du glaubst, dass ich dir in irgendeiner Weise helfen werde, dann irrst du dich gewaltig!"

„Das habe ich nicht erwartet, auch niemals von dir verlangt."

Chantal war müde, es war schon mitten in der Nacht. Außerdem hatte sie keine Lust mehr zu diskutieren, sie wusste, dass es nichts nützte.

„Also gut, mir ist es egal, mach was du willst und dann möchte ich nach Hause."

Diese Antwort traf Trey wie ein Schlag, es tat ihm weh zu hören, dass er ihr so egal war.

Chantal schaute ihn noch einmal traurig an und legte sich einfach wieder hin. Sie schloss die Augen, hoffte, dass er nun Ruhe geben würde, dass sie endlich schlafen durfte. Völlig unverblümt starte er sie an, bewunderte ihr schönes Gesicht. Sie sah aus wie ein Engel, es tat ihm leid, dass sie sich unter diesen Umständen kennen gelernt hatten. Einen Augenblick war er versucht sie zu berühren, legte sich dann doch in sein Kissen. Die ganze Nacht konnte er seinen Blick nicht von ihr lassen, beobachtete wie sie schlief, lauschte ihrem Atem. Irgendwann in den Morgenstunden übermannte ihn die Müdigkeit und ließ ihn in einen bösen Traum fallen.

Am nächsten Morgen wurde Trey später als gewohnt wach. Er wusste nicht, ob es daran lag, dass die Sonne nicht schien, um ihn zu wecken oder ob es einfach an dem Wein lag, den er gestern getrunken hatte.

Doch eines stellte er sofort fest, Chantal war nicht mehr im Zimmer. Viel zu schnell sprang er aus dem Bett, zog sich etwas über, um zügig nach unten in die Halle zu gehen. Es war gar nicht die Anspannung, ob der Onkel jetzt endlich erscheinen würde, die ihn quälte,

sondern vielmehr die Angst, dass Chantal wieder weggelaufen und wohlmöglich in Gefahr war.

Immer schneller wurden seine Schritte, bis er fast rannte. Als er in die Halle stürzte, erwartete er dort niemanden anzutreffen.

Doch er täuschte sich, Hawk saß mit Markus am Kamin und rauchte eine Zigarre.

Chantal saß mit Elisabeth am großen Tisch und frühstückte. Alle starrten ihn an, denn er war weder gewaschen noch gekämmt, selbst seine Stiefel hatte er nicht angezogen. Es war ihm sichtlich peinlich, Hawk zerbrach die Stille und sprach seinen Freund belustigt an.

„Du hättest dich doch nicht so beeilen müssen, mein Freund, wir haben dir genug zum Frühstück übriggelassen." Markus, seine Mutter und sogar Chantal brachen in schallendes Gelächter aus, Trey amüsierte sich über sich selbst. Er ging auf den großen Tisch zu und setzte sich neben seine Frau. Sofort kam eine Bedienstete herbei, um ihm einen frischen Kaffee und einen Teller zu bringen.

„Einen wunderschönen guten Morgen wünsche ich den beiden Damen,"

räusperte er sich ein wenig und schaute belustigt in die Runde.

„Nun ja, ich glaube, ich habe ein wenig verschlafen, ich kann mir gar nicht vorstellen, wie das passiert ist. Normalerweise schlafe ich nicht so lange, das muss wohl an dem Wein liegen, von dem ich gestern zu viel getrunken habe."

„Ich glaube eher, dass es an deiner bezaubernden jungen Ehefrau liegt, dass du ein wenig verschlafen bist," rief Hawk ohne Umschweife in den Raum und lachte sich dabei kaputt.

Zuerst schauten sich Markus, Trey und die anderen ungläubig an, doch dann brachen auch sie alle in herzliches Gelächter aus.

Sie aßen miteinander und unterhielten sich, es war eine ausgelassene Runde, sogar Trey schien sich wohl zu fühlen.

Hawk beobachtete die beiden und fragte sich, wieso sie nicht merkten, dass sie sich liebten.

Am Nachmittag schlug Elisabeth Chantal vor, ein wenig Mittagsschlaf zu machen. Was Chantal nur recht war, denn die Schwangerschaft machte ihr zu schaffen, sie war ständig müde.

Markus bot Hawk und Trey an, mit ihm über seine Ländereien zu reiten, um dabei eventuell ein wenig Wild zu erlegen. Dies war Trey nur recht, denn er würde sich gerne einmal einen Überblick verschaffen, um später eventuelle Fluchtwege nutzen zu können. Denn auch an diesem Tag hatte es nicht den Anschein, dass er den besagten Onkel kennen lernen würde.

Die drei ritten nun aus der Festung heraus, stolz berichtete Markus über die Ländereien und deren Erträge. Es schien so, als würde er sich um alles kümmern, obwohl er eigentlich noch etwas jung war. Wenn sein Vater tatsächlich so krank war wie er vorgab, dann hatte Markus wohl keine andere Wahl.

Sie sprachen nicht nur über Ländereien, sondern auch über Pferde, Schiffe und Frauen. Es war ein sehr ausgelassener amüsanter Nachmittag, bis Trey Markus auf seinen Vater ansprach.

„Darf ich fragen warum dein Vater krank ist?"

Markus schaute ein bisschen verlegen zum Meer hinaus, überlegte einen kleinen Augenblick bevor er sprach.

„Mein Vater ist seit einem Unfall vor vielen Jahren querschnittsgelähmt. Ich war damals noch sehr jung und kann mich gar nicht mehr daran erinnern. Auch nicht daran wie es war, als er noch laufen konnte.

In letzter Zeit erscheint er mir allerdings ein wenig depressiv. Er war wohl schon immer ein Einzelgänger, so wie Mutter sagt. Seit seiner Lähmung ist es noch schlimmer geworden. Er geht nirgendwo hin, keiner darf ihn besuchen. In letzter Zeit meidet er sogar meine und Mutters Gesellschaft. Er hält sich zumeist in seinem Arbeitszimmer auf und schaut hinaus zum Meer. Es tut mir leid, dass ich ihn noch nicht vorstellen konnte, aber ich hoffe, dass er sich in den nächsten Tagen ein wenig besser fühlen wird."

Trey und Hawk hörten dem jungen Mann aufmerksam zu, ritten wieder zurück in Richtung der Burg.

Es tat Trey sehr leid, denn er spürte, dass Markus sehr unter der Krankheit seines Vaters litt.

Doch eines war noch nicht geklärt und es wunderte ihn, dass Markus nicht davon gesprochen hatte.

Trey war sich so sicher, wie die Sonne abends unterging, dass er der Mörder war.

Markus hatte nicht mit einer Silbe erwähnt, dass sein Vater ein Holzbein trug. Vielleicht war es Markus nicht so wichtig, denn die Lähmung schloss in seinen Augen wohl alle anderen Umstände mit ein.

Sie erreichten gerade noch die Burg, bevor es in Strömen anfing zu regnen. Guter Laune kamen die drei von ihrer kurzen Reise zurück. Elisabeth saß bereits in der Halle und begrüßte die Herren mit einem warmen Glühwein, den die Herren gerne in Empfang nahmen.

„Wo ist denn meine Frau?" erkundigte sich Trey beiläufig.

„Sie schläft noch, ich wollte sie nicht wecken."

„Ach, dann gehe ich mal nach oben, um nach ihr zu schauen," sagte er so beiläufig, dass niemand Verdacht schöpfte, außer natürlich Hawk, der ihn unverschämter Weise angrinste.

Trey wäre ihm am liebsten an die Gurgel gesprungen und hätte ihm gesagt, dass da nichts wäre, doch das ging natürlich vor der Familie nicht.

Hawk grinste noch breiter und Trey kochte vor Wut, drehte sich um und machte sich auf den Weg nach oben. Chantal schlief jedoch gar nicht, als Trey leise ins Zimmer kam, wunderte sie sich.

„Was ist los? Wieso kommst du hier so hereingeschlichen?"

„Ich komme hier nicht hereingeschlichen, ich habe gedacht, dass du schläfst und wollte dich nicht wecken."

„So? Und wieso bist du dann überhaupt hierhergekommen?"

„Ich wollte mich für das Abendbrot umziehen, wir sind weit geritten und ich möchte vorher noch baden," log er.

„So, so und was habt ihr da draußen so gemacht? Hast du dir auch gut überlegt, wie du hier alle Menschen umbringen kannst, während sie schlafen?"

„Haach, niemand wird hier ermordet, während er schläft."

Keine Lust mit ihr zu streiten, drehte er sich um und fing an, sich aus zu kleiden. Er dachte, dass es ihr nichts ausmachen würde, da sie sich ja gestern Nacht auch halb nackt zu ihm ins Bett gelegt hatte.

Doch da irrte er sich, es machte ihr etwas aus, sie vermisste ihn so sehr, dass es sie zu zerreißen drohte.

Als sie begriff, dass er sich nun entkleiden und in die Wanne steigen würde, stieg ihr das Blut in den Kopf. Schnell wendete sie sich so unauffällig wie nur möglich ab und ging zum Frisiertisch, wo sie sich ihr Haar bürstete.

Trey machte keine Anstalten, sich irgendwie zu verstecken, ging völlig ungeniert zur Wanne, wo er dann auch einstieg. Chantal konnte ihn genau durch den Spiegel beobachten und ertappte sich dabei, wie sie ihn anstarrte. Er war eigentlich viel zu groß für diese kleine Badewanne, was ihn noch wuchtiger und stärker erscheinen ließ. Sein braun gebrannter Körper glänzte von dem nassen Wasser, sein Kopf war voller Seifenschaum.

Irgendwie sah er lustig aus, Chantal konnte ein Kichern nicht unterdrücken.

„Was lachst du denn so? Sehe ich etwa lustig aus oder wie darf ich das hier verstehen?"

„Jaa," bekam sie gerade noch heraus, dann platzte es auch aus ihr heraus.

Völlig sprachlos über ihren Gemütswandel starrte er sie an. Dann nahm er ohne nachzudenken, den nassen Waschlappen, den er in der Hand hatte, und warf ihn voller Wucht in ihre Richtung. Eigentlich wollte er sie ja gar nicht so richtig treffen, oder zumindest nicht ihr Gesicht!

Der nasse Waschlappen löste sich langsam von ihrer Stirn, flog mit einem leisen Platsch vor ihr auf die Füße und Trey lachte sich Schrott.

„Boah, du, du, das zahle ich dir heim." fauchte sie ihn an, hob den Waschlappen auf und warf ihn mit voller Kraft zurück. Der landete direkt vor ihm im Wasser und schleuderte den ganzen Schaum in sein Gesicht.

Reflexartig sprang er auf, um sich auf sie zu stürzen.

Sie schrie nur und griff hinter sich auf den Frisiertisch, ergriff einfach, was sie in die Finger bekam und erwischte prompt den Pudertiegel.

In dem Augenblick, in dem sie den Tiegel fliegen sah, bereute sie es auch schon zutiefst.

Doch es war zu spät.

Er flog ihm direkt an den Kopf, das ganze Puder verteilte sich über seinen Körper und den Fußboden.

Es herrschte nun einen Augenblick Stille, beide starrten auf den aufgewirbelten Staub, der durch das Zimmer flog. Dann schaute Trey ganz langsam an sich herunter, sah Unmengen von rosa Puder, der seinen Körper mit kleinen Klümpchen bedeckte.

Mit weit aufgerissenen Augen erwartete sie ihren Todesstoß.

Ganz langsam stieg er aus dem Wasser, wobei der verklumpte Matsch von seinem Körper bröckelte.

Wie angewurzelt stand sie vor ihrem Spiegel, unfähig zu atmen.

Kreischend zuckte sie zusammen, hob ihre Hände schützend vor ihr Gesicht.

Blitzschnell, mit einem Schritt, packte er sie und warf sie in die Wanne.

Das Wasser spritzte durch das ganze Zimmer, empört prustend, tauchte sie wieder auf.

Als sie sich den Schaum von den Augen rieb, sah sie, dass er total sauer vor ihr stand.

Irgendwie musste sie auch ein ziemlich lächerliches Bild abgeben, denn Trey fing einfach an zu lachen.

Er schüttelte sich und hielt sich den rosa gepuderten Bauch. Da er im Augenblick auch bescheuert aussah und seine Männlichkeit hin und her baumelte, stimmte Chantal mit ein.

Sie lachten einige Minuten miteinander, bis Trey ihr die Hand bot, um aus der Wanne zu kommen. Das Wasser lief ihr aus dem Rock, versaute den ganzen Boden. Gedankenverloren, überglücklich und lachend ging sie zum Bett, wo sie sich auszog.

Auch Trey amüsierte sich weiter, stieg in die Wanne, um den Dreck weg zu bekommen.

Klitschnass ging er auf sie zu, um ihr das noch einzige trockene Frottee aus der Hand zu nehmen, damit auch er sich abtrocknen konnte.

Lustige Bilder erschienen den beiden immer wieder vor Augen, sodass ihnen gar nicht bewusst war wie nackt sie wirklich waren.

Eigentlich war es ja auch nichts Neues mehr, ihn so zu sehen. Doch als er sich abrubbelte und das Handtuch auf den Stuhl warf, war plötzlich jede Unbefangenheit wie weggewischt.

Keiner schmunzelte mehr, sie starrten sich an, als wäre es das erste Mal.

Ein heißer Schauer rann ihr durch den Körper, sie sehnte sich nach einer Berührung von ihm. Ihre Augen glänzten groß und nass. Ihr Mund öffnete sich langsam, sie dachte sonst zu ersticken, regelmäßiges Atmen schien so schwer.

Atemlos sah er nur sie, nichts war sonst im Raum. Die Schicksalsmelodie einer Schmuckschatulle surrte in seinem Kopf.

Woher nahm er die Macht sich zu beherrschen, sie nicht an sich zu reißen?

Schmerz durchschoss seinen Körper, sein Verlangen schien sich ins Unermesslich zu steigern.

Blut rauschte in seinen Ohren, es fühlte sich so an, als würde sein Herz sich durch seine Brust arbeiten.

Eine ihm völlig unbekannte Stimme raunte aus seiner Lunge.

„Chantal, ich habe dir versprochen, dich nicht mehr anzufassen..."

Die Qual in seiner Stimme, sie nicht berühren zu dürfen, war einfach nicht mehr zu ertragen, sie ging einen Schritt auf ihn zu.

Ihre Brüste berührten seinen Körper, ihre Körper schienen zu explodieren.

„Vergiss alles, was ich jemals zu dir gesagt habe," wisperte sie so heiser, dass es kaum zu hören war.

Langsam hob sie ihre Hände, streichelte ganz sanft seinen Bauch, seinen Rücken. Vorsichtig küsste sie seine harte Brust, strich liebevoll mit ihren Lippen über seine Haut. Er reckte sich nach hinten, konnte ein leises Stöhnen nicht unterdrücken. Chantal spürte, welche Macht sie über diesen Mann hatte, wurde noch etwas mutiger.

Ihre Hände wanderten nach unten, umschlossen, was gegen ihren Bauch pochte.

Völlig außer Kontrolle bog er ihren Kopf nach hinten, um sie leidenschaftlich zu küssen.

Er hob sie hoch, legte sie langsam auf das Bett, ohne den Kuss zu unterbrechen.

Chantal bäumte sich ihm entgegen, um endlich das zu bekommen, wonach sie sich schon so lange sehnte. Doch er hatte es nicht eilig, zu sehr genoss er diesen Augenblick, von dem er so lange geträumt hatte.

Chantal hatte sich ihm bereitwillig hingegeben, sie war es, die ihn wollte.

Wilde Leidenschaft entfachte ihren Körper, arbeitete sich durch jeden Nerv in ihr.

Für beide blieb die Zeit stehen, heißen Wellen durchfluteten sie, die ihnen die Sinne raubten.

Immer höher und höher schaukelten die brausenden Wellen sie hinauf, bis ein riesiger Tornado über ihnen zusammenbrach.

Dann war Stille, unendliche Stille, beide Körper sanken erschöpft auf seichtem Wasser nieder.

Ermattet legte Trey sich neben Chantal und nahm sie in seine Arme. Auch sie rückte noch ein Stück näher zu ihm und vergrub sich unter der Decke.

Ohne ein Wort über die letzten Augenblicke zu verlieren schlossen sie beide glücklich ihre Augen und schliefen ein. Es bedurfte auch keiner Worte mehr, denn sie hatten sich beide eingestanden, dass sie sich liebten.

Ein lauter Knall riss Trey aus seinem Schlummer, ließ ihn ruckartig hochfahren.

Die Tür zum Balkon war aufgesprungen, die weißen vorhänge wehten in den Raum.

Draußen hatte sich ein Sturm zusammengebraut, es regnete in Strömen und der Wind peitschte über das Land. Trey stand vor der Balkontür, als plötzlich ein Blitz den Himmel erhellte.

Zuerst dachte er, dass seine Augen ihm einen Streich spielen würden. Doch dann erhellte ein weiterer Blitz den Himmel und er erkannte ganz genau, was er zuvor gesehen hatte.

Etwa hundert Meter von seinem Balkon entfernt saß ein Mensch im Garten. Natürlich fragte er sich sofort wer und vor allem, was diese Person mitten in der Nacht bei so einem Gott verdammten Wetter machte.

Die Erkenntnis traf ihn wie ein Schlag, es konnte niemand anders sein als der Herr dieses Hauses.

Doch wieso ging er mitten in der Nacht hinaus, zeigte sich nicht am hellen Tag. Fragen überschlugen sich in seinem Kopf, eine Vorahnung trieb ihn dazu, sich anzuziehen, um der Sache auf den Grund zu gehen.

Nach einiger Zeit spürte Chantal, dass sie alleine im Zimmer war und erwachte. Sie setzte sich im Bett auf und fragte sich stirnrunzelnd, wo Trey mitten in der Nacht nur hingegangen sein mochte. Vielleicht war er zur Toilette, Chantal schlummerte einfach wieder ein.

Trey hatte sich einen langen Mantel übergezogen und stieg die Treppe hinunter in den Garten. Es war ihm völlig egal, dass er total nass wurde, oder ob ihn jemand sah. Ganz egal, dass er hier nicht zu Hause war und mitten in der Nacht durch das stille Hause rannte, er musste ihn einfach sehen. Er musste feststellen, ob es der Onkel und der Mörder seiner Eltern war. Doch als er zu der Stelle kam, wo er jemand gesehen hatte, war niemand mehr da.

Es regnete unentwegt, die Dunkelheit machte ihm zu schaffen, denn er sah sehr wenig und kannte sich hier auch nicht aus.

Undeutlich durch den Regen hörte er aus kurzer Entfernung eine Stimme, er folgte einfach seinem Instinkt.

Ganz nahe an der Klippe sah er, wonach er wohl sein ganzes Leben lang gesucht hatte.

Sein Puls raste schlagartig, sein Blut schoss ihm vor Wut in den Kopf. Mit aller Kraft ballte er seine Hände zu Fäusten, um sich nicht auf ihn zu stürzen.

Seelenruhig saß er in einem Rollstuhl, gefährlich nahe der Klippe und schaute ihn an. Ein weiterer Blitz erhellte für einige Sekunden den Himmel und die beiden schauten sich tief in die Augen.

Seine Augen waren tiefschwarz, das alte Gesicht verhärmt zu einer hässlichen Fratze.

Dieser Mann wirkte wie eine weiße Steinfigur, die direkt aus der Hölle kam.

Trey sah die eiskalten Augen, in die er schon einmal schauen musste. Sofort erkannte er in ihm den Mörder, der vor so vielen Jahren sein Leben zerstört hatte, Ihn in seinen Träumen quälte, ihn während des Tages begleitete, ihm nicht erlaubte, ein normales Leben zu führen.

Hier oben so nahe an der Klippe war es noch windiger als in dem Garten, der Regen peitschte beiden ins Gesicht. Dem alten Mann, der vor ihm saß, schien das gar nichts auszumachen. Es schien so, als wäre er in Erinnerungen vergangener Tagen versunken.

„Du bist also gekommen um mich zu finden."

Ungläubig schaute er Mr. Evants an, sagte kein Wort.
Lebensmüde und zugleich gefährlich blitzten die Augen von dem gelähmten Mann. Er saß da, als würde er ein Leben lang auf ihn gewartet haben, um nun mit ihm abzurechnen.

„Ich habe dich bereits bei deiner Ankunft gesehen. Es hat eine gewisse Zeit gedauert, bis ich dich zuordnen konnte. Doch du kamst mir einfach so bekannt vor, das ich nicht ruhen konnte, bis ich mich erinnert habe."

Treys ganzer Körper spannte sich an, bereit, um endlich der Sache ein Ende zu machen.

Irgendetwas hielt ihn davon ab, sich auf ihn zu stürzen um ihn zu töten.

Vielleicht war es nur deshalb, weil er ein alter kranker Mann war und sich nicht wehren konnte. Oder aber es war sein Instinkt, seine Kampferfahrung, die ihn innehalten ließ.

„Du bist der Mörder meiner Eltern, du Schwein!" sprudelte es aus ihm heraus.

Ein sanftes Lächeln umspielte seine Lippen, das gleiche Lächeln, das Trey schon vor so vielen Jahren ertragen musste.

„Du warst zwar noch jung, doch du hast es tatsächlich geschafft, mir zu entwischen. Aber ich habe auch nicht lange nach dir gesucht, ich war zu sehr damit beschäftigt, euer Haus zu vernichten, um mir euer Land anzueignen." Er sprach eher mit sich selbst, schien Treys Anwesenheit vergessen zu haben. Schaute hinaus auf das dunkle Meer, wobei ihm der Regen vom Kinn tropfte.

Trey starrte ihn im Gegenzug ungläubig an, in Gedanken um Jahre zurück, ließ er die Bilder Revue passieren.

Es war, als könnte er das Blut riechen, das damals vergossen worden war. Er sah die großen himmelblauen Augen seiner Mutter, wie sie ihn ein letztes Mal voller Entsetzen ansah. Sein Hals schnürte sich zu, ein weiterer Windzug, der ihm den Regen ins Gesicht schleuderte, riss ihn aus seinen Gedanken. Jetzt oder nie dachte er, machte einen großen Schritt auf den Mann, den er so abgrundtief hasste, zu.

Doch da hob Mr. Evans ruckartig seinen Arm und hielt ihm ein Gewehr entgegen. Er machte sich noch nicht einmal die Mühe, Trey dabei anzuschauen. Als hätte er gewusst, dass Trey angreifen würde, sobald er sich umdrehe.

Weiter auf das Meer schauend, die Waffe auf Trey gerichtet, wirkte er wie ein Übermensch. Der über allen Dingen stand, tun und lassen konnte, was er wollte, ohne dabei jemals zahlen zu müssen.

„Ich muss zugeben, dass ich zuerst verwirrt war, als ich feststellte, wer du bist. Denn die Zusammenhänge mit meiner angeblichen Nichte, sind mir noch sehr unklar."

„Sie ist deine Nichte du elender Bastard."

„Na, na, wir wollen hier doch nicht ausfallend werden. Also hat mein armseliger Bruder es tatsächlich geschafft, eine Familie zu gründen."

Es war zwar nur sehr leise zu hören, aber er lachte ein wenig und schien sich köstlich zu amüsieren.

„Es war damals so einfach, keiner hatte damit gerechnet."

„Was meinst du damit?"

„Unsere Eltern waren so naiv, dass es schon wehtat. Ich konnte das ewige Nerven meines Vaters nicht mehr ertragen und meine Mutter stand mir auch im Weg. Meinen Bruder konnte ich nicht ohne weiteres beseitigen, denn dann hätte es nicht mehr wie ein Unfall ausgesehen. Und jetzt winselt seine Brut hier herum und tut so, als wisse sie von all dem nichts."

Doch dann geschah etwas, womit Trey nicht gerechnet hatte und was ihm Todesangst bereitete.

Chantal stand mit einem Mal bei ihnen. Ihr weißer seidener Bademantel klebte nass an ihrem Körper. Ihr langes blondes Haar hing ihr in Strähnen über die Schultern, sie schien fürchterlich zu frieren.

Keiner der beiden Männer hatte sie kommen hören. „Chantal, was machst du hier? Geh bitte wieder sofort zurück in das Haus."

Wild entschlossen reckte sie ihr Kinn hoch.

„Ich gehe nirgendwo hin, ich habe genug mitbekommen."

Dann wendete sie sich zu ihrem Onkel und stemmte dabei ihre Hände in die Hüften.

„Und du bist also mein armer kranker Onkel, der es nicht schafft, aus dem Bett zu krabbeln, um uns zu begrüßen. Aber nachts nichts Besseres zu tun hat, als im Regen einen kleinen Plausch zu halten."

Mr. Evants lachte laut heraus, wobei sich seine Augen zu schmalen Schlitzen verwandelten.

„Was denkst du eigentlich, wer du bist? Du bist genau so dumm wie deine Großmutter es war. Ich könnte dich und deinen Mann hier und jetzt auslöschen. Niemand würde euch jemals finden oder nur die leiseste Ahnung haben, was hier heute Abend passieren wird."

Trey machte noch eine ruckartige Bewegung nach vorne, wobei er sofort sein Gewehr wieder auf ihn richtete. „Auch, wenn du eine Waffe hast, wirst du den heutigen Tag nicht mehr überleben. Solltest du Chantal auch nur ein Haar krümmen, dann.,"

„Dann was?" schrie er vor Vergnügen und lachte dabei.

„Zuerst werde ich deine kleine Hure hier erledigen, danach wirst du sterben und du kannst gar nichts dagegen unternehmen."

Es schien sich ein Sturm aufzubauen, es regnete immer stärker. Die Wiese, auf der sie standen, fing so langsam an aufzuweichen, brauner Matsch schob sich zwischen Chantals nackte Zehen.

Unerwartet hörten sie alle ein lautes Brüllen aus der Ferne.

Es war Markus, der auf sie zu rannte.

„Nein... Vater, das darfst du nicht tun!"
Erschrocken schauten Mr. Evants und Chantal in Markus Richtung.

Bevor Mr. Evants wusste, wie ihm geschah, stürzte Trey sich auch schon mit voller Wucht auf ihn, um ihm seine Waffe zu entreißen.

Doch die Waffe ging unkontrolliert los, ein lauter Knall ließ alle erstarren.

Grelle Blitze, gefolgt von sofortigem Donner, erhellten das kleine Stück Wiese neben dem Abgrund.

Alle drei Männer schauten wie erstarrt auf den Blutfleck, der sich auf Chantals weißem Gewand verbreitete.

Sie fasste sich noch an die Brust und sank dann lautlos zu Boden.

Es waren nur Sekunden die vergingen, doch Trey sah alles in Zeitlupe. Als ihr erschlaffter Körper auf den harten Boden schlug und ihr Gesicht im Dreck landete.

Rasender tiefer Schmerz durchfuhr seinen Körper, abgelöst von Wut und Hass.

Er fühlte sich, als wäre der Blitz in seinem Kopf eingeschlagen und zu seinen Füßen wieder herausgekommen. Dann bäumte er sich vor dem Mörder auf, bereit, ihm einen Todesschlag zu verpassen.

„Neiiiiin..." schrie Markus aus voller Leibeskraft und warf sich zwischen seinen Vater und Trey.

Die beiden fielen zu Boden, als der Rollstuhl sich durch den Ruck in Bewegung setzte und in Richtung Klippe rollte.

Markus schrie verzweifelt seinem Vater hinterher, versuchte aufzustehen, um ihm hinterherzulaufen.

Doch wie er sah, drehte sein Vater sich weder um, noch griff er nach seinen Bremsen, um den Wagen zum Stoppen zu bringen.

Er hielt die Waffe hoch gestreckt in den Himmel und schrie:

"Ich brauche dich nicht, du elendiger Heuchler."

Lachend fiel er die hohe Klippe herunter, ohne dabei auch nur einen verzweifelten Schrei von sich zu geben. Als Markus und Trey an der Klippe angelangt waren, sahen sie gerade noch, wie er mit seinem Rollstuhl auf der Meeresoberfläche aufschlug und dann in den tosenden Wellen unterging.

Markus sank auf seine Knie, hielt sich beide Hände vor sein Gesicht und weinte krampfhaft.

Er saß einfach nur da und schluchzte wie ein kleines Kind. Im gleichen Augenblick drehte sich Trey um und schaute auf den leblos am Boden liegenden Körper.

Schnell stürzte er zu ihr, setzte sich auf den Boden, wo er sie umdrehte und ihren Kopf festhielt.

Hawk und Elisabeth kamen herangelaufen, die das Schauspiel von weiter Ferne mit angesehen hatten.

Hawk kniete sich zu Trey und betrachtete das blutgetränkte Gewand von Chantal.

Elisabeth ging zu ihrem Sohn, um ihn in ihre Arme zu schließen, ohne auch nur eine Träne über den Ehemann zu verlieren.

Sie fühlte sich erleichtert, war endlich frei.

In Treys Augen sammelten sich Tränen, die er nicht mehr zurückhalten konnte, er küsste sie immer wieder auf ihre Stirn.

„Bitte Chantal wach auf, du darfst mich nicht verlassen, ich liebe dich. Bitte meine Liebe, halte durch, du darfst mich nicht alleine lassen. Ohne dich will ich nicht mehr leben." Ohne zu wissen, was er tun sollte, kniete Hawk neben seinem besten Freund nieder.

Stille trat ein, der Sturm endete plötzlich, ein starker Windzug verdrängte eine dunkle Wolke, die den Mond durchscheinen ließ. Das Licht strahlte wie eine Lichtung auf sie alle herab, Chantals weiße Haut leuchtete wie Elfenbein. Als Trey ihre Hand nahm, seinen Blick nicht mehr von ihrem hübschen Gesicht wenden konnte, geschah ein Wunder.

„Sieh nur Trey, sie atmet."

Beide schauten gebannt auf ihre Brust, die sich ganz schwach auf und ab bewegte.

„Oh mein Gott, sie lebt, schnell, lass uns sie reinbringen." Auch Elisabeth wurde aufmerksam und kam zu ihnen gelaufen.

Schnell nahmen die beiden Männer Chantal auf den Arm und trugen sie zum Haus.

Sie wurden bereits von der Dienerschaft erwartet, die alle den Schuss gehört und herbeigeeilt waren.

Elisabeth schickte einen Bediensteten sofort zum Arzt, um ihn schnellsten hierher zu verfrachten.

Kurz darauf lief sie den beiden Männern hinterher ins Gästezimmer von Hawk. Sie legten sie auf das Bett, Trey machte sich sofort daran, sie auszuziehen.

„Ich gehe hinunter in die Küche und setze Wasser zum Kochen auf. Ich bringe gleich alle reinen weißen Tücher hierher, die ich nur finden kann und komme so schnell wie möglich wieder."

Ohne eine Antwort zu erwarten, schnellte sie auch schon aus dem Zimmer.

Hawk machte sich daran, das Feuer im Kamin zu schüren.

„Mach dir keine Sorgen, Trey, sie wird es schaffen, sie hat einen eisernen Willen," versuchte er seinen Freund zu beruhigen.

Trey schien gar nichts von dem was gesagt wurde mitzubekommen. Er reinigte die Wunde notdürftig mit Chantals nassem Mantel und deckte sie mit einer dicken Daunendecke zu.

Still saßen sie beide in dem Zimmer und warteten auf den Arzt. Der Kamin prasselte vor sich hin, die alte Wanduhr tickte jede Minute. Keiner sprach auch nur ein Wort. Trey saß auf einem Stuhl neben Chantal und hielt ihre Hand.

Die Zeit kam ihm endlos lange vor, das Warten auf Hilfe schien ihn in den Wahnsinn zu treiben.

„Ich hol jetzt selber die verdammte Kugel heraus," rief er aus und sprang von seinem Stuhl auf. Hawk trat zu ihm und hielt seine Arme fest.

„Tu das nicht, mein Freund, du weißt, dass du damit noch mehr Schaden anrichten kannst."

„Ach Unsinn, wie vielen Männern haben wir auf meinem Schiff schon Kugeln herausgeschnitten."

„Ja, aber einige sind dabei drauf gegangen oder haben starkes Fieber bekommen."

Als Trey gerade etwas antworten wollte, sprang die Tür auf und Elisabeth kam herein.

Sie hat eine Schüssel mit heißem Wasser in den Händen, weiße Tücher hingen über ihren Arm.

„Der Arzt wird gleich eintreffen, er wohnt hier ganz in der Nähe, es kann nicht mehr lange dauern."

Sie stellte die Schüssel auf einen Tisch und legte die Tücher dazu.

„Trey, ich muss dir sagen, dass es mir von ganzen Herzen leidtut. Ich habe niemals gewollt, dass hier jemand zu Schaden kommt, es erschüttert mich, was geschehen ist."

Tränen strömten über ihr zartes Gesicht.

„Bitte Elisabeth, du kannst doch nichts dafür, außerdem hast du gerade deinen Mann verloren und ..."

„Nein, entschuldige dich nicht, er hat euch angegriffen, ich weiß, dass er ein schlechter Mensch war. Ich weiß, dass er vielen Menschen und auch mir das Leben zur Hölle gemacht hat. Auch wenn ihr beide jetzt denkt, dass ich verrückt sein muss, aber er hat diese Strafe verdient und das weiß auch mein Sohn."

„Es tut mir leid," sagte Trey und bemerkte sehr wohl ihre erstickte Stimme, ihr Leid.

Es Klopfte an der Tür und ein alter kleiner Mann mit weißem Haar trat herein.

Er nickte kurz angebunden und ging sofort zu Chantals Bett.

Mit einem Schwung warf er die Decke zu Boden. Als er Chantals Wunde betrachtete und ihren nackten Körper sah, zog er verwundert seine Augenbrauen hoch. Trey bemerkte dies und wunderte sich etwas.

„Was...?"

Mit einer Hand wischte er ein Gespräch vom Tisch, um sofort mit seiner Arbeit anfangen zu können.

Nach einer langen Nacht war es vollbracht, die Kugel war aus ihrer Brust entfernt.

Schuldbewusst assistierte Elisabeth dem Arzt die ganze Zeit.

Hawk und Trey standen nervös daneben und beobachteten jeden Handgriff.

Als Chantal außer Gefahr war und der Arzt sich gewaschen hatte, suchte Trey ein Gespräch mit ihm.

„Herr Dr....?"
„Entschuldigen sie, ich bin Dr. Mappert."
„Ich bin Lord Harris Trey von Hampshire und ihr Ehemann."
„Herr Hampshire, darf ich unter vier Augen mit ihnen sprechen?"

Hawk und Elisabeth, die jedes Wort verfolgten, nickten sofort und verließen wortlos den Raum.

Als die Tür geschlossen war, setzten sie sich beide in die wuchtigen Sessel vor den Kamin.

„Nun was sagen sie, sie wird es doch überstehen?"

Nach einer kleinen Denkpause schaute er ihn besorgt an.

„Der Schuss ist ziemlich nahe am Herz vorbeigegangen und man kann nur von Glück reden, dass die Kugel keine Hauptschlagader getroffen hat."

„Sie hat es doch geschafft, Doktor, sie ist doch außer Gefahr, oder?"

„Nun ja, um ihre Frau brauchen sie sich keine Sorgen zu machen, aber."

„Aber was? Reden sie schon, was ist denn nur los, dass sie so drum herumreden."

„Nun ja, ich kann ihnen noch nicht sagen, welche Auswirkungen es auf das Kind haben wird, falls sie Fieber bekommt."

Trey schaute den Arzt an, als ob er seine Sprache nicht verstehen würde.

„Welches Kind zum Teufel?"

Der Arzt war etwas verwirrt, konnte sich nicht vorstellen, dass seine Frau es nicht bemerkt hat oder es ihm noch nicht mitgeteilt hatte.

„Ich meine das Kind, das ihre Frau unter dem Herzen trägt." Diese Worte trafen ihn wie ein Schlag ins Gesicht. Er konnte es absolut nicht fassen oder in irgendeiner Form begreifen. Als Dr. Mappert bemerkte, dass er kein Wort herausbekam, fuhr er einfach fort.

„Ich schätze mal, dass ihre Frau ungefähr im vierten Monat schwanger ist und das Kind zum Neujahresbeginn geboren wird."

Trey saß da wie angewurzelt, unfähig sich zu bewegen. Kreischende Freude durchflutete seinen Körper.

„Also Mr. Hampshire, ich verordne Ihrer Frau strengste Bettruhe für erst einmal zwei Wochen. Ich komme täglich vorbei, um ihre Wunde zu reinigen und den Verband zu wechseln. Ich schlage vor, dass sie sich darum kümmern, dass sie genügend isst, damit sie auf keinen Fall schwächer wird. Medikamente darf sie in diesem Zustand ja sowieso nicht zu sich nehmen, darum muss sie die Schmerzen leider ertragen. Sollte sie allerdings Fieber bekommen, dann lassen sie mich umgehend informieren, ich komme dann sofort." Er erhob sich von dem Sessel und reichte Trey seine Hand. Geistesabwesend bedankte Trey sich für die hervorragende Arbeit. Alles war aus dem Gleichgewicht, er fühlte sich total berauscht.

Der Arzt kleidete sich an und verließ wortlos den Raum. Da stand Trey nun, schaute auf die schlafende Frau, die sein erstes Kind gebären würde. Hilflos wie ein kleines Kind war er hin und her gerissen zwischen Wut und Liebe. Er wusste nicht, warum sie ihm nichts von dem Kind erzählt hatte. Konnte auch nicht verstehen, warum sie immer noch auf ihr Recht bestanden hatte, wieder nach London zurückzukehren.

Doch er blieb nicht lange genug alleine im Zimmer, um über diese Dinge nachzudenken.

„Hallo Trey, ich hoffe, ich störe nicht?"

„Komm herein Hawk," sagte er mit ermatteter Stimme. Trey setzte sich neben Chantal, schaute sie fragend an und wirkte verzweifelter denn je.

„Was ist denn los? Müssen wir uns um sie Sorgen machen?" Trey lachte über seine eigene Blindheit, denn jetzt, wo er die Wahrheit kannte, sah er auch die kleine Wölbung unter ihrem Nachthemd.

Hawk konnte dem ganzen nicht so recht folgen und sah seinen Freund besorgt an.

„Sag mal, hast du sie nicht mehr alle? Was gibt es denn jetzt zu lachen? Was zum Teufel hat dieser Quacksalber dir gegeben?"

„Es geht ihr soweit ganz gut, sie wird es alles überstehen. Das Problem ist einfach nur, dass sie schwanger ist und wir noch nicht wissen, wie es sich auf das Kind auswirkt."

Mit offenem Mund starrte Hawk ihn an.

„Ja, genau so blöd habe ich auch gerade geguckt, als der Arzt mir erzählt hat, dass sie ungefähr im vierten Monat schwanger ist."

„Öh."

„Ich bin genauso baff wie du, das kannst du mir glauben, Hawk."

„Aber ihr seid doch gar nicht verheiratet!"

„Na und? Seit wann hat mich das davon abgehalten, mit einer Frau zu schlafen?"

„Das meine ich ja auch gar nicht, aber wenn ihr nicht verheiratet seid, wie willst du dann Ansprüche auf dein Kind geltend machen?"

„Ach Hawk, darum geht es mir doch gar nicht. Ich liebe sie, wie du ja jetzt weißt, aber sie mich nicht. Sie hasst mich und ich glaube, dass sie mich niemals heiraten würde. Im Gegenteil, sie wollte zurück nach London, damit ich sie nie wiedersehen kann. Sie will überhaupt nicht, dass ich es erfahre, sonst hätte sie es mir doch schon lange erzählt." Hawk überlegte einen Augenblick, bevor er etwas sagte.

„Also ganz ehrlich Trey, ich glaube nicht, dass sie dich hasst. Das sieht ein Blinder und dass sie nach Hause möchte, kann man ihr doch nicht verdenken. Du hast sie verschleppt und sie hat Heimweh.

Außerdem hast du ja wohl auch keine Zeichen gegeben, dass aus euch irgendwann mal mehr werden würde als nur eine

Affäre. Denk doch mal nach, sie ist jung, war wahrscheinlich noch unerfahren und ist nun schwanger, obwohl sie nicht verheiratet ist. Das ist die größte Schande, die eine Frau ertragen muss."

„Vielleicht hast du Recht und ich habe mich wie ein Tier benommen."

„Du bist ein Tier," sagte Hawk und lachte sich dabei so sehr kaputt, dass auch Trey ein leichtes Lachen nicht verdrängen konnte.

„Nein, aber vielleicht solltest du einmal über deinen eigenen Schatten springen, um ihr zu sagen wie sehr du sie liebst."
Trey hatte wenig Hoffnung, doch er wollte sich einen Ruck geben und ins kalte Wasser springen.

„Also gut, ich schlage vor, dass wir jetzt schlafen gehen, denn in zwei Stunden wird die Sonne wieder aufgehen."

„Also dann gute Nacht und denk mal drüber nach, was ich dir gerade gesagt habe."

Trey nickte nur und Hawk machte sich auf zur Tür. „Ach übrigens, da ihr euch ja hier in meinem Zimmer breitgemacht habt, lege ich mich jetzt in euer Zimmer."

„Ja, ja, raus jetzt hier."

Nachdem Hawk verschwunden war, zog Trey sich aus und legte sich ganz vorsichtig neben Chantal.

Er konnte nicht schlafen, sah sie die ganze Nacht lang an. Beobachtete ihre flache Atmung, ihr blasses Gesicht, die

Sorge um sie wurde von Stunde zu Stunde unerträglicher.

Ganz sanft legte er eine Hand auf ihren Bauch, versuchte sich vorzustellen, dass dort ein kleines Kind heranwuchs das seines sein würde.

Trey war den Tränen nahe, er hatte ihr so viel zugemutet, sie verletzt und ihr jegliche Ehre genommen.

Doch dann fiel ihm wieder ein, dass sie sich leidenschaftlich geliebt hatten, bevor er nach draußen in den Garten gegangen war. Sie hatte sich ihm hingegeben, sie zog dieses Mal alle Register, um ihn zu verführen.

Bei dem bloßen Gedanken daran durchströmte ihn wahre Liebe, wobei sein Herz zu zerspringen drohte.

Ja, er liebte sie und es war nun endlich an der Zeit, ihr das zu sagen, egal wie sie darauf reagieren würde.

Am Morgen erwachte Trey, geweckt von einer kleinen Bewegung, die Chantal machte. Er hatte ohnehin nicht fest geschlafen, er hatte Angst, dass sie Fieber bekommen und er es wohlmöglich nicht bemerken würde. Die ganze Nacht war er unruhig gewesen, nur darauf bedacht, sie bloß nicht aus Versehen zu stoßen oder in den Arm zu nehmen. Chantal bewegte ihren Kopf ein wenig zur Seite, murmelte unverständliche Worte.

„Chantal, ich bin hier," flüsterte er ihr zu und streichelte sanft ihre Stirn.

„Bitte wach auf."

Sie bewegte ihren Kopf nun ein wenig mehr und blinzelte mit den Augen.

Sie sah schreckliche Bilder, es regnete, eine Waffe war auf sie gerichtet und sie verspürte einen starken Schmerz in der Brust.

Doch der Traum, der sie quälte, war anders, der Schmerz in ihrer Brust brannte wie Feuer und ließ gar nicht mehr nach. Aus weiter Ferne hörte sie, dass jemand immer wieder ihren Namen rief.

„Chantal, hörst du mich? Du musst deine Augen öffnen, du darfst nicht aufgeben."

Ganz langsam, mit zittrigen Lidern, öffneten sich ihre Augen. Als sie sich etwas mehr anstrengte, erkannte sie Trey, der sie besorgt anschaute.

„Bitte versuche nicht zu sprechen, es würde dich zu sehr anstrengen, du musst jetzt alle deine Kräfte sparen." Ihr Hals war fürchterlich trocken, ihre Atmung so schwer, der schmerz so groß, dass sie ihm ohne zu widersprechen Folge leistete.

„Er hat dich getroffen, als ich versucht habe, ihn zu überwältigen. Es wird in den nächsten Tagen sehr schmerzhaft für dich sein, aber du wirst es überleben."

Chantals Gedanken überschlugen sich und einen Gedanken konnte sie nicht für sich behalte.

Ganz leise, mit erstickter Stimme, stammelte sie einige Worte zusammen.

„Was ist mit meinem Kind?" Sie wusste ja nicht, dass er schon davon erfahren hatte, doch das war ihr egal. Sie musste es sagen, um ihr Kind, das wohlmöglich in Gefahr war, zu retten. Treys Herz blühte auf, er küsste sie ganz zärtlich auf den Mund.

„Unserem Kind geht es gut, Chantal."

Sie war einfach nur überglücklich, brachte ein Lächeln zu Stande, obwohl der Schmerz ihr die Sinne raubte.

„Gott sei Dank."

„Chantal ich muss dir unbedingt etwas sagen." Müheselig hielt sie ihre Augen geöffnet.

„Chantal, ich habe noch nie in meinem Leben jemanden so sehr geliebt wie dich. Ich weiß, dass ich große Fehler begangen habe und dass du mich für so viele Dinge hasst. Aber ich möchte dich bitten, mir eine zweite Chance zu geben. Als ich dich regungslos im Regen liegen sah, blieb für mich die Zeit stehen, ich dachte, ich würde Sterben. So gerne wollte ich an deiner Stelle dort liegen, um dein Leben zu retten.

Wenn ich dich nicht hierhergeführt hätte, dann wärst du immer noch in deinem geliebten England und würdest nicht verletzt neben mir liegen."

Jedes Wort, das er gesprochen hatte, hörte sie, konnte jedoch ihren Ohren nicht trauen.

Sie fühlte sich wie im siebten Himmel, denn er hatte Worte gesagt, die sie niemals erwartet hätte. Alles in ihrem Körper rebellierte, am liebsten wäre sie ihm an den Hals gefallen. Der Schmerz in ihrem Körper ließ es nur zu, dass sie sehr leise und gedämpft sprechen konnte, doch sie musste es ihm einfach sagen.

„Trey ich..."

„Bitte Chantal sage nichts, wir können später über alles sprechen, du musst dich jetzt ausruhen."

„Du weißt von unserem Kind?"

Trey schaute sie verliebt an, hoffte aus tiefstem Herzen, dass sie ihn auch lieben würde.

„Ja, ich weiß von unserem Kind, warum hast du es mir verheimlicht?"

„Ich dachte, du würdest mich und das Kind nicht wollen." „Dich nicht wollen? Ich begehre dich vom ersten Augenblick an, als ich dich sah."

Ein sanftes Lächeln umspielte ihre Lippen, sie dachte gerade an rosa Puder.

„Das habe ich nicht gewusst, ich dachte, dass ich nur ein Spielzeug für dich sei."

„Chantal, ich liebe dich, ich liebe dich mehr als mein Leben und das Kind, das in dir heranwächst, liebe ich genauso wie dich. Ich werde dich nie mehr gehen lassen, wenn du es möchtest und werde immer gut für euch beide sorgen." „Das würdest du tun? Der harte Pirat, der vor nichts und niemanden haltmacht, würde sich um eine Frau und ihr Kind kümmern?"

"Ein Kind? Unser Kind und meine Frau!" sagte er nun ernst.

Chantal hob fragend und belustigt zugleich eine Augenbraue hoch.

„Chantal, willst du meine Frau werden?"

Es traf sie wie ein Schlag, sie holte tief Luft, Tränen liefen ihr über die Wangen.

Ihr schossen sämtliche Gedanken durch den Kopf, doch eines wusste sie genau. Sie liebte diesen Mann so sehr, dass sie ohne ihn nicht existieren konnte.

„Ja, ich will deine Frau werden," brachte sie mit erstickter Stimme hervor.

Treys Augen weiteten sich, er lächelte übers ganze Gesicht.

„Ja, du willst mich tatsächlich."

Zaghaft beugte er sich herunter und verschloss ihren Mund mit dem seinem. Der Kuss erschien beiden wie eine Ewigkeit, der Gefühle wie Schmerz oder Hass einfach wegwischte. Beide waren nun unendlich glücklich, denn sie hatten sich ihre Liebe eingestanden.

Nach ungefähr drei Wochen war Chantal wieder soweit genesen, dass sie ohne Schwierigkeiten zurück zur Plantage konnten.

Sie verabschiedeten sich herzlich von ihrer neuen Familie, keiner vermisste dabei den Herrn des Hauses.

Auf der Plantage verbreitete Trey das Gerücht, dass die Heirat aus irgendeinem Grund für ungültig erklärt wurde und dass er Chantal deswegen noch einmal heiraten musste. Also stürzten Maria und alle Angestellten sich in die Vorbereitungen für ein rauschendes Fest.

Chantal wunderte sich, warum es mit den Vorbereitungen so schleppend voranging. Doch das war ihr egal, sie genoss einfach jeden Tag mit Trey an ihrer Seite.

Nun lernte sie einen ganz anderen Trey kennen, höflich, fürsorglich, leidenschaftlich.

Eines Tages musste Trey schon früh morgens zum Fluss, um irgendeine wichtige Ware in Empfang zu nehmen. Als Chantal auf der Veranda saß, um auf ihn zu warten, streichelte sie unentwegt ihren Bauch. Womit hatte sie so viel Glück verdient?

Sie sah von weitem eine Kutsche die Auffahrt heraufkommen. Sie wusste, dass es Trey war und stellte sich hin. Als die Kutsche vor ihrer Nase hielt, sprang die Tür mit einem gewaltigen Rumps auf und Jannice sprang heraus.

„Chantal!!!!!!!!!!!!!!"
Völlig überrumpelt traute sie ihren Augen nicht, Jannice riss sie fast um.

Emma stieg langsam aus und ihr geliebter Mann strahlte über das ganze Gesicht.

Sofort fing Chantal an zu weinen, die Freude war zu groß.

„Was, wie kommt ihr denn hierher?"

„Trey hat uns hierher geschifft, man, da hast du ja einen Fang gemacht. Wir konnten dich doch nicht ohne uns heiraten lassen. Kannst du mir mal erklären, wieso du mir nicht ein einziges Mal geschrieben hast? Ich habe mir echt Sorgen gemacht, dass du dich umgebracht hast, nur damit ich dein dummes Haus erben kann. Du bist ja ganz schön dick geworden, sag mal bist du schwanger!!??"

„Oh, Jannice, ich habe dich so sehr vermisst."

Es dauerte ganze drei Tage, bis sie ihren beiden Freundinnen erzählen konnte, was alles geschehen war.

Emma führte Chantal zum Altar, alle Freunde und Nachbarn waren gekommen, sogar ihre Tante Elisabeth und Markus. Jannice stand vorne neben dem Altar und sah wie immer hinreißend aus, erst recht als Brautjungfer.

Chantal hatte beschlossen bei Trey zu bleiben und gab sich damit zufrieden, einmal im Jahr nach London zurückzukehren, um ihre Freunde zu sehen. Sie hatte ein neues Leben angefangen und war sehr glücklich darüber. Sie vermachte Jannice ihr Haus und wusste, dass es bei ihr in den besten Händen war. Nichts zog sie zurück in ihre alte Heimat, denn hier in der Ferne hatte sie ihren Frieden gefunden. Trey war ein außergewöhnlicher Ehemann und Chantal wurde von vielen reichen Damen beneidet. Doch als sie ihm einen gesunden und kräftigen Sohn schenkte, war alles um ihn geschehen. Für ihn zählte nur noch eins und das war seine Familie. Er gab die Piraterie auf und widmete sich voll und ganz seiner Plantage. Denn auch er hatte seinen Seelenfrieden gefunden, da der Mörder seiner Eltern gerächt war. Und er hatte Chantal gefunden, das wundervollste Geschöpf auf Erden.

Herstellung und Verlag:
BoD- Books on Demand, Norderstedt
ISBN: 978-3-7412-9879-0